Mirror Mirror

面孔

[英] 卡拉·迪瓦伊　[英] 罗恩·科尔曼——著　邓悦现——译
Cara Delevingne　　Rowan Coleman

湖南文艺出版社
HUNAN LITERATURE AND ART PUBLISHING HOUSE

博集天卷
CS-BOOKY

献给陪伴我度过青春期的家人和朋友，

也献给那些感到迷茫的人。

希望这本书可以鼓舞你们追寻梦想，永不放弃。

一切皆有可能。

序 言
Introduction

　　在成长过程中，童年向成年的过渡期是生命中最有趣的阶段：混乱，疯狂，充满了荷尔蒙，变化不断，极端情况频发。这个关键时期充满了戏剧性和情绪化，最终将我们塑造为注定要成为的那种人。

　　大多数人认为青春期是一生中最好的时光，正是如此。这段无忧无虑的时光充满了冒险和快乐。但这段时光也可能充满了挑战和艰险，尤其是对那些不容易适应环境的人来说。

　　现在，社交网络在我们生活中的分量越来越重，年轻人也随之承受了前所未有的压力，想要向他人展现出完美的一面。在现在这个世界上，人们很容易不假思索地就去评判他人，而不是花时间理解他人，或者是想想他人的生活中正在发生什么。

　　当我决定动笔写《面孔》的时候，我希望通过这个故事展现一幅青春期的真实画卷：动荡不安，如过山车般大起大落。我也想创造出能引起人们共鸣的角色。我希望这本书可以展现友情的力量，并告诉人们：

与你热爱和信任的人在一起，可以让你变得更加强大。

最重要的一点是，我想告诉我的读者们：如果你还不知道自己是谁，不要紧；如果你与他人不同，也不要紧，因为你本来就很完美。一旦你发现了快乐的源泉，只要跟随自己内心的召唤，一切都会好起来的。无论如何，做你自己。发掘自己的长处，相信你的身体里拥有可以改变世界的力量。

爱你们的

卡拉

Mirror
mirror

八周前

太阳正在升起，空中弥漫着夏日的热气。我们手挽着手，拖沓着脚步，走在回家的路上。萝丝的脑袋靠着我的肩，胳膊搂着我的腰。我清晰地记得那种感觉，她的臀部不规律地撞击着我的臀部，她的肌肤紧紧地贴着我的肌肤。那种感觉温热而柔软。

时间还没到五点，清晨的阳光已经刺眼而金黄，每条肮脏的街道都闪烁着焕然一新的光芒。以前我们玩通宵之后，在回家的路上看过许多次这样的日出。这让我们一起度过的每分每秒都宛如永恒，直到我们沉沉睡去。在那个晚上之前，生活终于闪烁起了金光。我们觉得生活属于我们，我们也属于生活。每一秒钟都是那么新鲜，那么不容错过。

但就在那个晚上，一切都变了。

我的眼睛发疼，嘴巴发干，心脏怦怦直跳。

我们不想回家，但我们还能去哪儿？我们无处可去。

"为什么是现在？"萝丝说，"一切都很好，哥们儿。她也很好，很开心。那为什么是现在？"

"这也不是第一次了，不是吗？"利奥说，"所以那些猪猡根本没放在心上。她之前就这么干过。带上钱，从冰箱里打包些食物，再带上吉他。消失几个星期。这就是她的典型作风。"

"但镜子乐队（Mirror Mirror）成立以后，她就不这么做了。"萝丝说，"自从我们在一起后，对吧？之前她会割伤自己、离家出走什么的。但乐队成立后就不一样了。她变得……我们都变得很好。好得不能再好了。"

她看着我，想要寻求支持，我也不得不同意她的说法。对我们来说，在过去的一年里，一切都变了。乐队成立前，我们都有些迷茫，但命运让我们相遇了。我们聚在一起时，都变得更强大、更酷、更摇滚，简直是太棒了。我们都以为娜奥米也变得这么棒，再也不需要离家出走。直到昨晚。

那个晚上，我们整晚都在外游荡，找遍整个镇子。

找遍了我们和她一起去过的地方。

找遍了我们跟家长提及的地方，也找遍了那些从未跟家长提及的地方。

找遍了我们还不够年龄入场的酒吧，闷热的、臭烘烘的、充满了汗水和荷尔蒙气息的酒吧。我们挤过热舞的拥挤人群，试图寻找她的身影。

我们在黑暗中潜行，走进常有男女搞在一起的酒吧后巷，压低了声音询问那些戴着墨镜、神情紧张的孩子。他们想向我们兜售大麻。但那个晚上，我们拒绝了。

我们敲开没挂招牌的门，造访那些需要熟人介绍才能进入的地方。在昏暗的地下室里，人们喷云吐雾，空气浑浊不堪，音乐也震耳欲聋，让你的耳朵和胸腔嗡嗡作响，就连地板都随着节奏在脚下震动。

我们去了以上所有地方，以及所有其他的地方：我们曾结伴闲晃的社区公园，富人区居民瞧不上的河畔，还有沃克斯霍尔大桥——一座属于我们的大桥。我们时常走在桥上，大喊大叫，试图盖过来往车辆的声音。这座桥像是我们的伙伴，也像是我们的见证人。

最后，我们去了那家空荡荡的彩票销售点。店门坏了，门后只有一张床垫，有些小孩想要一个人待着时就会去那里。有些小孩会这么做，但并不包括我，因为我最讨厌的事情之一就是一个人待着。

那个晚上，一小时又一小时过去了，我们觉得随时都能找到她，她可能是在玩什么小花招，她如果受到了伤害或是想吸引别人的注意时就会这么做。我们都相信，我们的好朋友和乐队成员娜奥米就在某个只有我们知道的地方。她正等着我们找到她。

因为你不可能今天还在，第二天就消失无踪了。这根本不合常理。没有人会就这样凭空消失，却不留下丝毫痕迹。

四处寻找的那天晚上，以及第二天晚上，以及随之而来的每一个晚上，我们都这么告诉自己。直到我们的家长让我们别找了，说是等她准备好了，就会自己回来。然后警察也不再找她了，因为她之前离家出走过太多次。

我们却无法这样说服自己，情况跟之前不一样，她也不再是之前的她了。但他们依然表情木然，笔记本上一片空白。他们根本听不进去。他们能知道些什么？因此我们继续寻找娜奥米，哪怕所有人都放弃了，我们还继续寻找着。我们找遍了每个角落。但她都不在那里。我们所能找的，只有她曾去过的地方。

01

今天：生活还要继续。每个人都这么说。

我们得起床、上学、回家，想着诸如即将到来的考试这样的破事；还得一直听他们说些"保持希望、祈祷和信任"这样没用的屁话。

生活还要继续，但这是骗人的。就在娜奥米消失的那个夜晚，她按下了一个该死的巨大的暂停键。时间流逝，一天又一天、一周又一周、一季又一季，但是该死，事情还是没什么进展。什么都没有。我们屏住呼吸，度过了这八个星期。

让我来跟你说说，有哪些话是他们不再提起的：他们不再说她准备好了就会回来。我在学校里看见了她姐姐阿希拉，她耷拉着脑袋，封闭了自己，好像不希望任何人靠近。还有她父母，他们在超市里徘徊，直愣愣地盯着货品发呆。娜伊[1] 失踪了，他们看起来就像是丢了魂。

没错，她以前也会躲起来，让每个人去找她。她这么做，是因为她相信这种心理剧很重要。但她已经很久没这么做了，而且也从来不像

1　娜伊是娜奥米的小名，下文阿希也是阿希拉的小名。

这次一样。她不会让爸爸妈妈为她提心吊胆，让阿希大气都不敢出，像是随时准备好收到坏消息。娜伊很复杂，但她深爱着自己的家人，她的家人也很爱她；他们之间的爱就像灯塔一样吸引着我们，吸引着一群渴望被爱的飞蛾扑向火焰。原来真的有这样的家庭，家庭成员都关心着彼此。

你看，娜奥米不会对他们，或者是我们，做出这种事。但没人想听到这种话，警察不想，甚至她妈妈也不想，因为把娜奥米想成一个硬心肠的贱人，比认为她就是失踪了强。

所以有时候我甚至希望他们可以找到她的尸体。

我真是个浑蛋。有时候我希望她已经死了，这样我就知道她在哪里了。

但他们并没有找到。什么都没找到。而生活还在继续。

这就意味着我们要在今天选一个新的贝斯手来代替娜奥米。

有那么一瞬间，我们几乎要因为失去她而解散乐队。镜子乐队剩下的成员——我、利奥和萝丝——在一次排练中碰头，开始讨论是不是应该解散，得出的结论是应该。但我们三个就这样站在那里，没有人离开，也没有人收拾东西；不用说什么，我们就知道自己无法就这样放弃。放弃乐队意味着放弃我们生命中最美好的事物，也意味着永远地放弃她。

是娜奥米组建了这支乐队。至少是她把乐队从一项无聊的课后作业变成了一件真实的、重要的事情。是娜奥米让我们找到了各自擅长的事，因为她对自己那部分就很得心应手。我的意思是，她是一个很棒的贝斯手，甚至可以用传奇来形容；听到她的演奏你一定会被震撼。不仅如此，娜奥米还会写歌——那种很棒的歌。我写得也不错，但加上她就更好了。而且娜奥米有种特殊的天赋，她能让沉闷、灰暗的东西变得闪闪发光、独一无二。在成立镜子乐队之前，她都没发现自己有这种超能力，但现在她知道了，因为我们告诉了她。而且我们越是重复，她的这种能力就越强。如果你也有这种超能力，那你根本就不用躲起来。

乐队差点解散那天，我们的音乐老师史密斯先生来到了排练室。当时是暑假，除了我们，学校里空无一人。我们获准来这里还要感谢他，是他帮我们争取到了批条，还牺牲自己的假期坐在那里读报纸，看着我们打闹、演奏。但这次他走进来，坐在那里，等着我们安静下来看着他。他看起来与往日完全不同，这让我大吃一惊。史密斯先生原本是那种可以让屋里充满活力的人，这不仅因为他个头高大，有一副健身房里练出来的好身材，还因为他的品性。他热爱生活，也爱护他的学生，也就是我们。这一点很不容易。他有一种在成年人身上很少见到的能量，会让你充满干劲，热爱学习，因为他好像真的很在乎这一切。

但是那一天，他看起来就像被抽走了灵魂，他身体里的能量和活力都消失了。他变成这样让人害怕，因为他一直是那种很坚强的人。我也不知道怎么回事，但这在某种程度上让我更喜欢他了。对我来说，他对娜伊的失踪这么在意真的意义重大。除了她的家人和我们，他是为数不多的几个真正在意的人之一。

我不知道其他人是怎么想的，但那天看见他的那一刻，我很想帮助他，就像他很想帮助我们一样。

"你们真的打算解散吗？"他问道。

我们面面相觑，一瞬间，时间好像回到了我们成为朋友之前，孤独而尴尬；一想到要回到那种生活，我们就不由得感到害怕。

"没有她感觉很不对劲。"我说。

"我明白，"他说着，把手指插进一头金发里，头发立了起来，"但听我说，如果你们现在解散，以后一定会后悔的。你们四……三个……我为你们感到骄傲，为你们做的一切感到骄傲。我不想你们失去这些，为了你们，也为了娜奥米。现在你们没有什么可以为娜奥米做的了，能做的就是让人们记得她的名字，直到她被找到。这样可以确保他们一直找下去。我想到一个主意——我们在学校里办一场演唱会，帮她的家人筹集资金，让他们可以一直搜寻下去，让人们一直记得她的事情，让全世界都关注我们，关注你们几个，让他们看见我们有多在乎她。这就是我想做的，孩子们。但没有你们，这一切都不可能实现。你们愿意加入吗？"

当然，我们都回答说要加入。这是我们所想到的唯一能做的事。

一整个夏天，我们三个都在不断练习。演唱会临近的时候，我们意识到必须要做一件事。我们必须找一个新的贝斯手。该死。

娜奥米是我合作过的最棒的贝斯手，这有点奇怪，因为她是个女孩，女孩一般都不太擅长弹贝斯。这不是性别歧视，这是事实。想要真正弹好贝斯，就得下定决心不去引人注目，而女孩们——好吧，一般女孩们——都喜欢被人注视的感觉。

但今天一切都要继续。我得去搞定自己的那堆破事。我挣扎着从床上爬起来，看着地板上皱巴巴的衣服堆。

这对利奥来说没什么，那个家伙就算刚起床，看起来也那么帅气。

当他拿起吉他，他就成了上帝；至少女孩们把他当上帝一样崇拜。这太不公平了，真的。同样是十六岁，他却那么完美，那么成熟，有着深沉的嗓音，个子很高，体形也很健壮。

　　而我呢，仍然处在尴尬期。我一直停留在尴尬期，我就是尴尬期本身。如果尴尬期有表情的话，那它看起来一定很像我。我甚至相信，等我到了四十五岁或是快死的时候还会停留在尴尬期。

　　我也想看起来酷酷的，但利奥那种酷——简单的白 T 恤、牛仔裤、连帽衫和干净的白色高帮帆布鞋，我实在做不到。我也做不到任何一种酷，除了作为利奥朋友的那种酷。

　　萝丝看起来也很好，她很漂亮，不用刻意打扮就很迷人，深棕色的头发有大半截染成了金色；她不像有些女孩那样骨瘦如柴，萝丝的胸和屁股会让整个泰晤士综合中学的男孩都为之倾倒。

　　还不止这些，她不化妆更好看一些——也许正因为此，她一直化着大浓妆。她把头发倒着梳起来，让它看着更蓬松，又故意在长袜上戳破几个洞。萝丝知道自己看起来有多美，她打扮成这样，无论走到哪里，空气中都充满了静电，围绕着她噼啪作响。

　　其他女孩试着模仿她，但没有一个能得其精髓。我可以对天发誓，萝丝是我见过的唯一一个对一切都漫不经心的女孩。

　　但当她开口唱歌……墙壁震颤，眼眸变绿，内心澎湃。

　　在我们华丽而古怪的四人大家庭中，娜奥米是……跟我最像的那个人。如果说利奥和萝丝是学校里的风云人物，那我和娜奥米就是最孤僻的人。

　　每当我想起娜奥米那张被厚厚的框架眼镜遮住大半的心形脸，那双藏在眼镜后面温柔的棕色双眸，我就为她感到骄傲。她穿衬衫时要扣上所有的扣子，百褶裙的长度也跟其他人不一样。她会穿舒适的鞋，鞋带整齐，鞋面锃亮。这些都是她故意露出的破绽和做出的古怪选择。但在这一切背后，她其实是一个毫不妥协、听不进任何废话的人。

有时娜奥米和我会在午饭时间坐在图书馆里看书。我们非常安静。气氛很宁静。她会越过书顶吸引我的注意，在一些刻苦学习的九年级学生走过时对我挑眉，然后我们就看着对方傻笑。不知怎么，两个书呆子就成了学校的风云人物，真是让人难以置信。

当她开始演奏的时候……真的非常棒，说实在的，比世界上最好的贝斯手都棒。她弹贝斯我打鼓，我们就是乐队的心跳，精确无误地表达出每一个律动。

我没有精力考虑我的乐队造型，随它去吧——格子衬衫、牛仔裤、白色 T 恤打底，这就是我通常的装扮。专业的伐木工人，萝丝这么形容。

至少自从我剃掉大部分头发之后就不用再考虑发型问题了。

胡萝卜头。

红毛白痴。

蠢货。

所有这些外号都是因为我有一头红发，而且不是普通的红发，不是，偏偏还是一头卷曲的红发。天哪，从小到大我都像在邀请别人来把我的脑袋一脚踢飞。我能让你的头发换个样子，萝丝总这么跟我说。她极度渴望用一些护发产品把我的头发弄直。然后我就说，呃，不要。差不多每隔三天，她都会主动要求帮我把头发染黑，但我还是拒绝。我有一头红发，没问题，我可以接受。

而且如果我把头发染成黑色，他们就不能继续叫我红毛了，这个外号是我最酷的东西了。

娜奥米失踪的前一天，我把头发剪得非常短。我没有告诉任何人就去了理发店，让他们把两侧的头发剃掉，头顶留长一点，长到可以盖住我的眼睛，当我上台演出时头发可以随着节奏飞扬，就像疯了一样。妈妈看到我的新发型时，对着我整整尖叫了一个小时。我一点都没开玩笑，她说我看起来就像刚从最高安全级别的监狱里出来。

当爸爸从他所谓"一整夜的理事会会议"中回来时，她又转而开始朝着爸爸尖叫。

这比我四次打耳洞的情况都糟糕，从那之后我不再跟他们解释我做的这一切都是为了回归自我。这不值得让我刺激他们。

很久之前，我就意识到父母不是拯救我、治愈我或是帮助我的人。他们两个都沉浸在自我毁灭的倾向中，而我和妹妹格雷西都是这种倾向的副产品。自从我认识到这一点，生活似乎轻松了许多，信不信由你。

当然，我很难不去在意母亲讨厌我以及父亲很卑鄙的事实，但我处理得很好。

镜子乐队 《她去哪里了？》

她的脚步总是伴随阳光，
笑容也充满力量。
她的生活中没有后悔，
但她只会停留一会儿。

她去哪里了，我想要的姑娘？
她去哪里了，我追寻的姑娘？
她去哪里了，我找不到的姑娘。
但我会继续寻找，继续寻找，直到……

我最终找到了她。

02

萝丝主宰着面试的房间，用死亡般的凝视赶走那些自以为能在一个星期内学会贝斯的蠢货。

"天啊，托比，你糟蹋贝斯的方式让我只想淘汰你来保住我的小命。你也是这样用手指拨弄你女朋友的吗？"萝丝冲最新的受害者说。

"很抱歉，伙计，不如你试试……不玩乐器玩点别的？"利奥耸耸肩。

托比离开的时候满脸通红。我瞧了一眼走廊上的队伍，他们竟然真的排着队。曾经我是个躲在角落里被无视的笨蛋，而如今大家正排着队想加入我的乐队。这让我百感交集。娜伊帮我们成立了乐队，她是我们中作曲最棒的，是我们的核心。是她作的曲、写的词吸引着人们停下脚步来聆听，而如今这些人正排着队想取代她的位置。

我太想要这支乐队了，我需要它。这种想法让我觉得自己是个不折不扣的浑蛋。

他们一个个被淘汰，而我躲在后面看着他们离开，直到只剩下最后两个竞争者。

眼前这女孩叫埃米莉，她又美又酷。她没有性感到能生吞你的地步，但足以让你盯着她看上一整天，还在脑海里为她从头到脚都写了诗。

埃米莉一进门，我就看出萝丝根本看不得这些。她没说话，但眼里闪着的精光足以说明一切。她是乐队里最热辣的女孩，一山不能容二虎。

更糟糕的是，埃米莉一开始演奏，我就能感觉到她有多优秀。我可以感觉到她跟上了我的节奏，应和着我击打出的每个节拍。这种感觉很好，非常好，甚至可以说是亲密。我发现自己对上了她湛蓝的双眼，还对着她笑——打鼓时是我唯一不会因为向女孩表示好感而羞愤到想自杀的时刻。她也冲我笑了，我都没意识到，一根鼓槌就从手中滑落到了地上，发出了刺耳的声音。

"不好意思，亲爱的，看来不太行。但你还是勇气可嘉。"萝丝说这话时看都没看埃米莉。

埃米莉没有回应，只是超潇洒地耸了耸肩，离开之前又对我笑了笑。

"我喜欢她。我能让她留下来吗？"我说。

萝丝用力地朝我肩膀来了几拳，一阵疼痛袭来。那女孩让她有了危机感。

"拜托，萝丝！放下武器！"

"这哪是武器，顶多就是水枪吧。"萝丝摇摇头，"去你的，红毛，藏好你裤裆里的家伙吧。这可不是你拉妹子入伙的机会。"

"埃米莉不是那样的，我挺喜欢她的。"利奥说。

"天啊，你们这些头脑简单的蠢货。说真的，只要有对奶子，你们就被迷得神魂颠倒。"利奥跟我交换了一个眼神，我们忍住了笑意。

"你不是就靠这个统治学校的吗？"利奥嘀咕了一句，然后被萝丝来了个锁头杀。

下一个是勒克拉杰，八年级的一个普通男生。他让我想起了十三岁的自己，当时我还不知道如何在泰晤士综合中学这座丛林中生存。他的贝斯几乎跟他的人一样大，但起码他能弹到第五级。虽然比不上埃米莉，跟娜奥米比更是差远了，但我们还是会选他。在这种情况下只能选他，因为只剩下他了。

"那么勒克拉杰，我现在带你过一遍 *Head Fuck*[1] 的贝斯谱，可以吗？然后——"

"孩子们，能不能暂停一下？"

史密斯先生突然出现在房间中央，整个人笔直地定在那里，像是被一股电流击中了。我从没看见过他现在脸上的这副表情，仿佛刚听到了末日来临的消息。这令我感到一阵恐惧。我的五脏六腑都扭作一团。是个坏消息，会是个坏消息。

没有人说话。

没有人。

周围的空气变得黏稠，时间似乎要静止，肺部被阻塞，无法呼吸。

我们都知道他要说什么。

"他们找到她了吗？"从我身体深处发出一声低语，声音听起来像从光年之外传来。

他点点头，但没有正视任何人。

1　澳大利亚 DJ、音乐制作人 Duane Bartolo 的歌。

Mirror
mirror

“她是不是……”这是利奥在说话，他紧盯着史密斯先生，等待着致命的打击。

“她……”史密斯先生好像哽咽了，他摇摇头，终于正眼看着我们。他的眼里饱含泪水，嘴唇扭曲着，我过了一阵子才意识到……

……他在微笑。

“她还活着。”他说。

03

　　世界仿佛从我的脚下坠落。那一刻我似乎看见了她的脸，就是我最后一次看见她时的样子，她微笑着，眼神闪闪发光，我是那么想和她在一起。

　　"那她在哪里？"萝丝脱口而出，"我们现在就去看她，就现在。她在哪里？在家吗？还是在这里？"

　　"圣托马斯医院。"史密斯先生说。

　　"该死。"萝丝摇着头。

　　"医院？她发生了什么？"我说。

　　"有人伤害她了？"利奥牙齿咬得咯吱作响，"谁他妈的伤害了她？"

　　"听我说……"史密斯先生举起一只手，就像每次让教室里的学生安静下来时一样，"我知道这一时很难接受，所以我得先确认该不该跟你们说。我跟你们的父母都聊过了，他们同意我现在带你们去看看她，但你们得先知道一些事情。"

　　"她去了哪里？"没等他开口，萝丝抢先问道，"她肯定说了她之前去了哪里。"

"她说了为什么吗？"利奥带着怒意压低了声音，"她有没有说为什么要离家出走？"

"她发生了什么？"我又问了一遍，"她有没有说到底发生了什么？"

史密斯先生跌坐在舞台一角的台阶上，垮着肩膀，眼睛死死盯着地板。我能看出他正在思索应该如何跟我们开口，他必须字斟句酌，因为他想保护我们。这可不是个好兆头。

"某些事情……过去几小时，她身上发生了某些事情。几个水手发现她被缠在威斯敏斯特大桥附近观光游船的缆绳上。整个人浸在水里。当时她失去了意识，还有呼吸，但很微弱。缆绳让她的脑袋没有沉进水里……但她受伤了，很严重。头部，还有……现在还没人知道到底伤势如何。"

"这是什么意思？"萝丝迅猛地朝他迈了两步，我差点以为她要打他。他缓缓抬起头，看着她的眼睛。

"这就意味着，她很可能挺不过去。"

一瞬间，我们从狂喜跌入绝望。我的眼前又浮现了她的脸。很难想象这种同时找到一个人和失去一个人的感受。

我十岁那年曾经有过一次。那一年我进了好几次医院，连社工都惊动了。第一次，我跟邻居家的小狗玩耍时摔断了手腕。小狗跳起来，吓得我往后跌倒，落地时手正好砸在一个石头花盆上。咔嚓，这声音让我想吐。然后我又在跟凯文·蒙克踢足球时，被他一个双脚飞铲给铲断了脚踝，疼得我直骂娘。最后我们比赛谁爬树最快，爬得最高，结果我从树上摔了下来，摔断了几根肋骨。但我还是赢了。

有意思的是，我还挺喜欢去急诊室的。我喜欢在那里的漫长等待，因为这意味着妈妈和爸爸都会坐在我身边。我看多久的病，他们就会陪我多久。尽管爸爸总是说自己错过了很多重要的事情，怀着格雷西的妈妈也疲惫不适，但我还是有他们陪在身边。他们会听我说话，陪我聊天、大笑，还让我拿他们的手机打游戏。我从树上摔下来那次需要在医院住一晚上，因为他们担心我的头部受伤。妈妈租了一台电视机给我们看，她整晚坐在我的身边，握着我的手，隆起的腹部上还放着一大袋多力多滋玉米片。

社工来的那次，他们把我叫进厨房谈话，妈妈坐在椅子上咬指甲。我不知道为什么她看起来那么忧心忡忡，我不想让她担心，不想看见她脸上那副表情。我想让这副表情消失。于是我告诉那个女人我每次受伤都是意外，把一切都详详细细地说了一遍——狗，足球，树。那个女人要求我复述一遍，在妈妈出去以后又让我复述一遍。之后，她才收拾东西离开。

"你是怎么回事啊？"妈妈回到房里，把手放在我脑袋上，手指穿过我的头发，"我的小恶魔。"

她给我做了杯热巧克力，放了棉花糖。我还记得自己坐在桌边，困惑于为什么受到奖励。

我最后一次来医院，是格雷西出生之后。爸爸带着我走过一条曲折离奇的走廊，走进一间帷幔重重的房间，妈妈正坐在摇篮边，我那浑身赤红的小妹妹正哭得撕心裂肺。在我最失落的时候，我总会想起那天，我们四个围坐在床边——一个完满的家庭。格雷西头发的味道，爸爸脸上的笑容，家的感觉。妈妈看上去那么疲惫，又那么幸福。我总是想起那天，因为这是我记忆中最后一次有家的感觉。

是啊，最后一次。

我们跟着史密斯先生在医院里穿行，周围的一切都如同低像素的虚拟现实般那么不真实。闪亮的地板，长长的走道。空气中有种刺鼻的气味，让我喉头紧缩。电梯里的沉默，我们橡胶鞋底摩擦地面的声音，头顶晃动的灯光。

最后我们走进一个房间，我们最好的朋友就在里面。很可能奄奄一息。

在房间外，我看见了娜伊的父母。他们互相搀扶着，脑袋埋在彼此的脖子里。我看见娜伊的妈妈紧紧抓着丈夫的衬衫，仿佛一松手就会溺水而亡。

"德米尔太太？"萝丝一个人走过去，史密斯先生和我们等在电梯外。通常我们喊他们马克斯和杰姬，但现在这么喊似乎不大合适。

娜伊的妈妈看见萝丝，立刻伸出手把她拉进自己的怀里。利奥和我也走了过去，拥抱着这对总是欢迎我们去家里做客、总是让我们感受到家的温暖的夫妻。

有一瞬间我迷失在他们深深的、温暖的拥抱里。我不得不紧紧闭上眼睛，以防泪水夺眶而出，让别人看出我的恐惧。我们放开了彼此，这个瞬间也土崩瓦解，我假装自己因为光线变化而眨着眼睛。

"她怎么样了？"史密斯先生站在我们五个人几步以外的地方，看着我们。

杰姬摇摇头，马克斯把脸扭向窗户，透过百叶窗看向在床上沉睡的人。我经常看见马克斯开怀大笑的样子，一双深色的眼睛神采奕奕，笑到连肚皮都在颤抖，随时都能再来一个冷笑话。但我从没看见过他像现在这样，瘦削而苍白的脸上阴云密布，令人不忍直视。

我觉得自己应该走过去站在他身边，但我不敢，我害怕。我害怕会看到什么。

头部创伤，这是什么意思？她会不会已经面目全非？会有血吗？娜伊和我单独相处时，喜欢在 Netflix（网飞）上找最恐怖的电影，什么电锯杀人狂，什么复仇的恶魔，越血腥越带劲。但这是真实世界。这太可怕了，把我吓得魂飞魄散。

我紧紧盯着杰姬，她染成黄色的头发底下已经露出了深色的发根。她有两条细长的胳膊，和两条穿着紧身牛仔裤的同样细长的腿。她总是打扮得像个比自己小二十岁的小孩，娜伊一直受不了她这点。我妈妈觉得杰姬是垃圾，不过她也觉得我是垃圾。

"她跟你说过话吗？"萝丝握着杰姬的手，"她醒过吗？"

"马克斯。"杰姬对她丈夫低声说。马克斯摇着头，叫住了路过的一个医生。

"医生？"

一个身穿白大褂的女人停下来，冲我们皱着眉头。

"这些是我女儿的朋友，就像她的家人。你能跟他们解释下发生了什么吗？我还是不确定自己完全理解了。"

医生紧紧抿住嘴唇，闪现出一丝不耐烦，但还是两手交握，开始解释。

"娜奥米是被一群水手在泰晤士河上发现的，她被一些缆绳缠住了……"

"离家只有几分钟距离，"萝丝看着利奥，"她就快到家了。她是不是摔下去的？"

"还不确定她是怎么落水的，只能说也许是缠住她的缆绳让她没有溺死。很可能是她头部的创伤导致了她的昏迷，但夜间河水的低温又帮她存活到了现在。因此我们现在正慢慢帮她恢复体温，同时用药物使她处于昏迷状态，以便控制她大脑的肿胀和流血。明天应该会有进一步的消息。"

我试图回过神来，理解到底发生了什么，但我失败了，一切都像是假的。

"她状况不好，但她会好起来的，对吗？她会好起来的吧？"利奥压抑着怒火问道。医生犹豫了一下，也许是担心诚实回答会惹怒这个六英尺[1]高、体格健壮的少年。利奥有时候确实挺吓人的。

"我们不知道……"她慢慢说，"她能在水里活下来，头部的撞击也没有致命，这就已经是个奇迹了。她是个斗士，一定是的，所以她现在还在这里。她正在接受最好的看护。"

"我们能见见她吗？"萝丝问道，"求你了，我想见她。"

医生看了看马克斯，马克斯点点头。

她扫视了我们每个人的脸，我希望她可以拒绝，但她没有。

"好，每次一个人，每人三分钟。不能再多了。"

"我们应该跟她说话，对吧？"马克斯推开门时，萝丝问道，"因为这能唤醒她。电视上的人说，昏迷中的人能听到你对他们说话。"

"但这是药物引起的昏迷。"

"什么昏迷？"萝丝皱起眉头。

"我们给她注射了镇静药物，这样她的身体可以慢慢修复创伤。跟她说话没法唤醒她，但她也不一定听不见，所以……想说就说吧。"医生笑了一下。萝丝缩着脖子走进房间，慢慢关上房门。

1　1 英尺合 30.48 厘米，6 英尺约为 1.83 米。

"我们得去打几个电话，你们自己待在这里可以吗？"杰姬温柔地问。她的睫毛膏都化在了眼周的细纹里，在她脸上留下一道道痕迹。我点点头。

"那你自己可以吗？"我问。

"说实话，红毛，"她试图冲我笑，反而让泪水涌进了眼眶，"我不知道。"

我们等在外面的时候，史密斯先生终于离开了电梯旁边的角落，走到了可以看见娜伊房间的窗外。当他从百叶窗往里看的时候，午后的阳光在他脸上投射下一道道阴影。我还是不能狠下心去看娜伊，所以我转而看着他。他的脸看起来是那么熟悉，那么亲切。

"她看起来情况糟糕吗？"我说。

"你知道我从不对学生撒谎的吧，红毛。"他说。

我点头。

"她看起来很糟，"他冲娜奥米的方向点点头，"我想……我想萝丝需要你。"

当我最终决定往里看的时候，我看见了萝丝。她的拳头紧紧抵在脸上，眼睛睁得滚圆。她看着床上那个人，整个人都不可抑制地颤抖着。我还没意识到发生了什么，就已经身处房间之中，抓住了她的手腕，把她拉向门外。

"不，不，不，"她试图挣脱我，把手从我手里抽走，"不，我们不能把她留在这里，孤零零的。我不会把她一个人留在这里。看看她，红毛。她不能一个人待在这儿。"

"萝丝，走吧。"我说，"如果我们也崩溃了，就什么忙都帮不上了。"

"看看她！"萝丝命令道。

我看了。我看见她面目浮肿，遍布青紫。我无法把视线移开，因为这张脸看起来跟我熟悉的那张是如此不同。很难想象这就是她。她的头上缠了一圈纱布，满头的黑色长发也已不见。她的脸上还斜缠着一圈绷带，隐约渗出红色的血迹。裸露在外的每一寸皮肤都布满了淤青和伤痕，一只眼睛肿得厉害，另一只藏在绷带下面。那双亮晶晶的黑眼睛似乎永远地消失了。我还看见了维持她生命的机器，她的嘴里插着粗壮的不舒服的管子，我记忆中那抹温柔的微笑也随之被扭曲成凝固的尖叫。她身上还连着无数电线，看起来像个半机械人。我终于回过神来。我意识到为什么萝丝想站在这里大声尖叫。太可怕了。

"走吧，"我边说边把她拖出房间，"我们需要去清醒一下。我们要坚强。"

我把萝丝拖了出去，关上门，紧紧地抱住了她。

"她怎么样？"利奥问。我们不需要回答。

"等我发现是谁对她做了这些……"利奥捏紧了拳头。

"如果是她自己做的呢？"娜伊的姐姐阿希拉突然冒了出来。

"阿希！"萝丝放开了我，一把抱住了娜伊的这位同父异母姐姐。阿希笔直地站着，任由萝丝埋在她的运动衫里抽泣着。我看着阿希，她是那么冷静，那么沉着，就像个局外人。

"你不觉得……我的意思是她不会伤害自己的。"我说，"娜伊很开心，真的很开心。在失踪前，她简直是兴高采烈。这跟以前不一样，以前她会逃跑，因为害怕受到伤害而逃跑。但乐队成立以后就不一样了，她有了我们。没有人敢再欺负她。逃跑没有意义。"

"不。"阿希把脸扭到一旁，避开萝丝。我吃惊地发现，她跟娜伊竟然如此相像。同样笔挺的长鼻子，同样的颧骨，泛着红宝石光泽的乌黑头发也光可鉴人。跟娜伊不同的是，阿希不化妆，也没有拉直头发。娜伊的着装打眼又出格，阿希却总是穿着那一身：迷彩服、T恤衫、棒球帽。刮风下雨都一样。我很喜欢她的一点是，她对外部世界满不在乎。但现在她妹妹在重症监护室，她被迫来到了我们的世界。这似乎伤害了她。"是啊，逃跑确实没有意义。没有什么是有意义的。我得去找爸爸和杰姬了，你知道他们去哪儿了吗？"

"去打电话了，"我说着，向她走近了一步，"阿希，你还好吗？"她向后退了一步。

"我……"阿希耸耸肩，"回头见。"

"这太糟糕了，"利奥平静地说，"她出了这种事，太糟糕了，不应该发生这种事的。如果娜伊只是想玩玩小花招，不可能变成现在这样。她肯定出了什么事，我敢打赌。她不是那种会自杀的人。"

"有人这么说吗？"我看着史密斯先生，想搞清楚状况，想从传言中找出真相，但他看起来跟我们一样迷茫，"是不是有人说她想自杀？"

"我不知道，"他耸耸肩，"我要是知道就好了。我还没跟警察谈过，只跟娜伊的父母谈了。但我觉得这也不是不可能，娜伊想要——"

"不，"我摇摇头，"这是胡扯。"

"娜伊怕水。"萝丝说，"每次上游泳课，她都假装来例假。如果她的状况差到那个地步，我们肯定早就感觉到了。我们会救她的。"

她突然沉默了，转身投入利奥的怀抱。

"我觉得能找到她，就说明事情好转了，"我说，"但我不知道还能做些什么。"史密斯先生把手放在我的肩上，支撑着我。

"我不知道还能做些什么。"我重复着这句话，注视着他的眼睛。我多希望他能告诉我们，一切都会好起来的。如果他这么说了，我就会相信。

"听着，这对你们来说一定很艰难，非常艰难。我想现在应该带你们回家了。我们应该给娜奥米的家人一些时间来适应，给他们一些空间，让你们自己的家长来照顾你们。"

"我走路回去。"利奥立刻说。

"我也是。"我看着萝丝，她正扭过头去看史密斯先生。

"你一个人走可以吗，先生？"

"我？当然。"他疲惫地笑了笑，让我们安心，"听着，就像医生说的那样，娜奥米是个斗士，一切都会变好的。"

我们离开的时候，他还在那里。他的视线越过百叶窗，看着她的房间。

史密斯先生不仅是个好老师，也是我这一生中遇到的唯一一个从未让我失望的成年人。对泰晤士综合中学的很多其他学生来说，也是如此。他从不欺骗我们，也不对我们说废话。他把我们当成人，而不是牲畜。他是那种你可以对他敞开心扉的老师，他会认真听你说，然后努力帮助你。他帮助过我，在我家里的情况开始失控的时候。他让我相信，我可以做自己，而不是重走我父母的老路。他是个好人，一个善良的人。

"她的爸爸妈妈没有回来，"我说，"我们得等他们回来再走。"

"你们先走吧，"他说，"我会再待一会儿，等他们回来。"

萝丝点点头，向我伸出手。她的另一条胳膊挽着利奥，带我们走向电梯。

"这太疯狂了，"电梯门合上时，萝丝说，"我们也该去做点疯狂的事情。"

一年前

"把头抬起来！"史密斯先生不得不提高音量才能让全班同学听到。这是暑假后返校的第一天，孩子们有太多的话要说。谁和谁在约会，谁对谁干了什么，谁和谁正在交往。

对当时的我来说，萝丝还是个陌生人，一个只能远远观赏的女孩，魅力四射而又充满神秘感。当时她坐在角落的课桌上，接受众人的朝拜。至少半个班的人都没有看史密斯先生，而是转过身看她手舞足蹈地讲故事。

我是少数几个没看她的人之一。我坐在教室后面的角落里，抱着胳膊，瘫坐在椅子上。还有娜奥米·德米尔，穿得像个二次元女孩，化着怪异的大浓妆，不耐烦地用钢笔敲着桌子。而利奥则在打电话。

"听着！"史密斯大吼道，教室里暂时安静了下来，"我不想让你们所有人都留堂，但如果你们现在不回自己座位的话，我就不能保证了。听明白了吗？"

有人抱怨，有人翻白眼，有人唉声叹气。萝丝笑了笑，依然坐在课桌上，跷着二郎腿，双脚荡来荡去，靴子一下下地敲击着金属桌腿。

砰，砰，砰。

但史密斯先生很聪明。他不像其他老师那样想控制住她，而是选择无视她。这就够让她气馁的了，围绕着她的人也随之安静下来。我还记得当时的场景，当时我心里想：看到了吧，如果你坚持对你喜欢的人视若无睹，他们最后一定会爱上你。

那时候我可真是一个失败者。

史密斯说，他准备让我们分组成立乐队，每组创作并表演三首曲子作为作业。他开始点名，而我则坐在后排，逐渐被存在的焦虑淹没。你要知道，当时没有人跟我说话，而我对此也很满意。

没有人欺负我。一年前的我，不是乐队里的小个子红头发鼓手，而是一个矮小、瘦弱的孩子。我太瘦弱了，没有人真正注意到我的存在。我也不在乎，我只想藏在自己的身体里，尽可能让自己隐形。那样比较安全。我不想加入什么小组。我不想参与任何事。我他妈的讨厌参与。而且我也知道，我绝对是其他人最不想组队合作的人。简直是个噩梦，班上的同学渐渐地分成三人或四人的小组，然后开始找地方讨论打算写什么类型的音乐。场面热闹了起来。

"红毛、娜奥米、利奥和……萝丝。"史密斯先生对我们每个人点了一下头，我记得我闭上眼睛，默念了很久，希望这只是一个梦，一个复杂悠长的梦。只要再过几秒钟，当我解开萝丝的衬衫纽扣时，这个梦就会结束。然后我会像平常那样，在好事发生前醒来。

"呃，见鬼，我不要。"利奥几乎是在吼叫。他的声音让我睁开了眼睛。

"你有什么问题，利奥？"史密斯先生没有生气，也没有责骂。利奥拿着手机站在窗前。

"我不要和这些失败者一起。妈的，这太扯了。"

"为什么？"史密斯先生说。

"我甚至不想待在这里。"利奥从课桌间大步走过，径直走到史密斯面前。他已经长到跟史密斯一样高，站在那里直视着他的眼睛。如果他们打起来，我不确定谁会赢。"我完全不在乎学校。"

"那你走吧。"史密斯耸了耸肩，说道，"走吧。逃学。警察会再去找你妈妈，然后你可能就真的要被开除了。他们会送你去行为管教所，最后一次努力让你回到正轨。但你肯定也不会在乎管教所，所以你会不知不觉走上你哥哥的老路。就这样做吧。多么伟大的人生计划。"

全班同学都安静了下来，齐刷刷盯着愤怒的利奥。怒气如同电流般笼罩着他，闪耀出肉眼可见的火光。我们都见识过这种场面，有一次他顶撞了老师，然后被赶走了。但史密斯坚守阵地，毫不退缩。

"你认为我恨你，但我没有。我听过你弹奏，利奥，你比我教过的任何人都好。你生来就有这种天赋，不要浪费了。你比你自己以为的更有价值，你也应该做一些比摆出这种脸色更有价值的事。"

"我不需要你告诉我，"利奥咆哮着，"我知道我是什么样的。"

"很好，"史密斯先生点点头，"所以你还是要走吗？"

利奥站了一会儿，然后挪到门口，猛地拉开门，转过身。他看着萝丝、娜伊和我。

"你们来不来啊？"他说道。

真的假的？我被吓坏了，不敢不跟上去。

我们跟着他穿过走廊，来到一间排练室。娜奥米，这个在学校三年都没和我说过一句话的人，靠过来对我说："我的天，如果他要发动一起校园枪击案，我们会是第一批被枪杀的。"

从那个时候开始，我就知道自己喜欢她。

第一次乐队的会面，我们放了一些 AC/DC 乐队[1] 的歌。

"我们接下来干什么？"利奥看着我们问道，"有什么歌是我们都会的？"

他直直地看着我，我差点吓尿了。"你会什么？"

听起来，他似乎认为我什么歌都不会弹。有那么一瞬间，我的脑海中确实一片空白。

"来点 AC/DC？"我建议。我不知道他们会些什么，但每个人应该都多多少少会一点他们的歌。

"《你让我彻夜摇摆》（ You Shook Me All Night Long ）怎么样？"

他怒视着娜伊，她没有说话，只是拿起了贝斯，算是默许。萝丝耸了耸肩："不是我喜欢的歌，但我可以试试。"

"好，那就开始了？"利奥即兴弹了一段，旋律粗犷而嘈杂，充满了攻击性，不过我很喜欢。

"不错。"萝丝点点头。我注意到她小心地装出自己其实并不意外的样子。我看了看娜伊，谢天谢地，她不是一个话多的人。演奏低音时，她打着拍子，点头示意我们该什么时候进入。

"3，4……"

不错，第一次演奏很成功。就像你第一次坐过山车，或者初吻；很完美，好到让我的胃里开始翻腾。这就是每次我一个人在家跟着唱片打鼓时想要的那种感觉。我和娜伊，我们之前没有说过一句话，但现在我们坐在一起，配合利奥的吉他，合奏出我们耳熟能详的曲调，即使我们

---

1 澳大利亚摇滚乐队。

此前并不知道我们对这首歌这么熟悉。

萝丝低着头，头发遮住了脸。她在副歌部分加入了我们。我们全都看着她，她一开口就把我们震住了。她的歌声深邃而嘶哑，粗粝得像每天要抽二十根烟，也许她就是这么干的。歌声吸引了我，在我的心上重重一击。我根本没想到她能如此令人惊艳，但事实就是这样。

她不知道歌词，所以开始随口编了起来，一边笑一边唱。她抬起头，从话筒架上取下麦克风，朝着娜奥米露齿一笑。

> 她是一个动漫女孩，
> 有时戴着一根尾巴，
> 不在乎二年级男生的看法。

娜伊也朝着她笑，她又转向了利奥。

> 他又高又正点，
> 而且他也知道这一点，
> 如果他不再抽大麻，
> 就可以成为摇滚大咖。

我的天，我真想让她写首关于我的歌，与此同时，我又不想让她真的写。当她看向我的时候，我用尽了全部力气才能继续演奏下去。

> 为了红毛而放弃，
> 脑子里的想法有点怪异，

像僵尸一样走来走去，

从死人堆里爬了出去……

　　好吧，她没有说我高或者正点，但也没提到我的小个子和红头发。所以对我来说，这差不多就是一封情书了。

　　在利奥的带领下，我们开始演奏了。他把自己所有的愤怒都倾注在了吉他里，化作在空气中飘扬的旋律，把我和娜伊卷入其中，应和着他的节奏。萝丝声嘶力竭地高唱着，那么用力，那么原始，那么精彩。一曲结束，我们没有说一句话，就开始了又一次演奏，这一次还要更好。演奏结束，我们都大汗淋漓、疲惫不堪。抬头一看，排练室的门开着，大概有二十个孩子站在那里看着我们。他们欢呼着，为我们呐喊鼓掌。

　　"滚开！"利奥向他们说道，然后转过来对着我笑，"伙计，这一定会很棒的。"

　　有生以来第一次，我感觉自己有了存在感。

04

夜幕慢慢笼罩着这个城市，我们离医院越来越远，走到了小时候经常玩耍的公园。当然了，那时候我们不在一起玩。放学的孩子们已经回家了，现在公园里空空如也。我们坐在滑梯下面，没有人说话。这感觉很好，我们可以坐在这里，沉默着，什么都不用说，只要待在一起就好。这是我们去年的一大收获：每个人都找到了一个前所未有的理由。这个理由，就是我们彼此。

从前孤身一人的时候，我们混乱，迷失，没有目标，什么也做不了。只能等这种困境自己消失，我们的生活才能继续，我们才能得到自由。后来我们组建了镜子乐队，这个名字是萝丝起的，她说我们就是最棒的乐队。

有了镜子乐队，就有了我们；当我们在一起时，每个人都变得更加强大。至少我们是这么认为的。但一定出了什么问题，把娜奥米跟我们分开的问题。我们甚至都没有注意到她出问题了，差点就失去了她。我们不敢谈论，甚至从未谈起到底是发生了什么事情才导致了今天的局面。

她是我们最好的朋友，然而我们没有人知道她为什么逃走，或者说她为什么差点……我想不出有什么理由，能让她从桥上跳进她深深恐惧的漆黑河水中。

所以我们只是坐着，默默无言，不想回家。我们都有不想回家的理由。我的理由就是妈妈现在应该在喝第三杯伏特加兑可乐，而爸爸在猛抽烟。

利奥先打破了沉默。

"我们做点什么吧。"他说。

"我们现在就在做啊，"萝丝把头靠在刻满名字和脏话的金属柱子上，说话时我们可以一直看进她的喉咙深处，"我们在公园里浪费青春，就像正常的青少年一样。"

"我说的不是这个，"利奥说，"做点有意思的？吃点药，去夜店玩。我们就应该像萝丝说的那样，去干些疯狂的事。"

"我一毛钱都没有，"萝丝打了个哈欠，"你身上带药了吗？我们就在这儿打发时间吧。"

"在周一？"

我刚刚说话的声音很大吗？至少我把她逗乐了。

"天哪，红毛，你可真是个智障，"她说道，笑得更开心了，"娜奥米会想让我们怎么做？她躺在医院和命运做斗争，而我们在这儿，就像……失败者一样。她会让我们做什么？"

"娜伊会想看一部电影，或者去读书俱乐部，或者干一些其他破事。"利奥边说边皱了皱鼻子，"要不就是看一些暗黑系的日本动漫，她喜欢那些垃圾。"

"那就这么干吧。"我抓住这个机会，争取让他们和我一起看《黑执事》，免得真的要去嗑药或者喝得烂醉如泥。不是说我从来没碰过那些东西，只不过我见过药物和酒精对人们会造成什么影响。我不想让那些事发生在自己身上。

再说，《黑执事》是我和娜伊最喜欢的动漫之一，维多利亚哥特式风格加上日系暗黑风，里面还有各种男女变装。我们还密谋过要穿着角色扮演的服装去参加下一届动漫展，但是我们从来没有告诉过利奥和萝丝。他俩不会瞧不起我们，但是肯定会无休无止地嘲笑我们。我们自己设计服装，我甚至从卡姆登区买了假发，然后……好吧，世界变了。

我的床，我的房间。

娜伊失踪的那个夏天，我把房间刷成了黑色。妈妈看到之后，翻了个白眼说："我放弃了。"

我回答："你早就放弃了。"

我喜欢黑色的房间，这让我感觉很安全，很封闭。但最好的地方在于，我的架子鼓占据了半个房间，这是我唯一真正在乎的东西。为了买它，我省了两年的钱，而且妈妈同意我买它的唯一原因是，她认为我在攒够钱之前就会改变主意。但我没有。为了攒钱，我给别人遛狗、洗车、整理货架，所以他们只得让我买。现在，它被放在房间的一角，我喜欢把它放在那里。等我有一天可以拆掉隔音垫，就能制造出巨大的噪声，把周围邻居全部吵醒。

现在利奥和萝丝坐在我的床上，利奥半闭着眼睛，昏昏欲睡。萝丝的胳膊绕着我的脖子，脸靠在我肩膀上，温暖的气息喷在我脖子上。她闻起来是柠檬味混杂着烟味，这有点奇怪。尽管第一次听她唱歌时，我觉得这是一把老烟嗓，但她并不抽烟。其实她很爱惜她的嗓子。

叫他们来我家的时候，有那么一瞬间，我忘记了近几个月来妈妈的疯狂已接近失控。我不能因为她给大家带来痛苦而责怪她，爸爸甚至都不再向她隐瞒他那些破事。但要是她责怪我，我就可以反击她了。我尽量不去想她，尽量屏蔽掉她也住在家里这件事。但她一看到利奥和萝丝来了，立刻摆出一副假惺惺的嘴脸，像个疯了的小丑一样咧嘴笑着，给我们准备饮料和小吃，还问我们"要不要吃比萨或者爆米花"。真是够了。她把头发盘了起来，系上了围裙，活像一个电视里的大厨。唯一的区别在于，当格雷西坐在那里边吃鸡块边循环播放《史酷比》[1]的时候，她手舞足蹈，放声大笑。我知道只要我们一离开，她就会瘫倒在椅子上，接着喝酒。威尔玛会揭露坏人的真实面目，而格雷西会继续吃她的东西。

萝丝的手指甲被咬得很短，饱满的手指上戴满了银戒指，她偷偷拉住我的手。身旁坐着最好的两个朋友，这让我感到温暖而困倦。我看到利奥注意到萝丝牵着我的手之后，嘴角还标志性地抽搐了一下。

有人敲门。爸爸进来了，或者说他的脑袋探进来了。他一般不会到我的房间来，那么现在意味着他想知道点什么。

"还好吗，孩子们？"他说，"我听说了娜奥米的事，她现在怎么样？"

"他们现在还不确定，"我回答说，"她还活着，就已经是奇迹了。"

"当然了……"爸爸在门口徘徊着，"他们怎么说的，她出了什么事？"

1　二十世纪六十年代美国热门卡通系列剧 Scooby-Doo，故事的主角是一只会说话的大丹狗史酷比，下文提到的威尔玛是史酷比的侦探小伙伴之一。

"我现在不想谈论这件事，"我对他说，"可能会上新闻吧。"

"好吧……那么，不要做任何我不会做的事！"

哦，天哪，爸爸，闭嘴吧。

"这两个家伙搞不定我的，桑德斯先生，"萝丝朝爸爸笑了起来，他脸红了，我不由自主地松开了她的手，"我需要一个真正的男人。"

"看完这部动画片就回家吧，好吗？"他往房间里走了两步。他看着萝丝的腿。

"我们还有一部要看。"我边说边下了床，走到门口，把他推到楼梯口。

"我马上就出去了，明天早上见。"

"出去？"我看着他，"你才刚回来，而且已经十点多了。"

"你是谁啊，我老妈吗？"他的视线越过我的肩膀，对着萝丝笑了起来，"你知道我的工作，一半时间都要用来应酬。我也没的选。"

"我从不知道当一个议员这么刺激。"我说。

"这是工作。"他重复了一遍。我们对视着，彼此都心知肚明，他在撒谎。我觉得我应该关心一下我爸爸的女朋友们，还有我妈妈酗酒的问题。在平静的外表下，这个曾经其乐融融的家庭正在分崩离析。

但我无所谓，我不关心他们俩，我只关心格雷西。

几分钟之后，萝丝把头靠在了我的肩膀上。

又过了一分钟，她发出了鼾声，利奥和我爆出大笑。

"都他妈的给我闭嘴。"她咕哝道，然后又倒头睡去。

萝丝和红毛，续火苗[1]108 天

萝丝：谢谢你今晚陪我，伙计。发生了这么多事，今晚总算有点意思了。

红毛：太有意思了，你都睡着了。

萝丝：是是是是啊，看起来睡着了，内心喜滋滋。

红毛：你现在在干吗？

萝丝：听我爸和那头母牛乱搞。真恶心。

点击这里观看：两只猪做爱。

红毛：好在我爸基本不在家，没有叫床声。只有妈妈的呕吐声。

萝丝：呃啊啊啊啊啊啊呕呕呕。

红毛：你还好吗？今天太糟糕了，看见娜伊那个样子。我还没回过神来。

萝丝：再去看看她吧，明儿放学后？

红毛：好啊，你还好吧？

萝丝：我灌了点我爸的威士忌，就这样。

红毛：别乱来。

萝丝：我没乱来，我认真的。

红毛：别被自己的呕吐物呛死，啊？

萝丝：行。

1　Snapchat（色拉布）上的流行语，好友连续给对方发三天照片，就可以有一个火苗。续火苗（streak）是指保持发照片，以免火苗熄灭。

红毛：萝丝，说到明天……

萝丝：……

萝丝：……

萝丝：……

05

　　凌晨三点，心跳加速，喉头发疼，汗水刺痛了脖子根。

　　我坐起来，浑身皮肤火辣辣的。一定是做了个噩梦，虽然我什么都记不起来。只有嘴里残留着肮脏的河水的味道。我挣扎着爬起来，套上T恤和短裤。我打开门，听见有人在说话。这个点妈妈经常醒着，或者说至少还没上床睡觉。她很可能已经喝蒙了，坐在厨房椅子上，或是趴在沙发上，半张着的嘴里流下一摊口水。我现在可不想看到一个酩酊大醉、无处泄愤的人。

　　外面静悄悄的，我迫切需要来一杯。所以我得冒个险。

　　爸爸坐在厨房里抽烟，空气里还有酒味。他喝得没有妈妈那么多。妈妈就跟需要空气一样需要酒，几乎是靠伏特加维持着生命；曾经柔弱无骨的身体现在变得瘦骨嶙峋，泛红的脸上阴云密布。爸爸没这么糟，但也喜欢喝上两杯；放松一下，他会这么说。他这是去了哪里抽烟喝酒，三点钟才回来？

　　"你还好吧？"他看起来像是被我抓了个现行。

　　"我需要喝一杯。"我赤着脚，悄无声息地走到水槽边，让水流过我的手指，直到水彻底变凉。

我听见他在我身后，重心在两只脚之间换来换去。他咳嗽着，喘息着，抽烟损害了他的健康。

"说起娜奥米，他们是不是觉得她想要自杀？"

"他们什么都不知道……"我揉了揉眼睛，"爸，都凌晨三点了，你真的想现在讨论这个问题吗？"

"我知道，但我睡不着。我打算明早给杰姬和马克斯打个电话。我之前帮她做过爱丁堡公爵的项目，也算认识她。我觉得自己应该说些什么，看看有什么可以帮忙的。"

"你能做什么？你只是在地方议会工作，不是给首相工作。"

"对别人表达关怀总是好的。"他说。

"那你能对妈妈表达一下关怀吗？"我说，"说不定她能少喝两口伏特加。"

"不要这样跟我说话。"爸爸半真半假地警告我。他自己也知道我说得没错。太可悲了。

我不知道他指望我怎么回答。我只是无视了他。他耷拉着肩膀，坐回椅子里。曾经我想成为他，我觉得他是全世界最强、最酷的爸爸。而现在，他让我感到厌烦。几英里[1]之外，我的好朋友头部受伤、深度昏迷；而这里，闻起来就像妈妈又在走廊里呕吐了。至于爸爸……他已经很少出现在家里了，每次出现都像个失败者。而我只想躲回房间睡一觉，在睡梦中暂时忘记发生的一切。

但我不能这么做。因为家里的状态不只会影响我，更会影响格雷

1　1英里约合1.609千米。

西。我深吸了一口气，试着回想当年。那时我认为妈妈是世界上最善良的人，爸爸是最勇敢的人。然后我又试了一次。

"爸爸……妈妈一直在喝酒。情况不太好。"他稍稍转动了椅子，躲开我的视线，"你不怎么回家，看不见这些，也不用应付这些……"

"那你以为是谁收拾这一摊脏东西的？"他冲我大吼大叫，像是我应该对他感恩戴德。

"所以呢？"跟他谈论这些让我觉得很受伤。我指的是那种字面意义上的受伤。我觉得自己的胸口疼痛难忍，像是被人打得青一块紫一块。"你不觉得情况已经很糟糕了吗？就像以前……"

格雷西刚出生的时候，妈妈也喝得很厉害，那是我第一次发现她酗酒。不过现在回想起来，在那之前她应该就已经出了问题。那时候爸爸一直守候在她身边，几乎一直都在。他要照顾格雷西，要安抚妈妈，一直跟我说我有多乖、多勇敢、多强壮。他还说他很感激我，能乖乖地不捣乱。从那时候我开始长肉，我吃东西不是因为饿了，而是为了填补她的离开所留下的空白。我开始在床底下储藏食物，当爸爸忙着照顾妈妈和格雷西的时候，我就会用食物填补身体里的伤口。我会一直吃到吃不下，然后沉沉睡去。这是十岁的我所能想到的逃避现实的最佳路径。等到了十三岁，我又学会了用厌食来控制自己的人生。但在十岁的时候，我时常感到饥饿，一直试图让自己获得满足，却从未成功过。

"她压力很大，你了解她的。"爸爸说。他说了等于没说。

"如果你能留在家里，多陪陪她，也许她就不会这么颓废，也许她就不会感到孤独。"我又试了一次。

他觉得不舒服，就换了个姿势，半背对着我。我忍不住想仔细端详一番，看看他现在到底变成了什么样。不是巨人，不是上帝，不是那个我崇拜了大半辈子的最强大、最聪明、最强壮的男人，而只是个被宠坏的小孩，对自己的玩具感到厌烦，想要玩点新的。那一刻，我恨他。

"那就搬去你新搞上的婊子家。"我拿起杯子走出厨房，小心翼翼地绕开瓷砖上的斑斑污渍。

"马上给我回来。"爸爸嘶吼着，这一次他听起来真的发怒了。但我没有回头。我再也不在乎他是怎么看我的了。

我已经想不起来上一次他做出一点能让我在乎的事情是什么时候了。回到房间，我轻轻关上房门，向窗外望去，等着太阳升起。一天之中，日出的时刻似乎有某种安慰人心的功效。一切都在黑暗之中，一切都静默如谜。一排排的房屋，一扇扇暗淡的窗户。我想象其中掩藏着怎样的梦，就这样度过残余的一小段夜晚。不同的人住在不同的房子里，但这一切不幸都没有降临在他们身上。不知为何，这让我感到好受了一点。如果这一切都只能伤害到我，那也不算太糟糕。

有时候我的脑中充满黑暗，有如大雾弥漫。这让我看不到一丝希望，感受不到一丝喜悦。外界的伤害已经深入我的心底。但只是我，也只在此时。也许有一天会有其他人，某个我不认识也不关心的人，也会看向窗外，等着黎明降临。

我必须睡觉了。如果再不睡，明天肯定会头晕目眩。我必须睡觉了。

我要躺下来，闭上眼睛，想点开心的事。比如说我排练时，格雷西跟着弹奏空气吉他的样子；萝丝靠在我身上哈哈大笑到花枝乱颤的样子；利奥弹吉他时，像个格斗士般笔直站着的样子；娜奥米抬起一边眉毛，一本正经地说出一些蠢事，让我们笑破肚皮的样子。我想记得这样的她，而不是头破血流的她。

几小时后，我喘息着醒来。这次我记得那个噩梦：黑暗的、黏稠的、冰冷的水，灌满了我的鼻腔和嘴巴，灌进我的肺里。某个冰冷而残酷的东西，一直把我往下拽，拽到水底深处，直到我知道自己再也无法重见天日。

粉丝页面：镜子乐队新闻

　　早上好，朋友们！希望你们都能来我们的慈善演出。我们一直在排练，准备了四首刚出炉的新歌带给你们。演出将为我们的乐队成员娜奥米·德米尔筹款，所以请记得带一点现金来！

　　将在演唱会上作为贝斯手加入我们的是音乐人勒克拉杰·查曼！我们问勒克拉杰和镜子乐队一起演出最期待什么。他说：最期待成千上万的粉丝喊我的名字！（并没有）

　　点击这里观看我们的 MV《你和我在一起》。

　　点击这里观看萝丝·卡特在演唱前如何热身。

　　点击这里观看最新的排练花絮。

　　点击这里进入镜子乐队相册。

06

已经睡不着了，所以我干脆放弃，盯着笔记本电脑的屏幕，一直到起床时分。

这个月，我们的 Tumblr（汤博乐）页面有 874 个浏览，真是大流量。虽然可能有 400 多个点击都是萝丝为了看视频下面的评论贡献的，但即便如此，对我们四个十六岁的小孩来说，这已经很可观了。我们的 Twitter（推特）账号已经有 1385 个粉丝，我申请了官方认证，想在头像旁边加上蓝色对钩。我真的很想要这个蓝色对钩。蓝色对钩意味着我们是真实存在的。

我们在 YouTube（优兔）频道里的最新视频是在公园里拍的，很赞。拍摄的曲目是《旋转木马》（*Roundabout*），这首歌是我和娜伊一起写的，讲的是几个互相喜欢的小孩没能走到一起的故事。然后我们就去公园拍摄了。我带了一个音箱用来连手机，我们跟着音乐手舞足蹈、边弹边唱。我们活像一群小流氓，引来一群小孩围观，他们至少一半人都觉得我们脑子有问题。但我相信视频拍出来的效果会很棒。利奥对拍视频最抗拒。他不喜欢被拍摄，只想好好弹吉他。是萝丝说服了他，给他灌了点酒，让他有点嗨。这之后利奥就不那么在乎形象了，他站在滑梯最上头，尽情地拨着吉他。萝丝躺在跷跷板上，跟着音乐对口型，像二十世纪八十年代刚出道的麦当娜一样，性感到不可思议。还有娜奥米，她在旋转木马上慢慢转圈，一点笑意都没有。我用娜伊那部套着《塞尔达传说：三角力量英雄》[1] 手机壳的手机录下了大部分表演，每个乐队成员都单独演奏了一遍，方便我之后把它们剪到一起。最后，轮到我在公园的长凳上打架子鼓了。萝丝接手了拍摄的工作。我戴上墨镜，套上露指皮手套。截止到今天，这个视频有 924 次播放。我对此相当满意。Facebook（脸书）主页有 2300 个赞，Instagram（照片墙）有 760 个粉丝。这几天，我还要把歌放到 Spotify（声田）上。

你看，我喜欢那个世界里的我，社交网络上的我。这个我知道自己在做什么、想要什么、要走哪条路。这个我很像样。这个我很正点，很放松。每当我拿起鼓槌，我的每块肌肉、每条神经、每次心跳、每个细胞都运作得恰到好处。那个活在闪闪发亮的屏幕上的我，才是人们点赞、评论、发送私信的对象。女生们歪着嘴微笑，第一次揣摩是不是有可能喜欢上我；虽然我瘦瘦小小的，但我打鼓可是一绝。这家伙还挺性感的。

但我花了很长时间才做到这样看待自己，这个真实的、没加滤镜的自己。

其实我从来没有真正接受过这个由血肉、骨头、神经和染色体组成的我。当我还是个小孩的时候，我将自己隐藏在层层的脂肪里，我的身体是一座无法逃离的监牢，因为我的心脏只有在这里才能继续跳动；我

1　任天堂于 2015 年推出的一款游戏。

有多渴望逃离这座血肉之躯的牢狱，就有多依赖它。

然后发生了一件事，让我停止了暴饮暴食。

有一天，我在学校更衣室的镜子里看到了自己的样子。那个奇怪的角度让我几乎认不出自己，镜子里的是个陌生人。一个令我感到憎恨、恶心和同情的陌生人。

那之后一年多的时间里，我拼命减肥，一点点消瘦。虽然没有用到催吐这一招，但吃得也少得可怜。胡吃海塞是失控的小孩子才做的事。这个新的我不会再吃那么多了，一切都在我的掌控之中。我相信周围的人一定会注意到，事实上他们确实注意到了。但他们只是说，我看起来像样多了。哪怕我的髋骨瘦削成刀片，哪怕我在烈日炎炎下也会冷得发颤。因为他们，我把自己填成一个膨胀的气球；同样是因为他们，我把自己变成一具行走的骨架。但一切都没有改变，除了我自己。

是乐队，是利奥、娜伊和萝丝拯救了我。他们看到的不是我那时的样子，是我能成为的样子。因此，我也看到了自己能成为的样子。我意识到如果我再不为自己而活，很快就会堕入深渊，回不了头。我不想成为家里下一个被毁掉的人，我拒绝。

那一年，我是在架子鼓后面度过的。我开始把那几个跟我一起演奏、一起出去玩的人当成朋友。在忙碌的生活中，我逐渐不再刻意想着要去控制饮食。这个过程令我害怕，也令我兴奋，因为我有了朋友，有了音乐，我可以唱歌跳舞、整夜玩乐，从一家酒吧喝到另一家酒吧，从一家夜店跳到另一家夜店，对着月亮尽情嚎叫。

这听起来不是什么健康的生活方式，对吧，但这对我很有效。我打鼓的时间越长，身体就越强壮。我把节食的事情抛在脑后，想吃的时候就吃，需要吃多少就吃多少。我越大胆做自己，我的外表就越接近我的本心。

这种生活不是强心剂，是快乐丸。我意识到无论我有多渴望得到父母的关注和照料，我都已经不需要他们了。我可以照顾好自己。我把自己和格雷西都照顾得很好。我比他们做得要好得多。

老天，我又开始自恋了。我真无聊。

我有过过于肥胖的时候，也有过过于消瘦的时候。现在的我壮得像屠夫家的狗。别纠结这些了，红毛，比体形重要的事情太多了。

我只想再次见到娜伊。

利奥在角落里等着我。

准确地说，是利奥和他的朋友在等我。那些是他在乐队成立以前交的朋友，他们还会时不时地一起玩。没什么大不了的，他们不介意我的存在，我也不介意他们的存在。

但只要有女生在场，我就变成了彻头彻尾的傻瓜。该怎么走路？该说什么才能看起来不那么蠢？我幽默吗？我是个失败者吗？这些问号在我脑海里疯狂旋转着。在喜欢的女生面前，我甚至必须强迫自己才能迈开脚。我得告诉自己，这是你自己的腿，白痴，先迈开右腿，然后左腿跟上。

然后我忽然又想起来，该死，利奥和他这些朋友以前可把我吓得够呛，尤其是利奥的哥哥亚伦还在学校的时候。我以前还会想他们的书包里是不是装了武器，为什么他们嚼着口香糖，看起来很能打，活像是刚把几个无名小卒送去见了鬼，然后在河边抛了尸。更可怕的是亚伦还没满十九岁时，就在炸鸡店里把一个家伙捅成重伤，进了监狱。

但是利奥和亚伦不一样。现在我和他们结伴上学。你知道吗？我发现他们和我差不多，只不过长得高一点。所有人都他妈比我高。

"兄弟。"我走近的时候，利奥叫道。

"嘿。"我点了点头，大家都冲我点了点头。我走到他们之中，成了最矮小的那一个。我幻想自己是大卫·鲍伊[1]，而他们是我的一众保镖。阳光温暖地照着我的脖颈，今天就连汽车尾气也好闻了起来。车水马龙的喧嚣声，刹车的尖锐声，发动机的轰鸣声，自行车手的咒骂声，收音机电台的嘈杂声。这是我最爱的城市背景声。

"史上最棒的三个吉他手？"利奥问我。

"第一肯定是亨德里克斯[2]，然后是梅[3]，最后是 Slash[4]。"

"见鬼，"利奥冲我摇了摇头，"亨德里克斯第一是肯定的，但是梅和 Slash？什么鬼？"

"没错，该死的梅和 Slash。该死的布赖恩·梅是史上最他妈厉害的吉他手。"

"你脑袋坏了，兄弟。马上你就要告诉我，菲尔·科林斯[5]是史上最棒的鼓手了。"

"你昨晚去哪儿了？"我问他。

"你家啊，猪头。"

"不，我是说之后，在网上。我和萝丝聊了一会儿。"

"哦。我和我妈说了会儿话。"

"见鬼。"

---

1 英国摇滚歌手、演员。
2 吉米·亨德里克斯，美国吉他手、歌手、作曲人。
3 布赖恩·哈罗德·梅，皇后乐队吉他手。
4 原名 Saul Hudson，枪炮与玫瑰乐队的吉他手。
5 英国歌手，1970 年加入英国著名的"创世纪"乐队担任鼓手。

　　"是啊。"利奥顿了顿。他是那种一切都写在脸上的人，现在他的表情不大妙。"我还以为事情已经够糟糕了……"

　　"什么意思？"

　　"亚伦要出来了。"他没再多说，也不需要再说。

　　"见鬼。"

　　我们一言不发地走了一会儿，周围只有城市运作发出的噪声。亚伦入狱前，利奥经常和他混在一起，甚至有点崇拜他，对他言听计从，有几次还差点惹出大祸。因为亚伦真的不在乎自己能惹什么祸，这也是他最让人害怕的地方。我猜在他还很小的时候，他就结识附近的青少年，并染上了毒瘾，从此一发不可收拾。有些人虽然吸毒，但生活没有受到太大的影响，而有些人，比如亚伦，就被影响了心智。他们陷得太深，再也没办法像以前一样看世界。他们被毁掉了。亚伦陷了进去，有一段时间，他还拉着利奥一起陷了进去。

　　一年前，我和利奥刚成为朋友的时候，他愤怒而阴暗，让人望而生畏，至少当时我是这么认为的。他总是与危险的事物离得太近：跟亚伦混在一起的黑帮成员，他们交易的毒品，还有他为了赚点小钱做的勾当。利奥所接触到的这一切，能迅速把人卷入其中：当你发现自己要窒息的时候为时已晚。而亚伦的离开，是利奥成长过程中最好的改变。他有生以来第一次有机会去探索真正的自己，而不是哥哥口中的自己。如果亚伦还在，利奥是不可能待在镜子乐队的，更不可能在滑梯上面弹吉他。绝对不可能。

　　亚伦出狱了，这意味着他又要来发号施令了。至少他会尝试这么做。

　　"那你妈妈怎么说？"这句废话就是我能想到的最好的回答。

"她说不想让他搬回家里住，但他毕竟还是她的儿子。她不让我和他混在一起，说不能让我的成绩跟以前一样差，不能让他给我惹上麻烦。说得跟他是邪恶的化身，而我是什么有出息的孩子一样。"

"你同意吗？"我小心翼翼，不敢和他对视。

"是啊，他是我哥，当然了。"利奥迟疑了一下，这让我有些怀疑这个回答的真实性。

"嘿！"萝丝狂奔着追上我们，她戴着墨镜，头发乱糟糟的。

"昨晚喝你爸的威士忌，还没醒酒呢？"我问。

"怪我遇到成熟的口味就总是忍不住。"她咧嘴一笑，"我昨晚太需要喝一点了。我还是不敢相信。娜伊刚失踪的时候，我还想骗自己说她好端端的。现在简直是……糟糕透了。"

"我一晚上都在想娜伊这件事，"利奥说，"这不可能是她自己做傻事，对吧？记不记得上学期末，她彻底变了？不再像动漫人物那样化妆、打扮了，看起来……很阳光。她失踪的前一天，看起来也很阳光，不是吗？这不是我自己幻想出来的吧？"

"你说得没错。"我同意道，"去年年底，她状态一直很好，写了很多精彩的歌，多到我们都录不过来。根本没有发生什么，没有什么会让她想……那个。"

"那只能是发生了什么不好的事情，她失踪时一定发生了什么不好的事情。只有这一种可能了，对吧？某种非常黑暗的事情，黑暗到让她无法承受。"萝丝说。

这时候我们才发现，我们在试图想象各种可能性时，已不知不觉停下了脚步。

"嘿！"这个声音太像娜奥米了，我们都吓了一跳。是阿希拉。利奥的朋友抛下我们，继续往前走了。

　　我们交换了一个眼神。她听到我们的对话了吗？

　　"嘿，阿希。"萝丝抿着嘴，笑得有点勉强，不知道下一句该说点什么。

　　"说来有点尴尬，杰姬问你们，想不想今晚去医院看完娜伊之后来我们家，一起吃个晚饭。她在医院帮不上什么忙，需要做点什么来分散下注意力。"说完，阿希还挤出了一点笑意。说出这番话，似乎费了她很大的力气。"我觉得这挺蠢的，但是杰姬就是这样，她觉得没什么问题是吃顿大餐不能解决的。我想你们也能让她心情好点，让她觉得事情一定会好起来。你们明白我的意思吧？"

　　"当然。"我有点迟疑地说，先看看利奥，又看看萝丝，他俩都点了点头。

　　"我知道肯定会很尴尬……超级尴尬。"她叹了口气，垂下脑袋，深色的眼眸也黯淡了下去，"杰姬说房子里太安静了。我身边也没什么朋友。我根本没有朋友。大家都不知道跟我说什么好。"

　　"见鬼，对不起，阿希。"萝丝伸出手想拍拍她，但还没碰到就又垂了下来。阿希从来都不是那种喜欢别人碰她的人。

　　"不是你们的错。"阿希拉耸耸肩，抬起眼睛和我对视。有那么一瞬间，我感觉到她有话想单独跟我说。"反正我也一直不喜欢和人来往。"

　　"我们对你也不怎么好，"利奥摇摇头，"我们应该多关心你。怎么说呢，我们都有点失常。"

　　"你们要办的演唱会挺不错的，可以集中精力，"阿希又勉强挤出一丝笑容，"我也有自己排解的办法。总之，杰姬很希望你们能来，把你们喂饱。如果你们吃得下的话。"

"当然，"我说，"我有点想念杰姬的手艺了。"

"那你呢？"萝丝终于跨过阿希身边那道隐形的屏障，拉起了她的手。她就是这样，一直在打破各种边界，毫无畏惧。

"我没事，"阿希轻轻挣脱了她的手，"爸爸陪了她一晚上，今早回来的时候说她的情况已经稳定了，所以……要么我们晚上医院见吧。"

我们三人目送着阿希快步地走远了，她又低下了头，发丝随风飞扬，像是不想让人看到她哭的样子。

"我从没想过要去她家。"萝丝话音刚落，上课铃响了。这时我们才发现校园里只剩我们没有进教室了。"我也没想过要关心一下阿希。"

"我们都没有。"利奥张开胳膊搂着她的肩膀，萝丝转过身，额头贴上利奥的胸膛。利奥在她头顶落下一个吻，然后放开了她，好像什么都没发生过。如果要像这样吻到萝丝的头顶，我还得长高三十厘米。看见她靠在利奥胸口的样子，我的心被揪了起来。

"伙计们！过来讲两句话。"

史密斯朝我们小跑过来。

"你们待会儿要去医院吗？"

"是的，"萝丝说，"当然要去。你去吗，老师？"

"我就不去了。但是有什么情况随时告诉我好吗，萝丝？"

"没问题。"萝丝微笑着。

"还有件事。我差点忘了，这一切发生之前，我找了几个本地电台的人来录你们的彩排，用来给你们的演唱会做宣传。但现在我得先跟娜奥米的父母谈谈，所以录音可能要推迟了。"

"不用，"萝丝把手放在他的胳膊上，像是一种安慰，"我们刚才和阿希聊了一会儿，她说他们都很支持。没必要推迟。"

"那你们还照常接受采访？"他问。

"我想是的。"我说。利奥也点点头。

"那好，去上课吧。如果迟到了，就怪到我头上，好吗？"

"好的，老师。"萝丝歪头笑了笑，"如果你迟到了，也可以怪我，好吗？"

"萝丝，别忘了晚点来找我谈合唱团的事。"他回头喊道。萝丝放的电对他完全失效，但她还是笑嘻嘻的。

"你放什么电啊？"我们走进教学楼的时候，利奥问，"还有，合唱团是什么？"

"很显然，他们要参加一个比赛，但是缺一个热辣的主唱。"萝丝咯咯笑着靠向利奥，睫毛垂了下来，"我实在是魅力四射，让男人无法抵挡。"

"不如说是你抵挡不了男人吧。"利奥说着，还往旁边挪了一步，让萝丝扑了个空。他撇下我俩，自己去报到处了。

"他怎么了？"我们在走廊上停下脚步，萝丝看着我问。同学们吵吵闹闹拥入教室的声音不见了，随之而来的是远处的关门声。周围一片寂静。显然，我们迟到了。

当然是因为你，我心想，但没有这么说。

"亚伦要出来了。"

"该死，"萝丝皱起眉头，把书包从肩膀上甩掉，书包重重落在地上的声音回荡在走廊里，"亚伦就是个浑球，可在利奥心里他简直是光芒万丈。"

"我知道，"我的手掌抚摸过刚剪过的后脑勺，"我挺担心他的，但我们能说什么？该做什么？他崇拜亚伦。"

"会没事的，"萝丝捡起包，"我们不能再失去任何人了。我不会让这种事发生的。"

我冲她笑了笑，脑海里浮现出那种眼睛里直冒爱心的卡通人物，就像此时的我。

"怎么了？"我们终于朝教室走去，萝丝回头看着我问，"你想说什么？"

"没事。"我就喜欢萝丝这样，每时每刻都活得尽兴，随时准备好质疑一切、挑战一切，每隔五分钟就想要大战一场。

"行，那好，我可没时间跟你磨蹭。回头见吧，呆瓜！"她冲我比了个中指，扭头走了。快走到走廊尽头的时候，她回过头冲我大叫。

"我爱你，红毛！"

"我知道。"我回答。进教室的时候，我的嘴都咧到耳后根了。

萝丝 1 分钟前续火苗 109 天

利奥 1 小时前续火苗 43 天

卡莎 6 小时前续火苗 6 天

柏米达续火苗 3 天

卢卡 4 天前

萨姆 5 天前

娜奥米 7 月 27 日（离线）

07

该死。

我原本以为她回来时，我的心情会有点波动。

高兴，悲伤，或是其他什么。但我们三个只是坐在她的病床边，沉默不语，感到……茫然。

像是身处一片空白之中。

"你们来了。"杰姬看见我们，笑了。至少我们让她感觉好点了。"她需要有同龄人的陪伴，而不是只有古板的妈妈。那样的话，连昏迷的人都会觉得无聊吧。"她说话的样子就好像娜伊已经醒了过来，靠在床头一边翻白眼一边发表招牌式尖酸刻薄的评论。"没事了，娜伊，亲爱的，你的朋友们都来了，对吧？"

她伸出手摸了摸我的脸颊，我也冲她笑了笑。

"你们留在这里陪她，我回家给你们做点吃的。我期待很久了，想找点事做做。我们吃饭时，马克斯会在这里陪床，然后我们再换班。我再也不想让她一个人待着了。你想啊，她孤零零地一个人泡在水里……"她的声音哽咽了。

"没事的，德米尔太太。"利奥严肃而认真地说，他伸手搂住她的肩膀，把她搂在怀里，"现在我们来照看她，好吗？你去做饭吧，你是世界上最好的厨师，但别跟我妈说这是我说的。"

杰姬点点头，吻了吻他的脸颊，然后抽噎着吸了口气，在娜伊裸露在外的那一小块棕色的皮肤上亲了一下。

"我很快回来，好孩子，不要累着了。"她低声说。

"我觉得她看起来好些了，"杰姬走后，萝丝说，"你不觉得她看起来好些了吗？不那么……冰冷了。"

她的脸色看起来好点了，这是真的。如果你只看她那只紧闭的眼睛以及周围那一圈完好的皮肤，忽略掉她身上其他的部分，你甚至会觉得她只是在沉睡。

"我们该做些什么？我们是不是应该告诉她我们在忙些什么？"利奥问道，他的手插在口袋里，"我们应该跟她说话，还是怎样？感觉怪怪的。"

他走到门口，靠在门框上，看上去想离我们远远的。

"我们要说些什么？"萝丝突然生气地说，"柏米达还是蠢得像头猪，学校还是一坨狗屎？"

一瞬间，空气中只剩下机器运作的声音，以及我们的呼吸声。

"音乐，"我说着，冲萝丝的手机点点头，"打开 Toonifie，她的歌单是公开的，我们找首歌放给她听。"

"对啊，音乐，好主意。"萝丝手忙脚乱地拿起手机，打开我们用来放自己最爱歌曲的应用程序，"我来找找她的歌单……她起的名字都很蠢，你还记得吗？"

"《决不道歉》（*No Apologies*），Sum 41 乐队的，"我说，"她在夏

天之前一直循环播放这首。她的歌单叫'FU A-Hole'。"

萝丝搜了起来，我等着音乐声响起，但她却只是皱着眉头，盯着手机。"奇怪……"

"怎么了？"

"打开你的应用程序，搜这个歌单。她的用户名叫 NaySay01。"

我照做了，然后看到了搜索结果：叫这个标题的有两个歌单。一个是娜伊的，创建于去年七月。另一个创建于八月，名字一样，曲目也一样，但用户名不一样。我把手机递给利奥，他耸耸肩，把手机还给我。

"所以这个该死的暗月（DarkMoon）是谁？"萝丝问道，"你们看！如果你搜娜伊的用户名，这个暗月复制了她所有的歌单。所有的。这是什么意思？"我们盯着手机，仿佛光看着就能找出答案。

"没什么，没什么特别的意义，"利奥摇摇头，"可能是学校里哪个神经病，在她失踪以后做的。可能只是觉得好玩或是有什么其他狗屁理由。记住，很多人都很贱的。"

"如果我发现是谁，我发誓……"萝丝怒视着手机。

"好了好了，先放歌吧。"利奥说道。很快，这个小小的、安静的房间里响起了愤怒的吉他声。这可比机器的声音好多了，也比我们什么都不说好多了。

出于好奇，我翻阅着暗月的歌单，发现里面不只复制了娜伊的。我还看见有一个歌单里都是我们的歌，全世界大概只有十一个人会把这些歌加入歌单里。是了，利奥说得没错，一定是学校里的什么人，肯定是乐队的歌迷。见鬼的变态。

我从手机里抬起头，看见萝丝和利奥也都紧盯着各自的手机。萝丝面对窗外站着，利奥坐在一把椅子上，两条长腿扭成奇怪的角度。

我把手机放回口袋，端详着娜伊。

我们习惯于花一半的时间在网上和彼此聊天，几乎要忘记在这片虚拟世界的另一头，还有个活生生的人。

我看见她的太阳穴那里露出短短的发楂，看来她那头顺滑的黑色长发被剃掉了一部分。纱布遮不住的地方，一些擦伤已经开始变成黄色，逐渐扩散开。她的脸太让人心痛。很难想象这个曾经每天都跟我混在一起的女孩，现在伤痕累累地躺在这里。但对她本人来说，一切肯定是加倍的艰难和痛苦。

她知道自己躺在这里吗？在那双紧闭的眼睛后面，她会梦见什么？

看着那只眼睛，我想象着在最后一次见她和现在之间的这段时间内可能会发生什么。最后一次见她，已经是八个星期之前，她卸掉了所有动漫人物的妆容，身穿一条黄色连衣裙，露出两条棕色的腿。我努力地想啊想，但还是一无所获。我无法把那个在公园里开怀大笑、手舞足蹈的女孩，跟眼前这个遍体鳞伤的女孩联系在一起。

有人擦拭过她的胳膊，然后把它们好好地放在她身体两侧。胳膊上也遍布伤痕，不过要比她脸上的伤好一些。肯定也比她心里的伤好一些，我想。我沿着她右臂上的伤痕看过去，一直看到她的手腕，不知不觉地往前凑了过去。有人注意到这些像是指印的伤痕吗？发紫的、椭圆形的，像是捏紧的爪子留下的？像是有人紧紧抓住她的手，紧到足以挤碎她的骨头？

想到有人曾这样伤害她，我感到一阵刺骨的寒意。我开始发抖。

回头看向窗外，我看见白大褂医生正在跟护士说些什么，表情很急迫。

她不像是那种会遗漏这么关键的信息的人。

　　我的意思是他们肯定仔细检查过了，不是吗？他们肯定不会没看见这么明显的痕迹，而且也不希望听见我问这种问题，对吧？搞得像是我在教他们该怎么工作一样。但另一方面，他们找到娜伊时，她已经昏迷了，直到现在还没醒。她没法告诉他们，她的手腕很疼。我发现自己正准备握她的手。我缩了回来。

　　这是我和娜伊之间的事情。我们经常一起出去。所以在她失踪后，警察问我们，能不能检查我们的手机和电脑，看里面有没有线索可以帮助找到她的下落。我跟他们说如果我知道些什么，我一定会告诉他们的，但他们还是说，最好要检查一下，所以我们就随他们去了。最后也没有找到什么证据可以证明我们知道娜伊去了哪里，因为我们真的不知道。

　　警察觉得我应该知道关于她的一切，因为大家都这么说，她的家人，她的朋友。连我妈也这么觉得。他们说如果有任何人知道娜伊在哪儿，那一定是我，因为我们喜欢同样的东西，我们总是把对方逗乐。我们能接住对方的每一句话。他们觉得我和娜伊之间一定发生了什么，因为镜子乐队的大部分歌都是我们一起写的，里面有很多情歌。

　　但我们从不写关于自己的歌。

　　娜伊从来不问我在写那些歌词时心里想的是谁，我也从没问过她。很明显，我们都爱上了一个得不到的人。我们喜欢对方的另外一点是，我们不必了解彼此的秘密。我们只需要了解彼此。虽然她一直陪伴在我身边，但我很确定我从来没有想过要吻她。我们不是那种关系。

　　现在，我坐在这里，渴望牵起她的手，我又不是那么确定了。曾经，我牵着她的手，不在乎其他人怎么想，只是因为我和娜伊都知道我们是什么关系。而现在，我却对谁紧紧抓住了她、伤害了她一无所知。

现在，她就像一个陌生人。现在，她回到了我们身边，而我却越发思念她。

我小心翼翼地把手指覆盖在她的手指上，唯恐弄伤了她。她的肌肤是温暖的，我能感觉到手腕处传来稳定的脉搏。我看了看利奥和萝丝，他们还紧盯着手机。我非常、非常温柔地拿起她的手，放在自己唇边，对着她的肌肤低声细语："回来吧，娜伊，好吗？回来吧，我需要你。"

就在此时，我看见了它。第一眼看上去，就像一弯新月。之前从没看见过，突然之间却出现在那里，那么新鲜、醒目。

"该死。"我大声说，萝丝和利奥都向我看过来。

"怎么了？"萝丝走过来。

"一枚文身，"我告诉他们，"失踪以后，娜奥米去刺了一枚文身。"

08

文身就是这样的。我有三个文身，但除了我自己，谁也不知道。连萝丝和利奥都不知道。娜伊也不知道。我想总有一天这些文身会被发现，随之而来的是更多的大喊大叫和失望。但迄今为止，它们还是个秘密，这就是你父母无视你的一个好处。

我还没到合法文身的年纪。第一次，我自己拿一根针和一瓶墨水文了一个手工文身。那是我照着 YouTube 上的一个教学视频在脚侧面的足弓下面弄的。不仅疼得要死，文出来也很丑。

本来我是想刺一个无穷符号，但看起来更像是一个蹩脚的数字 8。除了能给自己找点事做，以及喜欢那种疼痛感，我其实根本不知道为什么自己要文身。那天我本来就已经够疼了，整个身体从内到外都肿胀不堪。但在胸口的剧痛之外，我还想感受一些别的东西。

就在我剃光了半边头发的那天，我文了第二个文身。我并没有提前计划，只是在脑海里想象过自己的样子。当时我的身体正在按照我的期望发生变化，而我的"样子"并没有。

有一天早上醒来时，我忽然想到，这到底对不对、公不公平呢？我的身体经历了那么多，但并没有人在意。可我去弄个穿孔，或是剪个头发，却会演变成第三次世界大战。见鬼，我想。如果这世上有什么是我还能掌控的话，那就是我的"样子"。

剪完头发，我盯着镜子里的自己，感觉……感觉我们是第一次见面。我不想就这样回家。我想要一点真正做自己的时间，不再去做父母理想中那个干净整洁的中产阶级小孩。晚点再去面对他们的伤心失望吧。所以我在那家文身店的橱窗前停下脚步，打量着那些设计图案。我每周六在超市打工攒的钱，足够文一个很好的文身了。然后我想：糟糕，我看起来只有十一岁，他们肯定会把我轰出来的。

也许是因为新发型的关系，他们没有看我的身份证，也没有把我轰出去。那个留着一把及腰长灰胡子的大块头男人给我拿了一大堆设计图案册子，然后在一旁等我挑选。我看到了这头部落图腾组成的锤头鲨，问那个男人，这是什么意思？

"它是一种力量的象征，是守护者，是战士，"他说，"拥有这种文身的人会为了心爱的人做任何事。"

"我想文这个，"我说，当我想到唯一一个可以让这个文身不被发现的部位时，我脸红了，"文在我的屁股上。"

他盯着我看了很久，我觉得他一定在想这个剃了头的红头发蠢货怎么了，明明一点都不像守护者，也不像战士。但他只是耸耸肩说："文在那里很疼的。"

"我受得了。"我回答道。

"反正是你的皮肤，伙计。"

他没说谎。真是疼呀。我感觉文身机像是在我的骨头上打钻，每落下一针，我的皮肤都在尖叫，神经扭成一团，简直是度秒如年。到后来，疼痛几乎与我融为一体，它伴随着我的每一次呼吸。他终于文完了，放下了文身机，我从台子上爬下来，走到镜子前。我看着它，鲨身上的颜色活起来了，蓝色和绿色在我的皮肤与肌肉之上蔓延，一种温暖平和的感觉拂过全身，我感觉很好。忽然之间，我与真实的自己和解了，对这片被墨水染上了色彩的皮肤心满意足。那一刻，我知道这件事我做对了，展现出真正的自我永远都是正确的选择。必须是。

　　当然，文身的地方疼了很久，好几天之后还在疼，但我毫不在意。我喜欢它。我喜欢这种疼痛，即使我看不见那头鲨鱼，我也很喜欢它，因为我知道它就文在我身上，而且那也意味着没有人真正了解我，即使是最亲近的人也不知道。我很喜欢这样。

　　最后一个文身在手臂下面，靠近心脏的位置。娜伊失踪之后我太痛苦了，需要做点什么来分散注意力。上一次文身的伤口才刚刚好，我就意识到我很怀念那种可以转移注意力的疼痛，于是我又去了那家店，让那个长胡子的家伙又给我文了一个。这次文的是一个浪花打在石头上的图案。水在流动，重组，变化，聚集力量。我想我就是浪花：即使击碎在石头上，也依然强大。

　　我很想把这个想法告诉娜伊，因为这就是一句现成的好歌词，但她并不在我身边。她出事了。

　　这个文身。

　　她身上的这个文身让我感到深深的恐惧。

　　娜奥米永远不会去文身的。她讨厌文身。

　　我们以前一起看《刺青救援专家》（*Tattoo Fixers*）[1] 时，她只会喋喋不休

1　2015 年播出的英国真人电视连续剧，主要讲述三个文身师帮人修改不喜欢或是文失败的文身。

地说只有那些生活一团糟的浑蛋才会去弄一个浑蛋文身，而且等你老了，皮肤松弛之后会很难看。她说文身是无聊的东西，缺乏自我认同的人才会去文。

那个在失踪前和我玩在一起的赤着脚、穿着小黄裙的女孩，绝对不会去文文身。即使再过一百万年也不会去。

"该死。"萝丝跪坐在我旁边，凝视着那个奇怪的深蓝色图案。

"该死。"站在我们身后的利奥说。那是个半圆形的、小小的、还没五十便士硬币大的、勾勒精细的抽象图案，看不出有什么特别的含义。曲线、直角、点和虚线，一层又一层无意义的细节堆积在一起，让这个半圆看起来像是实心的。但如果你仔细分辨，就能看出面孔和动物，层次和阴影。可眨眨眼，这些又不见了。

"不管是谁文的，在这么小一块地方文这么多细节，需要很高的技巧。图案很精巧，没有一点差错。绝不是她自己或是在随便什么地方文的。这很专业。我们得告诉警察。"我说。

"你他妈怎么突然知道这么多关于文身的事？"利奥说，"而且我才不要告诉那些猪！告诉他们能有什么用？"

"因为她失踪前还没有这个文身，现在突然有了。这是在她失踪期间文的。也许他们能查到她在哪里文的，查到她是和谁一起去的，怎么付的钱……"我看向萝丝，"我们必须告诉警察，对吧？"

她点了点头，而利奥摇了摇头。

"你为什么这么敏感？"萝丝问他，他垂下了眼帘。

"我不是敏感，只是……她的失踪对我的影响有多大，你忘了吗？我不想他们再来找我，尤其是现在。"

他说得没错。只要警察知道你住在利奥家所在的社区，他们基本上就认定你是有罪的。那里住着很多好人，像利奥和他妈妈这样的好人，但在人们的心目中，住在那里的只有罪犯、毒贩子和黑帮。当警察发现娜奥米的朋友中有一个男孩住在那里，这男孩的哥哥还因为恶性伤人坐着牢，他们就盯上了利奥，把他查了个底朝天。他们在他身上花的功夫比花在我们身上的多很多；虽然我们所有人的手机和电脑都被拿去检查了，但利奥的被查了最久。他们问了他所有的事情，从他看过的黄片到他哥哥的罪行。这对他打击很大，让他很生气，也彻底失去了对警察仅存的信任。

我们不能怪他想离穿制服的远点。

"我想我们也许可以不让警察掺和进来。"我犹豫了。

"我们必须这样做。"萝丝插嘴，朝着利奥耸耸肩，"这不是证据吗？"

"你没抓住重点，"利奥说，"离家出走的小孩去文个身，能有多稀奇。没有意义的，萝丝。"

萝丝看向我，我耸耸肩，他说得对。

"问题是，我们觉得这是件怪事，但他们不会这么想。他们才不在乎。我们得自己找出她在哪里文的，反正他们是不会在意的。"

"那我们该告诉杰姬和马克斯，他们了解娜伊，知道她不会去文文身。"萝丝坚持。她讨厌自己站在错误的一方。

这次我们意见达成了一致。

"我需要点新鲜空气，"利奥摇着头说，"这地方……"

他低着头走了出去，手深深插进口袋里。

"我们怎么没看见？"杰姬抓着女儿的手腕，盯着那个文身，马克斯眉头紧锁地站在她身后。阿希站在窗边，午后的阳光照耀着她火焰般的红发，她的脸上没有任何表情。我看着她，猜测那对深色的眸子后在想什么。"能看出这刚文不久，墨水下面的皮肤还红肿着。你之前怎么没看见这个？"她抬头看着医生。

"把她送来时，要做很多抢救工作，"白大褂医生——或者按工牌上写的，帕特森医生——说道，"那不是首要的事情。再说我们又不知道她之前有没有什么文身，我们的日志里有记录……"

她飞快地翻阅着手中的文件夹，而杰姬回到女儿身边。

"我觉得我不能碰她，"杰姬看着我，"我觉得就算碰一下都会伤到她。我甚至都没有拉过她的手。如果你没有这么做的话，红毛，我们永远都不会发现这个文身。"

说来有点奇怪，但我想现在这一切对她来说都很奇怪，她女儿像一个陌生人般再次回到她身边，身上还多出一个陌生的印记。

"马克斯，你觉得我们应该告诉警察吗？娜奥米讨厌文身，她觉得文身很低级，她常说，我们女孩不会做这些……"

"我不知道，"马克斯的手轻揉着杰姬的肩膀，"我们认识的那个娜伊不会这样做，但孩子有可能做出你想不到的任何事情，亲爱的。我会打电话告诉他们的，好吗？"

"这一定意味着什么。"杰姬像是在自言自语。我看到阿希的脸色变了，虽然是很细微的变化，但我知道她也是这么想的。

马克斯说得没错。我父母一点都不了解我，他们对我一无所知。也许娜伊只是生了闷气跑掉了。也许她喝多了、玩过了头，然后去文了一个文身。也许她对自己充满厌恶，所以跳下了桥。也许她只是失足落水。

除非。

"那这些淤青又是怎么回事？"我看着医生，"她手腕上的那些。"

"也许是在水里弄伤的，"帕特森医生盯着门口，看上去急于离开，"在无意识的时候磕的，在水里撞来撞去……"

"不是那里……"我小心翼翼地抬起娜奥米的手臂,"这些看起来像是手指印,像是有人用力抓着她。"

娜伊的妈妈双手捂着嘴,压抑自己的哭声。

"你这不是在帮你朋友的妈妈。"医生小心地把娜伊的手从我手中拿开。

"无法确定这些伤的成因。娜奥米全身上下都是伤,"她挺直了身体,掌控着房间里的局面,"娜奥米现在的状态还是很脆弱,检查结果也没出来。这需要点时间,她需要安静的环境休息。我建议你们现在都回家去。我建议你们先回家,明天再来,也许那时候我们会知道更多情况。"

我看向阿希,她也正看着我,眼中闪烁着愤怒的光芒。我明白她的感受。这些人根本不了解娜伊,他们用最大的恶意揣测她。把她当成垃圾,自作自受招来了祸端。他们跟我们不同,没见过那个甜美、风趣、才华横溢的女孩。他们根本不了解她。

"我想陪着她。"杰姬压低了声音跟医生说,像是在警告。

"当然可以,"帕特森医生说,"但是她不知道你在这儿。她处于深度昏迷中。你们需要休息。放松一下,歇口气之后再回来。"

"歇口气?"萝丝笑了起来,对着我摇了摇头。

"我们应该去换换气,"马克斯搂着杰姬,"来吧,孩子们!我们还准备去吃晚饭呢,对吧?"

利奥在外面等着我们。

"怎么样?"他问,"他们怎么说?"

"他们觉得那个文身说明不了什么,"萝丝回答他,"他们觉得她就是一个疯疯癫癫的小孩,离家出走之后去文了个文身,可能还企图自杀。他们好像根本不屑于再去调查,太复杂了。我们改变不了他们的想法。"

"他们都错了,"我自言自语道,"我知道他们错了。"

09

去娜奥米家就像是回家一样。除了她不在那里等着我们，一切都很完美。实际上，我们都觉得在娜伊家要比在自己家更有家的感觉。杰姬和马克斯总是很高兴见到我们，每次都热情地给我们做一堆吃的；只要我们需要，随时可以去那里玩耍或者过夜。娜伊的家是个安全的港湾，但无法保护她免受校园霸凌的侵害。在乐队成立之前，她没有自己的组织，只能一次次地逃学。杰姬和马克斯想帮她，学校也想帮她，但校园霸凌的问题没那么容易解决。曾经有一次，娜伊告诉我，当她想起要上学就受不了时，就会消失一段时间，独自一人积蓄力量。但最终，她还是会回来的。我问过她，为什么不转学。她回答说，这样他们就赢了。

"无论我有多害怕，我都不会让他们赢的。"她说。

然后她绽开一个微笑。"看看现在的我，我是学校里的统治者了。"

娜伊的妈妈是我们所有人的妈妈里厨艺最好的，但如果你想平安活到十七岁，最好不要这样跟利奥的妈妈说。阿希、娜奥米和杰姬三人总是一起下厨。我不知道该怎么形容，但这种场景真的非常有爱。那间小小的厨房里蒸汽弥漫、香气四溢，简直温馨极了。杰姬会跟我们一遍遍地回忆她的青春时代，每次都有少许的不同，不过我们从来不觉得无聊。马克斯是个土耳其人，很年轻的时候妻子就去世了，那一年里他独自抚养着摇篮里的阿希拉。有一天，他坐着公交车去苏荷区的一家裁缝店上班，在车上遇见了杰姬。杰姬嗓门洪亮，身量高挑（比马克斯还要高一些），体形苗条，说起话就停不下来。每天他们都一起坐公交车，每天杰姬都滔滔不绝、高谈阔论，而马克斯只是静静倾听，不时地露出微笑或是哈哈大笑。每一天，马克斯都会在上班路上顺道把阿希拉送去她的姑妈家。到了周五，马克斯就和杰姬约会。三个月后，他们结婚了。

"苦苦等待没有意义，看见了吧，"杰姬跟我们说过好多次，"如果就是那个人，你会知道的。"

我试着回想自己的爸爸妈妈有没有带着同样的喜悦和爱意，跟我说过他们俩是如何遇见的，然后意识到没有。在我家里，一切都是得体、可敬、传统、冷漠和悲惨的。娜伊家里却洋溢着爱的氛围，像水龙头里的水一样时刻不停。而在我家，你得拿着放大镜去寻找爱的蛛丝马迹，或者是作为一个六岁的小妹才能感受到家人的爱意。又或者你也可以自己想象出一点并不存在的亲情。

在这一切发生前，我会和利奥、萝丝一起围坐在桌边，一边天南海北地瞎聊天，一边看娜伊和她妈妈做菜。我观察过娜伊和杰姬对视的眼神，或是传递一只碟子或其他什么东西时的动作。我发现她们不仅很有默契，对彼此也充满了关怀。此时我就像电影里那种把脸紧紧贴在糖果店的橱窗上往里张望的小孩，心中满是羡慕和渴望。说来不好意思，我都这个年纪了，还是满心期待着妈妈能给我一个拥抱，但我从没跟人提起过这件事。

　　总之，我其实非常渴望回到那个充满爱的小厨房。我以为我没问题，直到我们走上了他们家那幢简易房屋前的台阶。他们家那幢清清爽爽的小房子正好位于我家和利奥家之间，不像萝丝家那么金碧辉煌，也不像我家那种环绕着玫瑰花丛的中产阶级住宅，表面看起来不错，其实家里早已分崩离析。我们站在她家门口，我抬头望向她房间的窗子，发现房间里没亮灯，我顿时崩溃了。医院里躺着的那个支离破碎、遍体鳞伤的女孩，就是我的朋友娜奥米。我再也无法逃避这个事实。

　　我们沉默着下了车。

　　杰姬和马克斯手挽着手朝我们走来，杰姬的脑袋靠着马克斯的肩膀，手指深深地抠进他的腰间。阿希迈着缓慢的小碎步，走在他们前面。这一刻，我太需要有一位爱我的人在身边，我的手伸向了萝丝。但她并没有看见，一无所知地向前走着。我抓了个空。

　　"我不知道我能不能受得了，"利奥压低了声音开口说道，"我现在脑子很乱。"

　　"我们不能不去，"我说，"他们邀请了我们，他们想见见我们，也需要我们。"

　　"我知道你说的是什么意思，"萝丝没有回答我，而是温柔地对利奥说，"但红毛是对的。我们必须去。为了娜伊。"

　　我眼睁睁地看着萝丝把手放在利奥健硕的胳膊上，看着他轻轻地倚在她身上，感觉好像有一股力量把他们拉在一起。他们只是轻轻地依偎着，但足以让我的五脏六腑一阵翻腾。

　　我们走进房门时，阿希坐在最下面的那级台阶上。她的五官都耷拉着，仿佛心中的疼痛化为了实体，把她整个人往下拉扯。"你还好吧？"

萝丝和利奥循着土耳其香料的味道走进厨房时，我悄悄问她。"不好，"她看着我说，"我都快疯了。你呢？""差不多。"我点点头，看着厨房的方向。我不想让任何人听见我接下来要说的话。"我认为娜伊身上发生了什么不好的事情，非常不好的事情。她从没想到会发生的事情。"阿希站起来，我们之间只有几毫米的距离，她的嘴紧贴着我的耳朵低声说："我觉得你是对的。"然后转头走进了厨房。

"哦，孩子们，这一天可算是结束了。"杰姬张开双臂，欢迎我们走进厨房。这间方方正正的小厨房，四面矗立着深色的松木橱柜，中间摆放着一张小小的圆桌。杰姬眼中噙着泪花，挨个拥抱了我们。我吻了吻她的脸颊，在她平时喜欢的香水的甜蜜气息中，品尝到一丝泪水的咸涩。我用尽全身力气，紧紧地抱了抱她。已经很久没有人拥抱我了。承认这一点挺蠢的，但有时候你就是需要一个拥抱，而我也喜欢她用双手捧住我的脸，亲吻我的额头。"看见你们真是太好了。我好怀念你们在这里玩的时候，吵吵闹闹，谈天说地，直到我让娜奥米声音小一点！"杰姬似乎费了不少力气，才一边保持着微笑，一边让我们落座。她给我们倒可乐，然后又流水般地端上一道道家常菜：烤肉串、酱鸡肉、热乎乎的皮塔饼，还有香料饭。我只是看了一眼，就已经感到饥肠辘辘了。不只是因为这些饭菜很美味，还因为与这些美味相关的美好记忆。我们吃饭的时候，杰姬围着饭桌走动着，轻轻抚摸着我们的肩膀或是脸颊。马克斯没说什么，只是含着泪水微笑着，眼神从我们每个人的脸上扫过。阿希跟我们坐在一起，但她既不吃饭，也不说话。她低着头，发丝如同午夜的幕布般遮住她的脸，好像我们刚才在走廊里的对话从未发生。我想再多跟她说两句，但不知道怎么开口。她一直都是这副生人勿近的样子，只能等她自己来找你。最后我们终于把食物吃完了，也不再聊天。餐桌陷入了一片寂静。从医院回来后我们都没有提及的那件事如同阴影般笼罩在我们头顶。利奥咳嗽一声，把椅子往后一推。但还没等他站起身，杰姬开口说道："就像马克斯之前说的那样，我们其实并不了解娜伊。我不相信我真的对娜伊一无所知，但在她失踪前几个星期，她确实变化很大。她不化妆也不戴假发了。她开始看起来很……正常。而且感觉她很快乐，充满爱意。但你们都知道她的，也许比我知道得更多。你们觉得她为什么离家出走？你们觉得她是不是太不开心了，以至于……以至于……"我闭上眼睛，竭力想找到几句有用的话来说。

"如果我们知道任何事情，我们早就说了。"我的脑海中还是一片空白，萝丝就开口了，"如果这些都是娜伊计划好的，那她没有告诉任何人，包括红毛。"

我迫使自己看向杰姬的眼睛。

"娜伊讨厌文身。她喜欢待在乐队里，学习也很努力。她不会因为不开心就离家出走，而且她也没有不开心。一定是发生了什么事。我不知道是什么事，但一定是出了什么事。等她醒了就会告诉我们的。"我说。

"除非……"阿希的声音尖锐而生硬，"除非我们不知道她什么时候能醒，而且就算她醒了，大脑也受到了创伤，所以我们可能永远不会知道了。这可能是一个永远的谜了。"

"我们得往好的方面想，阿希，"杰姬说道，"亲爱的，我们得乐观一些，而且——"

"好像乐观一点就能让她大脑受到的伤自动愈合一样，没错。"阿希几乎是咆哮着把椅子猛地往后一推，椅子摇晃了两下，重重地倒在了地砖上。我们听见她下楼梯的脚步声。

马克斯握住杰姬的手，把它放在自己的脸颊边。杰姬扭过脸去不看我们。突然之间，我觉得自己是一个外来的入侵者，正审视着他们的伤痛，像是观看展览上的一场穿插表演。

"我们该走了。"利奥说道，也许他的感受跟我差不多，"我得回去了。家里有事。"

"但我们明天放学后还会再去医院的。"我说。

"没错，我们会尽早赶过去。"萝丝补充道。我看了她一眼，但她没看我。

"还有演唱会的事也在按照原计划进行，"我说，"很多人都会来支持娜奥米和你们的。"

"谢谢，红毛。"杰姬对我笑了一下，"孩子们，你们现在能帮我做点事吗？"

"当然可以。"我说。

"去她的房间看看，看能不能找到一些照片或者海报，找些你们觉得能让她的病房有点生气的东西。我知道医生说过她现在根本不知道周围发生了什么，但我相信她会醒过来，我希望那时候她能看到自己喜欢的东西，知道自己是安全的。去选一些东西吧，也许你们明天可以带到医院去？"

"当然。"利奥说道，我也点点头。但我能肯定，我们几个都宁愿坠入深渊，也不想去给我们昏迷的朋友挑选那些她根本看不见的东西。

娜奥米的房间总是那么整洁。这个房间很小，除了一张单人床和一个衣橱，就没剩下多少空间了。墙上贴着动漫海报，她爸爸在床头给她钉了一排钩子，上面挂着几顶色彩鲜艳的假发。床头柜上堆着满满当当的化妆品，真是让我大开眼界。那些化妆品的颜色都很跳，就跟曾经的娜伊一样。这让我们感觉娜伊好像还在这里，就藏在那堆假睫毛里。如果我们找到了方法，就能把她再拼出来。

我们三个腿靠着腿坐在她的床上，萝丝坐在中间。

萝丝打开她的书包，拿出一瓶酒，扭开盖子，仰起脖子喝了一大口。

"你他妈什么时候搞到酒的？"我问道。

"我有门路。"她冷笑一声，把酒瓶子递给我，我传给了利奥。

"红毛，你个蠢货。"她怒气冲冲地尖声说道。这就是萝丝，这个女孩总是把自己真实的感受藏在尖锐的锋芒之后，如同一层复杂的防弹衣。但这让她更有魅力。

"我不喜欢喝酒，"我看着她的眼睛说，"酒会把人变成废物。"

"可怜的红毛，我竟然忘记你的酒鬼妈妈了。"利奥还没来得及喝上一口，萝丝就从他手中拿回了酒瓶，"喝一口不会醉的，就一口，为了娜伊。"

"萝丝，我们知道你心情不好，但不要做傻事，好吗？红毛不喝酒。算了吧。"利奥从她手里拿过酒瓶。

他对着瓶子喝了很大一口，比他平时喝的都多，我知道这是为什么。他喝得越多，留给萝丝的就越少。有时候我也会把妈妈的半瓶伏特加倒进下水道，然后再灌上水。这是利奥保护她的方法，虽然有点蠢。

萝丝看着他几乎一口喝光了整瓶酒。有那么一分钟，我以为她要大发雷霆了，但她没有。她脸上那种混合着悲伤和愤怒的表情消失了，看起来像是换了个人，说不清是丑陋还是美丽。我分辨不出来，但这也不重要，反正我无法不去看她。我一直看，直到自己开始感到痛苦。

"好，那就算了吧，"萝丝用手背抹抹嘴，"这些动漫海报要带吗？"

我点点头，继续扫视着整个房间，而萝丝则过去把床边的海报一张张撕下来。"还有《塞尔达》里林克的乐高小人儿。"

"好的。"利奥把小人儿拿起来，看了看才放进口袋。我们过去经常嘲笑娜伊的古怪，但她从来不以为意。

"她的手机底座，"我边说边拿起了那个充电和外放二合一的底座，"她的手机去哪儿了？里面有她全部的播放列表，我们可以用这个给她放歌。"

"找不到了，你还记得吗？"阿希出现在门口。我们立刻停住了手，仿佛是在偷东西时被抓了现行。"我们找过了，警察说自从她失踪后，手机也不见了。她走的那天晚上手机就关机了，不知道去哪儿了。"

"是啊，我一时忘记了。"我说。我还想起，当时我觉得娜伊没带手机就走非常奇怪。那个我认识的娜伊，宁愿不带自己的右手也不会不带手机。

"还有一个旧的 iPod Nano 可以放在这个底座上。在她床头柜的抽屉里找找。"我跪在地毯上，拉开了床头柜的抽屉。虽然我知道警察肯定搜查过这里，拿出所有的东西检查一遍又放了回去，但我还是觉得怪怪的。这像一种侵犯。如果任何人，包括我的朋友，乱翻我的东西，我都会羞愧到恨不得暴毙。这种感觉就像有人切开我的大脑往里面看，看见我所有的秘密思考。如果他们知道了我的全部所思所想，还会这么喜欢我吗？我不敢确定。

"找到了。"我找到一个薄薄的黑色 iPod，背面的苹果标志被一支记号笔涂成了一个骷髅。我把 iPod 递给利奥时，突然注意到了那本笔记本。里面密密麻麻地涂满了歌词一样的东西。我拿起笔记本，打开它。我的手指滑过她手绘的图案。这是我们开始自己写歌以后她写下的东西。里面还有一些乐谱，她似乎是在谱曲。

"歌，"我说着，把笔记本冲阿希挥了挥，"你们看过这个吗？"

阿希摇摇头。"你如果想要就拿走吧。也许你拿去有用。把里面某首歌写完。这大概是她真正关心的事情，如果她的大脑还能关心任何事情的话。"

"她东西真不少啊。"利奥说着，拿起来一罐五颜六色的拨片。我们每次去听演唱会，娜奥米都会搜集这些。她会在散场后留到最后，然后去后台搜罗那些便利贴、拨片和塑料瓶。有一次我问她这有什么意义，因为既不会有人给她签名，也没法把它们放到 eBay（易贝）上卖。在她把这些东西带出场外的时候，它们就只是垃圾了。

"在这些被遗留下来的东西上，曾经有生命在发生。"她告诉我。

"娜伊，这毫无意义。"我回答。

"但这句话是很好的歌词，不是吗？"她冲我露齿一笑。这个笑容仿佛就在眼前。她的眼中总是有光芒在闪动，哪怕是一本正经的时候也饱含笑意。我们会一起写歌，当她有灵感的时候，整个人更是神采奕奕，仿佛她的思想在她周围的空气中激发出了一连串的小火花。

那个下午，我们坐在这张单人床上，拿着她的木吉他，写出了我们最好的歌之一。

娜奥米是我认识的人中，唯一还用纸和笔写东西的人。她总是在做笔记，把脑子里冒出来的想法给写下来，然后放进盒子里，以后可以拿来看。

"伙计，你怎么这么老派？"我问过她。

"因为没有人能黑进一张纸，"她说，"所以我把自己最深、最黑暗的秘密都藏在这里，"她敲敲自己的额角，"或者用古老的办法写下来。"

这一点，现在对我来说前所未有的重要。

这个房间的某个角落藏着她的一部分，藏着关于这个女孩的一个片段、一个缩影。她的指纹，她的 DNA，就藏在她手写的一字一句中。

这个女孩不可能离开我们。她就藏在她伤痕累累的大脑中，在某个不为人知的角落里。

10

　　萝丝和利奥已经出去了，我还没有。我去了趟洗手间，打开冷水龙头，捧起水浇在头上剃过的部位，感受着冷水一路流向我的肩胛骨。

　　出门时，我看见阿希坐在书桌前。她的书桌上放着三台显示器，如同一道栅栏把她团团围住，中间还放着一台打开的笔记本电脑。这是她擅长的领域——科技。她是那种从编程中获得乐趣的女孩。那种让我怕得要死的女孩。也许这是个好机会，我可以再跟她谈谈，看她对娜伊这件事是怎么想的，也许她跟我的看法是一致的。但要怎么跟这样一个内向的人开始一段对话呢？

　　我耸耸肩，拿出最佳状态走上前去。

　　"你在干什么？"我问道。果然，她开始小声地骂起脏话。最佳状态下的我还是搞砸了。

　　"该死，红毛，拜托！"

　　"抱歉，我只是想看看你在做什么。"

　　"过来，关上门。"她厉声命令道。我别无选择，只能乖乖遵命。她看门关上了，就冲中间的屏幕点点头。"这是威斯敏斯特市道路交通的监控录像。"她把笔记本电脑转过来对着我说道。

"是在 YouTube 还是什么其他视频网站上找到的？"我问。我想大概阿希真的蛮怪的，靠看监控录像来排解压力。

"这是找到娜伊的前一天晚上，一直到拖船把她捞上来的监控录像，数据都上传到云端了。现在大家都知道这么做是有多愚蠢了。"

"等等……你说什么？"我朝她走近一步，越过她的肩膀盯着屏幕上的画面。

"是这样的，警察的看法是她自己离家出走，卷入了什么事情，然后不知怎么的就跳进了河里，对吧？"阿希好像没有意识到她正在自己的卧室里从事着一件高度违法的事情。

"如果是她自己跳河，那跳河的地点一定距离她被找到的地方很近，而且时间也不会隔很久。因为如果她从别的地方跳河，那她肯定已经淹死了；在河里再多泡一阵子，她也肯定被冻死了。所以我想我能在监控里找到她。我觉得他们根本没想到可以查一下监控。"

"阿希……"我根本不想知道这些，"你是黑进了威斯敏斯特市的网站？"

"只是存储监控录像的部分，"阿希冲我咧嘴一笑，"而且只有这一带。如果你想把你家公租房的房租改为零，现在可以趁机跟我提一下。"

"我们家房子是买的。"

"了不起。"阿希毫无诚意地嘲讽道。

"该死。"我看着她的杰作，说道。

"我知道。"她的注意力回到了屏幕上。当她扫视着屏幕的时候，看起来是那么不同。倒不是有多开心，而是很舒服，很自在。我是第一次看见这样的她。"我能搞定这个。但问题是，所有的视频素材——有好几个小时——我都看了好几遍，娜奥米不在里面。她被发现前的六小时里都没出现在这里。在她有可能落水并生还的区域内，也没有她的身影。她不在那里。这就意味着——"

"警察的看法是错误的。"我在她身边坐下。

"是的，"阿希那双黑色的眼睛注视着我，"我能信任你吗？"

"可以。"我说。

"我还看了她最后一次出现的监控录像。凌晨三点，她走向沃克斯霍尔地铁站。她从铁路桥下面走，之后就看不见了。八个礼拜之后她再次出现，已经到了死亡的边缘。"

"太疯狂了，"我说，"但我们只知道这么多。"

"唯一的可能就是，她进了一辆车，"阿希说，"没有别的解释了。"

"但警察也调查了那段时间内所有进出隧道的车。只有十辆，其中还有一辆是警车。从三点到早高峰时段，所有的司机都排除了嫌疑。"我提醒她。

"肯定有问题。"阿希又看了一遍她妹妹出现在监控画面中的镜头。娜伊穿着连衣裙和运动鞋，两手空空，非常平静地独自走在黑暗之中，走进铁路桥下的隧道。"一定是哪里出了问题，因为没有别的解释了。其中某个司机肯定在撒谎。"

"她也可能从进出隧道离开了，其中一个洞门被人弄坏了，没上锁，记得吗？也有可能从监控的盲区走出去了。他们有一千种可能来解释为什么监控没有拍到她出去。这可是警察，阿希。我的意思是他们都是蠢货没错，但我相信他们做这种调查还是很在行的。"

"哦，是吗？"阿希抬头看着我，"他们只是没有注意到她手腕上的文身，对吧？还有像指纹的淤青。"

"也许我错了，"我说，"也许是我看错了。"

"但如果你没有错呢？"阿希靠得太近了，我甚至可以闻到她呼吸的味道，香香的，甜甜的，"如果你没错呢，红毛？如果你和我想的是对的，但没有人听我们的呢？"

"我不知道我们能做什么。我们只是学生！"

"我们能做的有很多。我需要的是一个调查的突破口，是你找到了这个突破口——那个文身。如果我们能找到是谁文的，什么时候文的，那会是个很重大的进展。你拍照了吗？"

"没有，"我耸耸肩，为自己没有想到要拍照而感到愚蠢，"当时这么做不太合适。"

"该死。"阿希猛拍了一下书桌，我站了起来。

"我明天去医院时会拍一张。"

"不，这是浪费时间。我现在就去。"阿希似乎对我没有拍下那个文身很生气。

"他们不会让你进去的。医生说明天之前都不能探视。"

"我想办法进去，"她说，"这是我自己的事。"

"你会惹麻烦的。黑进政府系统已经是重罪了……"

"我会注意的，"她边说边拿过一件连帽衫穿上，拉上拉链，"我没有黑进去。黑客的意思是你偷了什么东西，或者是撒了谎，或者是欺诈。我只是试了试有没有办法可以进去。结果正好被我找到了。我进去看了看而已。就这样。"

"如果你也惹上了麻烦，你爸爸妈妈该怎么办？这会害死他们的！"

"别以为我没想到这点，"阿希尖刻地说，"我太他妈明白了。但我也需要知道我妹妹到底遭遇了什么。我需要查清楚真相，万一……"

"万一什么？"我问她。

"万一她没挺过去，万一害她的人逃掉了。"

阿希拉：红毛，说真的。不要告诉任何人。

红毛：当然不会。但是阿希，这值得吗？如果你被抓了，惹了麻烦，那就糟了，伙计。你的爸爸妈妈……

阿希拉：我知道。这是我唯一能做的。我得查清楚。

红毛：行行。需要的话我可以帮你。

阿希拉：你不会说出去吧？

红毛：我刚不是保证过了吗？

阿希拉：是的，好吧。我相信你。你要是敢惹我，五分钟之内你所有的社交账号都完了。

红毛：没必要威胁我吧，但没问题！

阿希拉：等我消息。要说事情就来这里，这里是加密的。

红毛：明白。先下了。

11

"终于出来了。"看见我走出娜伊的家，萝丝说道，"你刚才在干什么？"

"阿希想谈谈。"我边说边揉了揉脖子后面。对这两位朋友保守秘密，让人感觉怪怪的。但如果跟他们讨论阿希，感觉也不对劲。

"她在忙什么？"利奥问道。我耸耸肩，很庆幸他们都没再问什么。

我们走向河边，九月傍晚的热意让我的皮肤逐渐温暖起来，阳光照射在水面上，泛起粼粼波光。我眺望着对岸沿着河水徐徐展开的城市地平线，每一幢高楼、每一座巨塔都仿佛在那里伫立了一千年。我笑了。我爱这个地方。这座城市里的一条条生命，一种种可能性，一个个涌动的奇思妙想，很难让你不感到快乐。我暂时把阿希跟我说的话抛在脑后，开始奔跑起来，然后坐在泥泞河岸边的栏杆上，双脚在空中晃荡着，感受着海上吹来的微风轻拂我的脸颊。过了一会儿，利奥和萝丝也加入了我，利奥爬上栏杆，坐了下来。有那么一会儿，我们只是注视着自己所居住的这座城市。我没怎么旅行过，但即便如此，我也知道伦敦是这个世界上最好的地方。这样看着它，我觉得自己是这座城市大军的一员，战无不胜、攻无不克。

我又回想起阿希说的话，她的推论和想法似乎都很可信。但现在，沐浴在阳光下，陪伴在朋友身边……？阿希真是太疯狂了，如果这一切都是我们臆想出来的呢？让大人们去处理这些事情，相信他们，这样事情就简单多了。说到底，他们就是干这个的，不是吗？

唯一的问题在于，大人们喜欢找理由，然后把这些答案整整齐齐地装进一个个小盒子，再贴上标签。但在娜伊身上发生的事情并不简单，找不到合适的理由，也装不进那只小盒子。可他们不想承认这一点。也许他们是害怕承认这个事实。

"我现在不想回家。"我说。

"我们不必现在回去，"萝丝回答道，"我回家就得面对我爸，还有那个无聊的后妈。他们总是想让我们在一起做点什么，一起看电影，一起玩该死的拼字游戏。好像我们一起多做点什么，就能让我不那么恶心她了。她的年纪当我姐姐还差不多。"

我们没再说下去，只是一起离开河堤，走向道路尽头的商店。

"我只知道，我回去之后家里只有我妈，她正在为亚伦的事情烦躁。"利奥说道，"我一进家门，她就要开始长篇大论了。"他敲了敲自己的脑袋。

"问题是尽管……"我看着萝丝，她疑惑地挑起了眉毛。我知道她正好奇我接下来会说什么，事实上我自己也不知道。但我还是开口了："我大概可以猜到你妈妈为什么担心，伙计。你跟亚伦在一起时惹了不少麻烦。自从他被抓了进去，你就很少出事了，所以——"

"滚蛋，红毛。"利奥说道。他没有生气，只是想驳倒我。"我不是小孩了。我是个独立的人。我会自己做出选择。亚伦是我哥哥，不是阿尔·卡彭[1]。每个人都需要冷静一下。我得再去喝一点。"

"别管这件事了，"当我们站在 Spar 超市门口等他的时候，萝丝对我说，"不值得。"

"那你想看他堕落到之前那样吗？"我说，"亚伦拿刀捅了人，人家进了医院。如果利奥也卷进这种破事呢？"

"利奥说得没错，他是个独立的人。他不是一年前那个小孩了。我们应该相信他。"

"我曾经也相信娜伊。"我低沉地说。

"是啊，但娜伊不是利奥。利奥一直过得很艰难，红毛。我总是摆出一副得不到爱的富家女的样子，但我们都心知肚明，就算我爸是个浑蛋，我的人生还是很轻松。还有你，虽然你妈是个教科书式的酒鬼，但你还有家可以回，冰箱里也有吃的。可利奥不一样。利奥从没拥有过这些，他也知道以后等着他的是什么，到那时候，他得想好怎么应付。而你和我住在漂亮的房子里，从没挨过饿，也不缺钱花，我们实在没有资格告诉他该怎么做。"

我仔细打量着她的脸庞，好像不认识她一样，尽管我对她脸上的每一寸肌肤都了如指掌，但她总是能让我感到意外，总是给我带来惊喜。当你觉得她很浅薄时，她会展现出深沉的那一面；当你觉得她残忍时，又会发现她有多善良。而在这一切美好的品质之上，她更是勇敢的，是我认识的最勇敢的人之一。

"你经历过那些不好的事情，"我轻声说，"你比任何人都知道坚强的意义。"

---

1 美国黑帮首领。

萝丝一言不发，把脸转向一旁。

"对，我很好，所以……"

"还有我的生活……"我竭力找出几个词，"并不是完全像教科书上的那样。"

"可能是。"萝丝依然没有看我，"嘿，你觉得马兹·哈里森怎么样？他很可爱，对吧？"

"蒂娜·哈里森的哥哥？"我看着她，"他好像有二十五岁了。"

"所以呢？"萝丝给了我一个"那又怎样"的表情。

"你还为你后妈太年轻而恶心呢！伪君子。"我提醒她。

"这完全是两码事。反正他喜欢我。"

"你怎么知道？"

"因为他在 Facebook 上私信我了。"

"在 Facebook 上！还在用 Facebook，足以证明他年纪很大了。"

萝丝咯咯笑着："可能是吧！大概十三岁之后，我就没有再看过 Facebook 账户了。太过时了。"

"那么，他就是个蠢货了。"

"但是他真的很可爱，"萝丝说，"而且如果你能跟某个人在精神层面上取得共鸣，就像遇到了灵魂伴侣一样，年龄怎么会是问题？"

"因为这样很恶心。"我说。

利奥从商店出来向前走去，酒瓶在塑料袋里叮当作响，我们结束了这个话题。

"走吧。"他说道，我们跟了上去，不再谈论马兹·哈里森。或者说至少我希望我们不会再谈论他。

利奥和萝丝轮流喝着那瓶伏特加，我们看着河面从灰色变成粉色，又变成紫色，直到落日完全没入了起伏的地平线。

我们沉默着。利奥边喝酒边注视着河水，一副心事重重的样子，好像喝酒是一项必须完成的任务。萝丝正在给谁发消息，我不知道是谁，但我能看见每次有消息进来，屏幕上弹出推送框时她的嘴角都会绽放出一个笑容，表情那么温柔。跟她发消息的是个男孩，这不新鲜，只是排着长队追求她的又一个傻瓜罢了，不用到下个星期就会被她甩掉。我怀疑那是不是马兹，最好不要是他。马兹有的只是那辆豪车，其他什么都没有。

"去公园吗？"利奥边说边拧开第二瓶酒的瓶盖。

"塞伦怎么样？"我们走向公园时，萝丝没头没脑地问道。塞伦是一个有着湛蓝眼睛和修长双腿的女孩，声音总是尖锐得像是吸了氦气。"她喜欢你，啧啧。"

"什么怎么样？"利奥瞟了一眼萝丝。

"备胎女友啊，利奥，"萝丝用一种理所当然的语气说道，好像我们一直在谈论这个似的，"拜托，你可是学校里最受欢迎的男孩，竟然没有女朋友？你这一身的肌肉不是为了吸引我们女孩吗？"

我不知道萝丝为什么偏在这个时候挑起这个话题，但我确信，在全世界的女孩里面，利奥最不想听到萝丝因为他想认真开始一段感情而嘲笑他。他被她的挑衅和眼神激怒了。

"当你能拥有一片森林时，为什么要把自己拴在一棵树上？"利奥松了松肩膀，重重地吐出一口气，"女朋友只会给你带来痛苦，萝丝，她们只会拖累你。整天唠叨你该做什么，该说什么。我不需要女朋友，我还要过我自己的生活呢！"

我们走进了公园，四周一片漆黑和寂静。萝丝开始嘲笑他。

"说得真好啊，你是个大男人了，不是吗？"萝丝跳上一匹旋转木马，转了一圈又回来了，"那你最近一次睡了谁？在那些对着你合不拢腿的姑娘里，你最近一次睡的是谁？"

"我不会告诉你的。"利奥说。

"因为你没法告诉我，"萝丝对他咧嘴一笑，又转了一圈，"因为你从没有过性生活。"

我叹了口气，这真是个让人看不透的女孩，总是故意去折磨她真正关心的人。而就在不久之前，她还满怀着爱和敬意谈论起这个人。

"滚开，我当然有过。"利奥说道，而萝丝又转了一圈。

"利奥，利奥，没关系的，这没什么丢人的，处男而已。是吧，红毛？红毛也是个处。你们俩可以组个俱乐部了。或者干脆凑成一对，做一对最甜蜜、最古怪、最基的小情侣。搞不好你们俩会很般配。"

我耸耸肩，她说什么都伤不到我，况且她也没说错。没必要否认，我看起来就不像是经历过真正意义上的性行为的人，因为我确实没有过。

"你为什么关心这个？这跟你有什么关系吗？"利奥问道。

萝丝停下了旋转木马，久久地注视着利奥。利奥也直视着她的眼睛，看起来像是要吻她。我心里很清楚，他们之间的友情随时都可能变成另一种情愫，一种我永远无法参与的情愫。这种想法撕扯着我的五脏六腑，我必须做点什么。

"安娜贝尔·克莱门茨。"我说。

利奥张大了嘴巴，给了我一个"见鬼"的表情："别，红毛。"

"安娜贝尔·克莱门茨，你跟安娜贝尔·克莱门茨上过床。我只是说一下。没什么不好意思的，她很不错。"

我耸耸肩，这样谈论安娜贝尔·克莱门茨的感觉不太好，但至少这让他们俩都闭嘴了。

萝丝瑟缩了一下，好像被人扇了一耳光。我立刻开始后悔说出了这些话。

"随便吧，我无所谓。"萝丝的目光从利奥身上移开，从他手里拿过那瓶几乎见底的酒，仰起脖子一口气喝光了。

"身上带东西了吗？"她看着利奥，想要点药片或是大麻，也许两样都要。利奥摇摇头："没有，什么都没带。"

"啊！"萝丝失望地把头往后一仰，"太弱了，在一个该死的公园里喝多了，还没法喝个痛快。我想嗨一下，哥们儿，我想嗨到断片。"

她搂着我，胳膊缠上了我的脖颈，把我朝她拉过去。一个介于锁头杀和拥抱之间的动作。

"再去买点，红毛。"

"我买不了。"我说。她把我拉得离她的脸太近了，我的眼睛都不知道该往哪儿看。"他们认识我，知道我还不到年龄。"

她嫌弃地把我推开。"那就回家，从你酒鬼老妈那里偷一点出来。"

说了安娜贝尔的事情之后，我活该要承受这些。但这些话还是刺伤了我。

"不。"我摇了摇头。她离开我们走远了，手里还拎着那个空酒瓶。她仰着脖子，看着天空，开始……大吼。

她竟然在大吼。

她的吼声里充满了愤怒和悲痛，诉说着那些她永远不会宣之于口的情感，那些不为人知的经历，混杂着怒火、悲伤和失落。

萝丝站在那里，仰望着天空，大吼着。

一秒钟之后，我站在了她身边，也开始大吼。只是我的叫声更像是嚎叫。然后利奥也加入了，发出沙哑的吼声。我们站在那里，尖声大叫着，直到最后一缕血色的夕阳消逝在无尽的黑暗之中。

我们都没有注意到，一辆警车停在了我们身边。两个警察走了下来，一男一女。

男警察说："你们几个小孩为什么不回家？"

萝丝回答他："关你屁事。"

他说："你说话最好注意点，小姑娘。"

她说："去他妈的父权社会！"

然后他说："行，得了，你跟我走一趟吧。"

萝丝拔腿就跑，她跑了。

这是我这辈子见过的最可笑的场景了。萝丝在前面边跑边笑，像个疯子一样，躲避着追她的警察。她一会儿往前跑一会儿往回跑，还打着圈跑。男警察在后面跌跌撞撞地跟着追。利奥和我，还有那个女警察就站在旁边，她惊讶地张大了嘴，而我俩则拼命地忍着笑。但最后还是没忍住。

"他永远都忘不了这段经历了，"女警察对着我们笑了，"我敢保证。"

但最后萝丝脚下一滑，一屁股坐在了地上，开始哈哈大笑。他把她拉起来，一边押着她走向警车，一边在空气中挥舞着拳头庆祝胜利。

"警官，"看见那个警察打开了警车后座的车门，利奥努力展现出一个礼貌的微笑，"你瞧，她就是个傻瓜，她最近日子不好过。我们有个朋友失踪了，就是那个在河里找到的女孩。"

"呵呵,"警察边说边打开车门,手压着萝丝的头往车里一推,"最近这种话我听得太多了。"

"你不能就这么把她带走,她还没有成年。"我说。其实我并不是很确定,只是觉得值得一试。

"瞎说!我成年了!"萝丝在后座上大叫,"行了,你俩要不要一起上来?免费搭车!"

我们想跟着一起上去,但警察拦住了我们。

"回家吧,"女警察跟我们说,"她会没事的,我会照看她。只要她冷静下来,我们就让她父亲来把她接走。我认识你们几个。你们是那个乐队的,对吧?我儿子很崇拜你们。"

"但——"利奥把手放在车门上。

"孩子,"那个女警人很好,很和善,"我知道你,也知道你哥哥。所以听我的话,你们现在最好回家去。我会照顾她的。"

她从口袋里掏出一张名片递给我:普通警员,桑德拉·威金斯。

"现在你的小伙伴需要冷静下来,这样我们就都可以早点回家了。"

我把名片塞进口袋里,萝丝敲了敲车窗,她示意我给她拍张照片。

我毫不犹豫地掏出手机,拍了一张照片。

为什么不呢?

九小时前

我们在大礼堂的舞台边缘并排坐着，像是一排蠢货。好吧，也许勒克拉杰不是，因为他不怎么说话。他坐在最边上，拿出自己带的午餐便当，整齐地放在落满灰尘的舞台上。

史密斯先生和我们的戏剧老师格林斯特里特小姐在一起，他们站得很近，手肘都碰到了，两颗脑袋冲着彼此窃窃私语着。我仔细打量着他们之间那种半遮半掩的性吸引力，如果事情更有趣一点的话，也许已经是正大光明的性吸引力了呢。

我们知道史密斯先生是单身。每次我们问他个人问题时，他总是说如果能遇到真命天女，一定会邀请我们参加他的婚礼。格林斯特里特小姐的情感状态不是那么公开，她不是史密斯先生这种容易被人八卦的老师。我很喜欢她，我喜欢她前面比后面长的黄发，而且如果靠近点看的话，还可以看到她鼻翼上穿刺的小孔。我会想象周末时她戴回鼻环的样子。她和史密斯先生上过床吗？

"不会的，尽管我觉得她并不介意，"萝丝小声说，"但她不是他喜欢的类型，她没有那么女性化。"

我转过头看向她，对她看透了我的心思大吃一惊。

"说真的，老兄，你的心思都写在脸上了，"萝丝笑着对我说，"但别担心，你对格小姐的那点意思现在还没人知道。"

"我才没有对她有意思！"我反驳她。

"别吵，孩子们。"史密斯先生说。

萝丝用手背贴了贴我绯红的脸颊，又假装被烫到一样迅速弹开。"是是是，你没有。不存在。啊哈。"

"没有什么？"利奥笑着问。

"对格林斯特里特小姐有意思。"萝丝的声音大得所有人都听得到。

"哦，伙计，你居然对格小姐有这种想法。"利奥摇着头笑道。

"杀了我吧。"我用手捂着脸说，试着不去留意格小姐正在假装没有听到。

"没关系的。"勒克拉杰递给我一瓣橘子，"我也暗恋她。"

"好了，"广播站的莉莉拍拍手引起我们的注意，"我都准备好了，设备也就绪了，我们是录现场版，所以你们尽量自然些、有趣些，别说脏话，好吗？"

我们嘟嘟囔囔地同意了，莉莉开始为我们倒数。

"这里是来自泰晤士综合中学的镜子乐队，他们正处于人气的急剧上升期。你们好，伙计们！"

她向我们点点头，夸张地挑挑眉毛，示意我们要说些什么。

"你好……"我们一起回应道。

"红毛。"不知道为什么，莉莉选我第一个发言。她把麦克风伸到我面前。我盯着它，一瞬间，所有那些关于没完没了接受媒体采访的摇滚巨星生涯的幻想淹没了我。"跟我们讲讲你们为什么要为乐队成员和同班同学娜奥米·德米尔举办这样一场慈善演唱会。"

我盯着麦克风，然后看向莉莉，她轻轻点点头，鼓励着我。

"呃……"时间一分一秒地过去了，我一个字都没说出来。

"这对我们来说意味着全部，"萝丝把话筒拉到自己面前，严厉地白了我一眼，"我们开始策划演唱会时，还没找到娜奥米。我们想要大声呼喊她的名字，期待她能听到，回到我们身边，因为她对我们来说不仅是朋友，还是家人，她的失踪对我们来说是沉重的打击。现在她回来了，不论在她身上发生了什么，她都需要很多的支持才能好转起来。而这场演唱会就是为像她一样、像我们一样的孩子准备的，这些孩子没有地方可以吐露心事。通过这场演唱会，我们想让他们知道，如果没有人听你说话，你就大声呐喊，直到他们听见你的声音。每个人都应该有发声的权利。"

"很好，谢谢你，萝丝。"莉莉微笑着说，显然她被深深地打动了，"那么你呢，利奥？你同意萝丝说的话吗？"

"×，当然同意了。"利奥话音刚落，莉莉就关上了录音机。

"×，对不起。"利奥说，萝丝忍不住咯咯笑了起来。

"不能说脏话。"勒克拉杰提醒他，然后咬了一口手中的三明治。

"伙计们，"史密斯先生努力忍着笑，"认真点。这很重要。为了这场演唱会，为了你们自己，重视起来。不要在广播里说脏话。"

"×，对不起。"利奥说完，萝丝又忍不住笑了。

"对不起。"萝丝深深吸了口气，说道。

"没关系，"莉莉也深吸了一口气，重新拿起话筒，"我们可以把脏话剪掉，所以利奥，假装我又问了你一遍这个问题，你重新回答一下。"他点了点头，她按下了录音键。

　　"当然，"他说，"很多人都关心着娜奥米，而且人数可能比她以为的还要多。她现在回来了，而且比任何时候都需要知道有多少人在关心她。我们几个想为她做一件大事，当然也是为了其他迷失的孩子……也许可以吧，我也不确定。"他有些害羞地低下了头，萝丝揉了揉他的肩膀。

　　"勒克拉杰，你呢？"莉莉把麦克风递到勒克拉杰面前，他手里的三明治刚刚伸到嘴边。他停了下来，眨了眨眼。

　　"取代乐队中一位深受喜爱的成员，这是什么样的感觉？"

　　勒克拉杰把三明治放回到特百惠保鲜盒里，盖上盖子。

　　"我不是取代她，"勒克拉杰沉思着说，"我是在向她致敬。她是我在现实生活中遇到的最好的贝斯手，等她醒过来，我会请她和我约会。她可能会拒绝我，因为她和我不是一类人，但何必让自己生活在恐惧中呢，对吧？"

　　利奥、萝丝和我都扭过头去看着勒克拉杰，我终于知道我想说什么了："哥们儿，你是我们一伙的了。"

利奥：我们的女孩疯了。

红毛：我们该怎么办，要不要去看看她？

利奥：不……她不会有事的，她爸爸是律师，红毛。

红毛：我们不该让他们把她带走。

利奥：我才不去呢，去了就出不来了。萝丝没事的，就算喝多了，她也知道自己在做什么。

红毛：那她在做什么？

利奥：她在想明天上学时又有一个很酷的故事可以说给别人听了。看她的 Insta。

点击这里观看

"当你恋爱时，就连监狱都那么美好。"

87 转发 19 评论

红毛：他妈的她怎么在警察局都能自拍？

利奥：我不知道，但她看起来挺得意。放轻松，萝丝能照顾好自己。

红毛：她也是这么说你的。

利奥：她说得没错。但我不太舒服，头疼死了。得睡了。别吓自己了，好吗？

红毛：行行。

红毛：她这是跟谁恋爱了？

利奥：（利奥不在线）

12

所以萝丝这是跟谁恋爱了？

我坐在床上，把手机藏在枕头下。我的身体很疲惫。尽管我现在体格健壮、身体健康，但过去那些肥胖和消瘦的日子依然给我留下了挥之不去的阴影。在试图控制自己的身体来掩盖或者说袒露内心伤痛的过程中，我好像永久性地消耗掉了全身百分之十的能量。就算我现在如此健壮，有时候还是会感到内心崩溃、精疲力尽。而今天就是这样。

我的思绪不停地翻腾：那个文身，阿希和她那个把我也卷入其中的计划……还……还有些别的什么事。好像有些什么事情，每次我拼命想要记起来的时候，总是会功亏一篑。好像是忘记了什么重要的事情，却无论如何都想不起来。

隔壁房间里，妈妈衣服都没脱就醉倒在床上，手中抓着一杯翻倒的汤力水兑伏特加。我看见她的时候，本想帮她把杯子拿走，但我没有。我想让她半夜被洒在腿上冰冷的酒，甚至是酒杯摔碎在地上的声音惊醒。也许那时候她就会意识到自己有多不堪了。

爸爸看见这幅景象，肯定掉头就走。如果他还回来的话。

在走廊的另一头，格雷西在柔和的灯光下甜甜地睡着。我希望她放学后跟妈妈一起喝过了一杯好茶，度过了一个愉快的下午。妈妈在她面前总是这样，醉醺醺、乐呵呵、快活又滑稽。但等到格雷西上床睡觉以后，她的怒意就会袭来。我蹑手蹑脚地走到格雷西面前，注视着她。她的小脸跟她的灵魂一样柔软，我还记得自己七岁时的光景，那时我还没有意识到，有时候这个世界无缘无故就会对你流露出恶意。

此刻，尽管我身心俱疲，却完全清醒着。

我又给利奥发了信息，但他离线了。

我一直无法忘记警察出现之前他看着萝丝的眼神，还有她看着他的眼神，还有我为此而心痛的感觉。如果他们两个真的在一起了，那么一切都会改变。一开始我们是四个人，后来是三个。如果他们两个在一起了，那就只剩下他们，我自己被撇在一边。也许这会让我看起来像个蠢货，我可不想这样。我们四个的组合，是我这辈子遇到过的最好的事情。我不想再变回那个瘦小的红头发小透明，没有任何存在感。我不想再被无视。天哪，有时候我真让自己恶心。

我伸手拿过书包，抽出了娜奥米的笔记本。里面满满地塞着许多小纸片，应该是每次灵感来了之后，她随手记在了能找到的所有东西上：撕开的三明治包装纸、餐巾纸、练习簿的一角。除了娜伊，大家都会把东西记在手机里。我想，如果你也像她一样有一个只要愿意就能看到你在网上一举一动的姐姐，那么这样做也是可以理解的。

我把笔记本里夹着的碎纸片都抖了出来，推到一边，翻到写着歌词的那一页。我越看越觉得自己像是透过一扇窗户往里偷窥，窥探一些本不应该看到的东西。每首歌都充满激情和欲望，一点都不像娜伊的风格。我们一起写歌的时候，主题都是歌颂自由和自我：不要妥协，不要

在乎别人。有时候我们也会写写那些永远不会得到回应的单相思，但我
们从不写这种东西。这些歌是写给某个人的，这些歌没有止步于期待或
是渴望。它们写的是事实。

柔软

欲望

亲吻

爱抚

触碰

嘴巴

艰难

倾覆

分离

　　落在纸上的词语一个个蹦到我的眼前，它们诉说着一件我们早就应
该注意到的事。

　　娜奥米失踪前在跟某个人恋爱。

　　她坠入了爱河。不仅如此，这还是一段她全身心投入的、活色生香
的、未成年人不宜的性关系。这些歌就是这么写的。她恋爱了，被迷得
晕头转向。我坐起身来，把歌词看了一遍又一遍，想找到线索，查出这
个人是谁。

　　再回想起学期末的那段日子，对了，这一切都讲得通了。

十二周前

天气很暖和，这学期的课程已经结束了。

模拟考试结束了，学期的最后几个星期似乎没有什么意义。每个人都精疲力尽、反应迟缓、游手好闲地等着昭告暑假开始的铃声。

我们在音乐室里排练新歌。这里基本上算是被我们占领，现在已经很少有其他人想要来使用这个音乐室了。至少我们是这么期望的。萝丝、利奥和我都到了，只有娜伊迟到了，于是我带着萝丝对歌词，利奥开始练习我为他编的吉他和弦。

娜伊走进排练室的时候，顺手摘掉戴了一天的火红色动漫风假发，那头棕色的长发闪耀着蜂蜜的色泽倾泻而下。

"热得没法辣了？"萝丝调侃。她耸耸肩，坐在了地板上。娜奥米在微笑，但我记得她不是在对我们笑，她是在对自己笑。仿佛她并不在这个教室里，而是置身于另一个只对她有意义的时间、地点。我想我待会儿得问问她。但我却从未开口。

在我们为十二年级的毕业舞会制定歌单的时候，她拿出一大包婴儿湿巾开始卸妆。我看了看萝丝，她挑起了眉毛。而利奥则沉浸在音乐中，一开始根本都没有注意到。

我想我已经习惯了她这副样子。惨白的妆容遮盖了她原本的容貌，把她的脸变成一幅画布。用眼线画出来的漫画大眼上粘着长长的假睫毛。平平的眉毛也不是根据原本的眉形画的。嘴唇则用唇膏涂成了小小的玫瑰花苞形状。这张脸几乎已经成了娜奥米的一部分，我都放弃辨认她浓妆下本来的面目了。我想真实的她已经消失了。

我们一直在讨论歌单，应该选哪首歌，演出顺序是什么，而她一直在旁边卸妆，用完了一整包湿巾。等到我们准备好演奏的时候，她已经是一张清清爽爽的素颜了，咖啡色的肤色透着清新的光泽，双颊泛起粉色，嘴唇的颜色很深。没错，她看起来真的很美。有那么一瞬间，我甚至有点害羞。

"该死，"利奥赞赏地说，"你看起来不错，美女。"

"真的！"萝丝说，"让我来给你化点妆！"

"滚开！"娜伊笑了，"我刚刚才把妆卸干净。我现在才不要再化一次，你知道的。我想我现在更想要自然美。"

"从什么时候开始？"萝丝问她。

"从刚刚开始。"娜伊咧开嘴笑了。

她从铅笔盒中拿出一把剪刀，剪断了她常穿的那种束身衣上的蕾丝系带，拉开可笑的褶边裙的拉链，身上只穿了一件黑色背心和一条紧身裤，曲线毕露。你能看到她的身材，柔软而丰润，轻柔而纤弱。

"好了。"我说。我愣了一会儿，才反应过来这个女孩是我最好的朋友，我们每天都混在一起，我却从没对她动过心。我真是个浅薄的蠢货。我摇摇头，把这些乱七八糟的想法抛到一边。娜伊就是娜伊，她不是随随便便哪个女孩，她是我的朋友。

我们开始排练了，大家的状态都不错，娜伊尤其出色。跟往常不同，她不是低着头站在后面，而是跟我们所有人都有眼神交流，一边大笑一边走来走去，就像有一轮小太阳照耀在她的头顶。

"我下午不去上课了。"我们收拾东西时，她说。

"什么？你要逃课？"萝丝倒吸了一口气，"你从不逃课的！怎么了？"

"因为那些狗屁不通的东西就是浪费我的时间，"娜奥米说，"我手头有点钱，要去给我的新造型置办点行头。"

"等等，我跟你一起……"但还没等萝丝说她也要去，娜奥米就离开了。

"她这样看起来不错，"娜奥米走后，利奥点评道，"她马上就要成为焦点人物了。"

"比我还好看？"有时候萝丝就是这样，会问一些五岁以上的小孩都问不出口的问题。而且她万万不该用这种方式对待利奥，没事就撩拨他，然后又一把推开。但他偏偏每次都上钩。我不能怪他，因为我也是这样。

"你不是好看，"利奥话音刚落，萝丝就睁大了眼睛，脸上写满了失落，"你是美。"

她得意了一会儿，直到利奥背起吉他，接着说："作为一个疯女孩来说。"

"浑球！"他离开的时候，萝丝在他身后大喊。

"他就是个浑蛋，对吧？"她歪过头看着我说，"想不想翘课和我一起去晒太阳？"

一想到我们躺在茂盛的草地上，萝丝的头发上沾满了小雏菊，眼中满是笑意，我就忘记了娜伊所说、所做的一切。

《生活在这里开始》

作词/作曲：娜奥米　红毛

像僵尸一样走着，

像傻瓜一样坐着，

像迷茫的男孩一样

假装自己酷酷的。

当你笑了，生活就真的开始了。

当你触碰我，就在这儿……

当你亲吻我，就在那儿……

当我和你在一起，我就满足了。

当我和你在一起，我知道，

生活就真的开始了。

像机器人一样吃着，

像狮子一样睡着，

像恶狗一样流着口水，
真希望你是属于我的。

当你笑了，生活就真的开始了。
当你触碰我，就在这儿……
当你亲吻我，就在那儿……
当我和你在一起，我就满足了。
当我和你在一起，我知道，
生活就真的开始了。

生活就这样开始了。

重复，直到音乐渐弱。

点击链接观看视频

13

我们在校门口等着，终于等到萝丝从阿曼达的奥迪车里走下来，像个该死的电影明星一样华丽登场。她身穿豹纹印花的人造毛皮曳地大衣，发型狂野，戴着墨镜，还涂了亮粉色的口红。

利奥和我站在那里看着她，我知道我脸上的表情和他一样，目瞪口呆，我缓缓地摇了摇头，脑海里盘旋着两种截然不同的声音："妈的，什么鬼"和"天哪，我爱她"。她爸爸没有下车，甚至都没和我们打招呼；萝丝一甩上车门他就开走了。她头也不回，张开双臂向我们走来。

"我的朋友，我的朋友！"她喊着，胳膊搂着我们，轮流亲吻着，先是利奥，然后是我。我能感受到她亮粉色的唇膏在我脸上留下了一个黏黏的印记。

"什么鬼？"利奥大笑着，做着鬼脸。

"你被关了一晚，第二天就像什么事都没发生一样回到学校？"我问道。她正挽着我们的胳膊，拉着我们一起迈向十一年级的入口，趾高气扬的样子像是昨晚过得好极了。

"有谁知道了？"她问，眼神扫过跟我们擦肩而过的每一个人，"所有人都知道了吗？"

"我们没跟任何人说，"我说，"我们没必要说，都在你的个人页面里了。"

"很酷，不是吗？"萝丝笑了，"这太赞了！这是我们做过的最摇滚的事情了。接下来我们就该写一首关于监狱的歌了。"

"伙计，你就在警察局待了一个小时，不是真的进监狱了。"利奥抱着胳膊，看起来无动于衷。毕竟他也曾被拘留过一两次。

"随便你，"萝丝耸耸肩，"时间长短并不重要，重要的是它看起来如何，对吧？其实很容易就搞定了。我哭了，然后那个善良的女警察跟那个胖警察说放了我。"

"你爸爸生气了吗？"我问她，她笑了。

"爸爸甚至不知道这件事。"

"怎么可能？你需要大人保你出来。是阿曼达帮了你吗？"

萝丝只是对着我笑。

"我有我的办法。"

"该死的，什么办法，萝丝？"利奥摇摇头。

"我不会告诉你的，"她笑着说，而我想杀了她，"这样说吧，老男人自有他们的用处。"

利奥转过脸不去看她，因为他不想让人看出自己受到刺激了。

"见鬼，萝丝，你本可以给我们发信息的！"我说。看完娜伊写的歌词之后，我本来打算跟他们说说的，尽管我并不确定应不应该跟别人说。但是她做的第一件事，竟然是在 Instagram 上面发一堆该死的自拍，然后打电话给那个谁，马兹·哈里森？

"那有什么意思？"萝丝似笑非笑。

"你爸爸会发现是某个怪人把你接出监狱的。"我警告她。

"不。他不会发现的，他对我没这么关注。"有那么一瞬间，萝丝看起来挺失落的,"我今天早上告诉他我昨晚宿醉,只是想看看他什么反应。结果他只是说几周后我们就要拿到高中毕业证了,然后说我是一个聪明的女孩,如果我不再鬼混,肯定会有一个光明的前程。但是如果我决心要自毁前程的话,他也没办法,他要把精力都放在阿曼达身上。真的,他的眼里只有她,好像他的本职工作就是让阿曼达开心一样。而我呢,只会碍手碍脚,在他们没完没了的蜜月里像个巨大的电灯泡一样闪闪发亮。"

"那至少他还回家,"我说,"我今天早上起床的时候爸爸不在家。我都不知道他晚上回来过没有。"

"呵,谁需要爸爸啊,是吧?其实这样更好。"萝丝说着,伸出大拇指擦去我脸上的口红印,"如果他真的在意我的话,生活该会有多无聊。我也不需要他的关心,反正我找到一个新爸爸了!"

"恶心。"利奥发出一声呻吟。

"那是什么意思?"铃声响起时,我正好在问她。

"你觉得那是什么意思?"

老天,萝丝太让人恼火了。

"午餐的时候排练。"利奥喊了一声,开始小跑着去教室。很明显,他不想再听萝丝讲关于老男人的破事了。

"好的,老板!"萝丝向他敬个礼,然后转过身来对着我,"他觉得我是个浑蛋,是吧?"

"你就是个浑蛋,"我说,"再说,你什么时候开始在乎其他人对你的看法了,而且你说的新爸爸到底是什么意思,听起来真他妈的诡异。"

"我只是瞎说说的,"萝丝说,"但我确实在乎,我在乎你们两个对我的看法,还有娜伊。也许还有勒克拉杰,"当走廊上终于空无一人,她摘下墨镜，她没有化标志性的黑色烟熏妆，只有一双淡蓝色的眼睛，有点红血丝，眼皮也哭肿了，"我不在乎的是除你们之外的其他浑球。"

我把她拉入怀里，把脸埋在她乌云般的秀发中。

"利奥并不觉得你是个浑蛋，"我安慰她，"不过我倒是这么觉得的。"

她朝着我的肋骨狠狠打了一拳，但她走进教室的时候是笑着的，墨镜也重新戴了回去。

萝丝坐到哈迪曼夫人的面前，等待着全班同学都看向她。

"你们绝对猜不到我昨晚经历了什么……"

"红毛？"史密斯先生看见我孤零零地站在走廊上，从他的教室里探出身叫我。

"我快迟到了，先生。"我看着萝丝的方向说道，直到视线被哈迪曼女士狠狠关上的门挡住。

"我会帮你解释的，我只是想知道娜奥米现在怎么样了？你们看她这样一定很难过吧，尤其是你。你们两个过去走得很近，不是吗？我是说你们现在走得也很近……"

"是的，"我边说边走进他的教室，他关上了门，"我以前也是这么想的，但我根本不知道她身上发生了什么，这有点想不通。她从没跟我或其他人说过什么，我们很难预感到会发生这种事。不知怎么的，我觉得我让她失望了。"

"不要对自己这么苛刻。每个人都有一些不会对任何人说的秘密。"史密斯先生说。他的嗓音低沉而友善。"我知道我有这样的秘密，我敢说你也有。这并不代表你对她来说不重要。"

"也许吧。"我说。我现在可以走了，但我并不想走。我很喜欢这里，静谧、安宁。"那你的秘密是什么呢，先生？"

他大笑着摇摇头。"我想我给自己挖了个坑。我喜欢探索城市，就是这样。这就是我的秘密。去本不该进去的废墟或是老建筑，走走看看。严格来说这不太合法，但很有趣。"

"你说是就是吧。"

他又笑了。"帮我保守秘密，好吗？我不想惹上麻烦。"

我看不出这怎么会让他惹上麻烦，但我还是点了点头。

"娜奥米的家人怎么样？我想上门去看一下，但又不想打扰他们。"

"我不觉得你会打扰到他们，先生，"我告诉他，"我觉得德米尔夫人喜欢有人在她身边，给她一点支持和帮助，让她不去想这件事。我想她会很感激的。"

他小心翼翼地理了理桌子上的纸。

"你还有其他想说的吗？"

我摇摇头，差一点就忍不住告诉他我一直在思考的问题。但我忍住了。如果我把一切都告诉他，他大概会觉得我崩溃了，然后让我去诊所看心理医生，跟医生讨论我的感受或者其他一些没用的东西。几年前，有个小姑娘自杀了，从那以后只要你看上去有一点不开心，他们就会让你去接受心理治疗，但心理治疗并没能帮我妈妈好起来。可如果我想要找谁倾诉，也只有他了。

"红毛……"他犹豫了一下，"快要考试了，而且……听着，我不想给你什么压力，但我觉得你要应付的事情太多了。我那天在超市看到了你妈妈……"

老天，我多希望他没看到。我羞愧得想要找个地洞钻进去。

"她一定是喝多了。"我说，每个字都如石头般沉重。

"看上去是的，你没告诉我她又开始酗酒了。家里情况很糟糕吗？"

如果我说是，又能怎样呢？无非是再送她去参加社会服务而已。无论我跟他们说什么，都只会让事情更糟。太难了，我只想把心事都说出来，家里所有那些破事。如果世界上有任何人能理解我，那一定只有他了。但我说不出口，我……也许我可以应付这一切，但格雷西呢？如果她被送进儿童保护中心怎么办？我不能冒这个险。

"不，没有看上去那么糟。我是说，妈妈状态不太好，但爸爸一直陪在她身边帮助她。而且她自己也想停止酗酒，所以你看，一切都在掌控之中。请不要告诉任何人，先生。你知道，我爸是学校董事会成员，如果事情传出去，他会很难堪的。"

我其实很想跟他吐露心事，但说实话，我更不想让家里的那个烂摊子被他以外的任何人看到。

史密斯先生看着我的眼睛点了点头，我立马低下头，不想被他发现自己在撒谎。

"我只想让你知道，只要你需要，随时可以来找我寻求帮助，"他说，"你是个很有天赋的孩子，有着大好的前程。有时候我们需要的只是有人站在我们这一边，不是吗？我会一直支持你的。"

我点点头，说："谢谢你，先生。"

"拿去吧。"他给我写了一张假条，我拿过来，往门口走去。

"红毛？"我转过身看着他，"记住，我的门随时为你打开。"

奇怪的是，在我走向报到处的时候，我感觉好多了。

当我到达医院的时候，利奥和萝丝都不在。

只有一张利奥留下的字条：

对不起，家里有点事要处理。

没有萝丝的音讯。所以只有我一个人，熟门熟路地穿过迷宫一样的走廊，来到娜奥米身边。她房间里没有其他人，护士不在，家人也不知道去哪儿了。站在外面显得很傻，所以过了一会儿，我自己打开门走了进去。

"嘿，"我在她旁边坐了下来，"怎么样？还是老样子？你的头怎么样了？还伤着？对了，史密斯先生今天还问到你。我觉得整个学校都在给你写慰问卡片，唱诗班也给你录了一首歌。老实说，你听到以后大概宁愿继续昏迷下去。"

娜奥米当然没有回答我。但不知道为什么，我一直等着她回答。

已经三天了，淤青已经明显消散，她现在看起来更像失踪前我认识的那个人了。

"有人看到我妈妈在超市里醉醺醺地推着购物车的样子。醒来吧，娜伊，"我在她耳边低语，渴望着听到她的声音，听见她用讥讽的语气告诉我要振作起来，"醒来吧，告诉我们你到底发生了什么。"

"就算她想醒来，今天也醒不了，"帕特森医生走进来，"你不应该来这儿，你知道的，只有家人可以探视。"

"但是德米尔太太说我们随时可以来。"

"德米尔太太不太明白这里是重症监护室，她也不只是摔断了腿。她需要安静。"

"那她好些了吗？"我问。

"我不能告诉你，"帕特森医生说，"只能和家人说，记得吗？"

我伸手去拿包，她叹了口气。"你可以待一分钟。她家人来了之后我会跟他们通报病情，到时候你就知道了。"

"谢谢你。"我回答道。她走了之后，我打开手机，翻出里面的录音。"听着，"我转过身对娜伊说，"希望你不要介意，我拿了你的笔记本，里面有你自己写的歌词。昨晚我给其中一首谱了曲。我睡不着，就起来录了下来。你觉得怎么样？"

我按下播放键，把手机放在她耳边。

音乐响起的时候，我琢磨着歌词。

> 你抚摸我的方式，让我内心躁动；
>
> 你要我的方式，让我尖叫呐喊；
>
> 除非你在我眼前，我不想浪费呼吸；
>
> 除非你在我身边，我不想假装死亡……

假装死亡。这是一条线索吗？娜奥米一开始就打算玩消失吗？录音放完了，我摇摇头：该死，每个词都有很多种解释。想要从里面读出什么特别的意义太难了，除了这些歌词明显是一个经历过很多次性爱的人写的。

我叹着气，登录了我们的 Tumblr 账号，看到有人在评论里发了一个粉丝页面的网址，一个镜子乐队的粉丝页面！

"见鬼，娜伊，我们都有粉丝页面了。"我忍不住笑着点开那个网址，里面放了很多我们写的歌词，还配上了美丽而复杂的手绘，歌词和画天衣无缝地交织在一起。"太赞了，娜伊，"我说，"真的有人认真听了我们的歌，他们真的听懂了。"我继续往下翻看，还关注了这个页面。这几天没有更新，但之前几乎是每天一更。然后我看到了这个页面的创建者，用户名叫月食（Eclipse），下面还放了她 Instagram 的链接。

她的头像是一个手绘女孩，侧脸的轮廓和长长的头发组成一轮满月。页面上只发了几张图，里面没有自拍，仅仅是几张励志图，几张看起来差不多的无聊风景图，除此之外没别的了。

太能说明问题了，我们的第一个超级粉丝是个失败者。

我又在她 Instagram 的简介里看到一个 Toonifie 的链接，就点了进去。这里她的用户名叫暗月，就是那个复制了娜伊播放列表里所有歌的人。哇哦，真是个超级粉丝呢。也可能是一个有变态好奇心的人。阴暗的事会泄露人们内心更阴暗的一面，那是肯定的。在娜伊消失的几周里，我们社交账号的关注量翻了一倍。在她被找到并陷入昏迷的新闻传出去后，又翻了一番。人们喜欢悲剧。人们很奇怪。

暗月真的很想让我们注意到她。

我在想她会不会很热辣？

也许她会成为我们的第一个骨肉皮[1]。

她也可能是变态跟踪狂。

我是说我猜她是女生，但谁知道呢？她也可能是个叫作肯的四十五岁卡车司机。

"这人是谁啊？你认识吗？"我对娜伊说，"大概是哪个七年级的艺术系学生。但也的确是个超级粉丝，我们一直希望有超级粉丝的，对吧？"

随着她无意识的呼吸声，以及机器上持续不断的哔哔声，我的内心在逐渐坍塌。

1　原文为"groupie"，诞生于二十世纪六十年代的美国，最早指代热门乐队巡回演出时，一站一站追随他们的狂热乐迷。这些乐迷多半是年轻女孩，希望与他们建立性关系。

"我好想你啊，娜伊。"我低声说。我嗓子似乎肿起来了，眼睛也火辣辣的，但我不会哭。如果娜伊发现我当着她的面哭，她不会放过这个把柄的。

我的手机振动了起来，进来一条推送。是 Twitter ？我已经好几个月没有登录过了。但推送一个接一个。

> **@Keris 转发了你的推文**
> **@BeeCee 转发了你的推文**
> **@HunNun94 转发了你的推文**

他妈的是转发了我的哪条推文？

我急忙登上镜子乐队的 Twitter 账号（@mirrormirrorband），看到已经有 29 条转发，而且数量还在不断增加。明显是因为这个账号发了一张娜伊文身的图。

> 你们知道这是谁文的吗？或者有没有见过类似的文身？
> 请帮助我们查出娜奥米身上到底发生了什么。

"该死的阿希。"我说。

"真没礼貌。"阿希拉站在门口对我说。她打了个手势，示意我跟她出去。我照做了，来到娜伊病房外的走廊。

"你黑进了我的 Twitter ！"我压低声音，把手机拿给她看。

"不，我只是借用它发一下那个文身的照片。Twitter 是最适合传播消息的平台，更容易被转发，也会有更多人看到，这样就更容易找到线索。我知道你会同意的，所以我想直接发出去也是一样的。你知道吗，下午四点是发推的最佳时间。"

"你他妈黑进了我的 Twitter。"我又说了一遍，路过的护士给了我一个相当严厉的表情。

"这是乐队的 Twitter，所以至少有百分之二十五是属于娜伊的。再说了，哪个白痴会不设置两步验证。也就是你。你学到了一课，不用谢。"

"嘿，宝贝。嘿，红毛，亲爱的，"杰姬和马克斯从电梯里出来，他们看起来很疲惫，"其他人还没来吗？"

"还没来，"我说，"利奥家里有点事，但是萝丝说一会儿她爸爸会送她过来。"

"那好吧。"杰姬拍拍我的手臂，然后走向娜伊。

"我有点事要和你说，"我悄悄对阿希说，把她从娜伊的病房门口拉开，"我昨晚看了娜伊的歌词本，然后我——"

"德米尔先生？"身后突然响起一个声音，打断了我们的交谈。阿希伸出一根手指放在我的嘴唇上，让我不要继续说下去，这吓了我一大跳。她冲她爸爸点点头，牵着我走回他和医生旁边。

"帕特森医生？"马克斯对医生笑了笑，但医生并没有回应。

"你想叫你的妻子也过来吗？"她说，"这样我就可以给你们一起讲了。"

杰姬眼中含着泪水，来到了门口。

帕特森医生说话的时候，马克斯紧紧抓着她的手。

"娜奥米最近一次的 CT 扫描显示，她脑部的出血已经止住了，这是个好消息。但是她的大脑还是有严重的充血。我们决定在接下来的二十四小时里继续给她注射镇静剂，之后再重新进行评估。"

"这么说她并没有恶化？"杰姬紧锁着眉头。

"有所好转，"帕特森医生说，"我们的路还很漫长，杰姬，你不能指望有什么奇迹发生。更重要的是，你不应该幻想有奇迹发生。"

"但她没有恶化。"杰姬点着头重复道，好像这就是她唯一想听到的消息。

"她没有恶化。"帕特森医生一字一句地重复了一次。

杰姬和马克斯走进病房，坐在她身边。阿希看着我。

"告诉你吧，也没什么重要的。"我说。

"告诉我吧。"阿希朝我逼近一步。我还记得她手指压在我唇上的感觉，不由自主地后退了一步。

"只是直觉，"我摇着头说，"没有一点证据。"

"他妈的到底是什么事？"

"我觉得……"我叹了口气，"我觉得娜伊好像在跟谁恋爱。就在她失踪之前，她在非常认真地恋爱。我甚至觉得她不是要逃开我们，而是要逃去跟什么人在一起。一个在她看来比什么都重要的人。一个她不想让我们知道的人。"

"我也是这么认为的。"阿希说。她又一次吓了我一跳。

"你也这么想？"我看着她，她点点头。

"这是我能想到的唯一合理的解释。一定发生了什么事，有什么人出现了，然后完全改变了她。"

"那我们该怎么做？"我问道，她又向我逼近了一步。这次我没后退。

"我们要查出来这人到底是谁。"她说道。

14

　　我光着脚在萝丝家厨房的白色地砖上走来走去，鞋和袜子都扔在她家的小花园里。我很高兴自己终于离开了医院，远离阿希和她给我造成的种种困扰。一方面，在她身边待着好像也不错，她能给我造成一种错觉，让我觉得也许自己还能为娜伊做些什么。但是另一方面，我也不知道为什么，她身上有些东西让我感觉不安。

　　而在这里，在萝丝家里，安静无声，阳光灿烂，内心安宁。

　　她家离我家只隔了几条街，但这就是伦敦：高层公寓、公营小区、我家那样的双拼别墅，还有萝丝家这种带有私家车道和防空级别的地下室以及阳光玻璃房的豪华住宅。它们都挤在同一片区域里。住在这种价值几百万公寓里的有钱人，和利奥家那套两室小公寓的穷人，也许就只隔着一条街的距离。这里一直是这样的，富人和穷人一抬头就能看到对方的生活是什么样的。

　　萝丝发短信给我，说要和我聊聊，我立刻离开了医院。可以看出阿希因为我放了她鸽子生气了。在她看来，娜伊身上肯定是发生了一些不好的事，这是唯一的解释，她不相信真的是妹妹自己策划了这一切，只是为了逃走去追求一段新的人生。我想我理解她，但不管娜伊是因为什么掉进了河里，这总比知道她是被变态绑架了要好一些吧。

其实我们什么都不知道，真的。

我叹了口气，踩着厨房的大理石地砖，想让脚凉快一下。我家的厨房和萝丝家的完全不同：设备陈旧、光线昏暗，放着噪声巨大的冰箱和相当有存在感的洗衣机。萝丝的爸爸很有钱，从他们家的房子就看得出来。在这里，你一眼是看不到冰箱、洗衣机或洗碗机的。客厅里的电视和墙一样大。我的脚热得出汗，脚下的地板却很阴凉。于是我四处踱着步子，在通往花园的那扇门里进进出出。花园里，萝丝正坐在露台下面，对着镜头练习要说的话。回到客厅，巨大的电视机映出我的影子。再走一个来回。

"你好，亲爱的！"阿曼达下楼梯的时候看到了我，光洒在她一头飘逸的金发上。她打扮得像是从生活方式类杂志里走出来的人，造型得体而整洁，脸上化了一点淡妆，头发上喷了很多发胶。

其实我算是挺喜欢她的，但我千万不能跟萝丝这么说。作为一个很小就失去了母亲的女孩，这很可以理解。对她来说，世界上不会有比她妈妈更好的妈妈了。但对我来说，每个妈妈都要比我家里那个强得多。

阿曼达的目光被我光着的脚吸引了，我蜷起了汗淋淋的脚趾。"娜奥米怎么样了？"

"还是老样子，阿曼达，"我回答道，"但还是谢谢你的关心。"

我冲她含蓄地笑了一下，很小心地避免造成我们在说悄悄话的样子。萝丝最讨厌她试图跟我们交朋友，让我们叫她阿曼达，但说真的，我很庆幸不必叫她卡特夫人。那多尴尬啊，她只比我大十岁。

"想吃点什么吗，萝丝？"阿曼达对她的继女喊道。

萝丝没有回答。

"我正好要出去。要我带点什么吗？"

萝丝还是没有回答。

"那好吧！玩得开心！"阿曼达从来没有表示过她讨厌萝丝，但不知怎么，你就是知道这一点。她的厌恶和她昂贵的香水味一样，在主人离开后还久久萦绕在房间里。

沉重的房门一关上，萝丝立刻从花园里叫我："红毛，快过来！"

已经是九月底了，但外面还是很暖和。萝丝在花园的桌子上精心摆放了镜子和化妆品，保证有最适合化妆的光线。

"所以你又跟哪个可怜蛋约会了？"

"说什么呢？"她对我的嘲笑嗤之以鼻，"闭嘴，我没跟谁约会。"

"那你为什么这么着急叫我过来？我在陪娜奥米呢。"

"反正娜奥米也感觉不到。"萝丝说。

"萝丝，娜奥米也是你的朋友！"

"不用你提醒我，白痴。她这辈子都是我的朋友，我之后也会去看她的。我只是觉得看见她这样太难受了。你不觉得吗？难道你看见她不会想要尖叫吗？她的脸都……"她比画着手势，却找不到合适的词汇，"总之，我们需要在演唱会之前录制一个新的视频。就现在吧！你来帮我描一下唇线，行吗？"

"萝丝，"我看着她递给我一根铅笔一样的东西，"该死的，我不知道怎么涂口红。"

"你不需要知道。只要沿着我的嘴唇勾一条边，然后在里面涂满。你能做到的，对吧？最基本的涂色。"

想到要跟她靠得这么近，我感到一阵眩晕。太蠢了，我们一直都勾肩搭背地黏在一起，为什么这会让我心里一阵骚动，我想不通。但我也知道，她没得到想要的东西之前是不会罢休的，我可没有精力跟她胡搅蛮缠了。

"好吧。"我拉过一把椅子，拿起唇笔。这不是她平常惯用的颜色，而是一种湿润而柔和的粉色，更接近她嘴唇本来的颜色。我靠近她，我们的脸贴得那么近。我开始沿着那丘比特之弓般起伏的唇形给她描唇线，她丰满的下唇闪耀着湿润的光泽，在唇笔的压迫下微微变形。我注视着她的嘴唇，感到胸口发紧，一种奇怪的感觉从脚趾尖传来，像泡泡般不断升腾。我满脑子想的都是亲吻她的感觉，眼前的双唇压在我嘴唇上的感觉。这是一种难以抗拒的渴望，我几乎无法再跟她保持这么近的距离，再过一秒钟，我就要把持不住自己了。

"好了！"我飞快地站起来，走开了。唇笔从我突然僵直的手指间滑落，掉在桌子上，又滚落在地。

"怎么了，是我有口臭还是什么？"萝丝皱了皱眉，我只是耸耸肩。她拿起手机，输入密码，打开相机，切换到视频模式。

"准备好了吗？"我还不敢直视她，也不想让她看我，我需要让这种感觉再散去一些，直到我可以控制，"我们可以继续了吗？我跟格雷西说她可以在睡觉前帮我练习。"

"说真的，伙计，刚刚怎么了？"萝丝冲我点点头，"为什么突然怪怪的？"

"没怎么，"我骗她，"只不过，除了当你的化妆师，我还有别的事情要做。"

"不，你没有！"萝丝的眉头皱了起来，"红毛……？"

我知道那种语气，它一般意味着接下来会是一段很尴尬的对话。

"萝丝，别纠结了，"我说，"不是所有的事情都跟你有关的。"

这句话通常不是真的，因为每天都有越来越多的事情是跟她有关的。但不包括今天。好吧，至少在刚刚之前是这样。

"我知道。听着，我很担心你。我们从来没有谈论过你的事，显然你也有很多烦心事。但你从来都不跟我们说。为什么？"

萝丝合上化妆镜，向我走过来。

"我们谈论的永远是我的事，我是怎么被误解的，在家里又是怎么被忽视……"她笑着，但这笑容下透着认真，她相信我会保守这些秘密，"我知道我什么都可以跟你讲，红毛。"她抓起我的手，贴在了她的脸颊上。那一刻，我恨不得原地起火，在火光中化作一缕青烟，那就完美了。但我只是木雕泥塑一般呆站在那里。

"你知道你什么都可以跟我说的吧？"

"我当然知道……"我把手从她脸颊边抽了回来，内心忍不住怀疑这到底是不是真的，我真的可以跟她说任何事吗？跟这个会当面嘲笑所有表白者的女孩吐露心事？我不是怪她太轻信这个世界，只是这个世界真的没有给我们任何相信它的理由。

"你就没有喜欢的人吗？"她问，我叹了口气，双手插进口袋，手里还握着她的手机，"因为如果有的话，不论她是谁，你都应该去追她，告诉她你的感受。你也值得收获幸福。"

"也？还有谁？"我问她。

"我不知道，所有幸福的人吧。我，我很幸福，还有勒克拉杰，他看起来可是个时髦的家伙。"我忍不住笑了。

"那是因为他的毕生挚爱就是他的吉他，"我说道，"萝丝，我们什么时候拍那个倒霉视频啊？也许你觉得这个主意好极了，但我除了服侍你还有别的事要做。"

"好了，好了！我只是想说我觉得你很有魅力，其他女孩也是这么想的。我知道十年级的米莉·哈克经常对你抛媚眼，而且——"

"萝丝，住嘴吧，"我说道，话一出口就变得比我的本意更加尖锐，"听好了，我不想找女朋友，好吗？我现在对那个没兴趣，心里只有乐队、利奥，还有……你……你……"我结巴着说出最后一个字。"娜奥米还昏迷着，你也许可以和陌生人去鬼混，但是我做不到。"

萝丝看了我一会儿，耸耸肩，回到桌边，重新审视起她的妆容。

"所以你的意思是，我是个没心没肺的自私鬼。"她说，我知道我伤害到她了，但这也伤害到了我自己。

"不，我只是说我现在不想找女朋友，我没想过这事。"

"那你大概是世界上唯一一个不想这件事的十六岁青少年了。"她说，"来吧，开始拍视频吧。我已经准备好拍个特写了。"

就在我要按下拍摄键的时候，萝丝的手机在我手里振动起来，是一个她没有保存的号码发来的信息。我下意识就读了。

　　一直在想我们今天做过的事，什么时候再来一次吧？

"喂！"萝丝从我手里抢走了手机。

"这是谁，萝丝？"我问她，"你在跟谁约会？是马兹吗？"

"我的天，红毛，冷静点！我和这个圣保罗斯来的家伙出去玩过几次，只是随便玩玩而已，没什么的。很明显他爱上我了。"

她几乎是毫不犹豫就回答了我的问题，但只是几乎。萝丝在说谎，为了一个男孩说谎？她为什么这么做？为什么会对一个她知无不言的人说谎？回复信息时，她微微笑着，脸也红了。她喜欢这个人。

我的胸中燃起怒火，我穿上了袜子和运动鞋，系上鞋带。

"你在干什么？"

"我要走了，我跟你说了，为了格雷西，我得回去。"

"红毛，求你了！"她盯着我，"三分钟就能拍完，求你了。对不起，好吗？我不知道你在不高兴什么。他只是爸爸让我去参加的那个戏剧营里认识的什么人。他是很喜欢我没错，但我早就对他没兴趣了。求你别生我的气！我也不是故意这么迷人的。"

她在开玩笑，但是我并没有笑。如果真是戏剧营里的男生，我并不会介意。如果只是个"什么人"，她会大声念出短信的内容，还会给我们看他 Snapchat 里发的图，逗我们开心。

"我没有生气，"我说，"我只是担心。"

"担心？"她激动地说，"×，红毛。你又不是我爸爸。现在我们可以拍这个视频了吗？"

"好吧，"我再次拿起她的手机，"你只有五分钟，好好表现。"

萝丝注视着手机的后置镜头，做出一副跟闺密说八卦的样子。只不过，显然她并没有这样的闺密。我看着她大笑，她的眼睛闪闪发光。在讲解那些可笑的化妆教程时，她的嘴唇一张一合。她风趣又聪明，看上去就注定不凡。我想着她今天早上走进学校的样子，好像学校是她的产业一样。每走一步，都像征服了全世界。我想，就算她看上去无坚不摧、刀枪不入，但她是我认识的人里最脆弱、也最孤独的那个。

如果我让什么事伤害到了她，我知道，我将永远无法原谅自己。

6 月 23 日

萝丝：有时候我的脑子很乱，你明白我的意思吗？

红毛：怎么了？很晚了，你还好吗？

萝丝：那些闪回的画面，总在我猝不及防的时候出现。不知道哪里来的。我以为是噩梦，但不是的。都是发生过的事。

红毛：没事的。我在这里。想看看小猫视频吗？

点击<u>这里</u>查看

萝丝：你懂我。

红毛：总得有人懂你。需要我过来吗？

萝丝：不用了，过几分钟就好了。你在这里陪我好吗？别去睡觉，也不要下线，多给我发点视频。

红毛：狗卡在沙发里。

点击<u>这里</u>观看

红毛：海獭手牵手。

点击<u>这里</u>观看

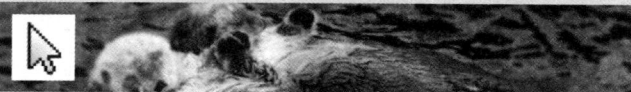

红毛：还要吗？

萝丝：要的。我爱你。

红毛：我知道。

15

我回到家里的时候，格雷西正坐在客厅里看《第一脱口秀》（*The One Show*）[1]。

"红毛！"她跳进我的怀里，身上洋溢着番茄酱和学校的味道，"去打鼓吗？"

"当然，"我一边说，一边稳稳地把她抱起来，"妈妈在哪儿？"

"在浴室，"格雷西被我抱着上楼时告诉我，"爸爸回过家了！他还带了比萨！"

"是吗？"我冲她露出一个大大的笑容，"他在哪儿？"

"不知道。可能又出去了。"看起来只要爸爸带回了比萨，她就不在乎他去了哪儿。这很有趣，不管父母有多烂，小孩子都会一样爱他们，因为他们根本分不清好坏。不过总有那么一天，一切都变了。这让我感到悲哀。我真不希望那天到来，到那时候，爸爸二十分钟的陪伴，外加一个比萨，就再也无法让她如此兴高采烈了。

1　英国 BBC 第一频道的王牌节目。

"那你先去我的房间准备好，好吗？"

我站在浴室门外面。

"格雷西要去打鼓，之后我会哄她睡觉。"我隔着门说。

没有人回答。但我能听见水流的哗哗声，随后水龙头关上了。我只好耸耸肩，去房间找格雷西。如果想在家里打鼓，我唯一的选择就是把耳机接进音响设备，然后在鼓架上装上隔音垫。我把格雷西抱上高脚椅，给她戴上耳机、连上音响，再找出几首她最爱的硬摇滚。我按下播放键，她开始了自己的表演，疯狂地敲击着我的架子鼓。我注视着她，她闭着眼睛，脸上挂着一个大大的傻乎乎的笑容。说真的，我应该多花点时间陪她。我要确保她一切正常。我的意思是她看起来一切都好，但她怎么知道自己是不是真的没事？我又怎么知道？

她敲呀打呀，而我的眼前突然又浮现出与萝丝在一起的情景，一阵悸动的渴望涌上心头。我为此感到内疚。我知道萝丝遭遇了什么，也知道我们之间的友情对她意味着什么，但我还是渴望着她。这种渴望是如此强烈，有时候甚至让我从内心深处感到疼痛。

"格雷西在哪儿？"妈妈在我门外喊道。

"这里，"我说，"我说了，我会哄她睡觉的。"

"过来。"妈妈一把扯掉耳机，不顾格雷西的抗议，把她往自己的卧室拖去。

"我在跟红毛玩呢。"格雷西哭喊道。

"我说了，我会哄她睡觉的！"我又重复了一次，但妈妈没有理睬我。有时候我在她眼中就像个隐形人，不过至少她还得花点力气故意对我视而不见。我这是两头不讨好，妈妈一边忽视我，一边又不放过我，总是把自己的怒火发泄在我身上。

"好吧。"我说着,重重地摔上了门,重到足以激怒她。

我坐在床上,翻了下手机。

大家都不在线。

我感到一阵焦躁不安,觉得自己既无能又愚蠢,被困在自己的躯壳里一筹莫展。就像那次学校组织去美术馆时我看到的一幅画:一个骨瘦如柴、肤色惨白、满头红发的年轻男人,了无生气地倒在床上。也许是死了也说不定。我觉得自己跟他有点像。像是一个诗人,或是一个画家,注定了永远为情所困。我对萝丝产生的这种情愫打破了我内心的宁静。这让我既恐慌又兴奋。但至少有两个重要的理由,让我必须克服这份不应该存在的情感。

我不是萝丝喜欢的类型,一星半点都不是。

就算我是,我也太了解她了。我了解她最不为人知也最致命的一面。这听起来很不可思议,但这是真的,相信我,我知道一些关于萝丝的真相。

除了她本人,还有对她做出这些事的人,我是世界上唯一一个知道她十四岁那年遭遇了什么事的人。这件事永远地改变了她。

八个月前

她突然定住了，眼睛中的光芒也黯淡了下来，像是丢了魂，又像是穿越到了别的时空。我们刚才还在她的房间里欢声笑语，看一些没营养的电影。我们的友情刚刚开始，还处于互相试探的阶段，看自己在对方心中到底有多少分量。

我甚至记不清当时我们看的是什么片子了，反正是那种书呆子女孩忽然之间变凤凰，还赢得了初吻的滥俗青春片。

"怎么啦？"她没理我，于是我用指尖碰了碰她的手腕，"地球呼叫萝丝？"

萝丝眨了眨眼睛，摇了摇头。我坐了回去，发现她的眼泪顺着脸颊流了下来。

"该死，你怎么了？"我一时拿不定主意，不知道是给她一个安慰的拥抱，还是离开这个房间。我在心里对自己说，永远不要对他人的痛苦视而不见，不要在出了问题时还假装一切都好，因此我留了下来。

"萝丝，你可以跟我说的，什么都可以跟我说。"

她似乎看了我很久，久到让我想逃避她的目光。但我没有，我只是等着。

"我要告诉你一件事情，我从没跟其他人说过。你能不能跟我发誓，发誓你会保守秘密？"

"好的。"我立刻回答，我是真心的。不管她接下来打算说什么，我都愿意向她展示我的忠诚。这没什么难的，我最在乎的是让她相信我是她的朋友。

"那个女孩，穿着舞会礼服，眼睛闪闪发光，迎接她的初吻……"她冲着电视上的女主角点点头，镜头正好定格在梦幻般的浪漫一幕上，"这不是真的，你知道吗？从小到大，你一直被灌输这种东西：公主，粉色的泡泡，美满的大结局，浪漫的爱情故事。但这都是假的。真实的世界残酷、无情。这才是他们应该告诉小女孩的东西，而不是这种垃圾。"

"是啊，没错。"一种不舒服的感觉沿着我的脊柱爬上来。她要说的不是跟她爸爸之间的冲突，是别的什么事情。

"我十四岁的时候，跟马丁·希弗约会过。我喜欢他，他是学校里的风云人物之一，引人注目、广受欢迎。所到之处，姑娘们都被他迷得要死要活。但其实他是个不折不扣的头号渣男。"她说话时，眼睛还注视着电视机屏幕。那个女孩微微张着嘴唇，等待着一个完美的吻。

"我们约会过几次，感觉挺不错的。一起看电影、散步，他还带我去吃比萨。他是那么可爱、有趣，我感觉……沉浸在幸福之中，真的。我想那算是我一生中最幸福的一段时光了。但这让接下来发生的事情更加可悲。我以为我们在恋爱，一切都那么特别，闪着不一样的光芒。他是我的初吻。很完美，至少我当时是这么觉得的。真是个渣男。现在一想起这件事，我还是忍不住想吐。"

"萝丝……"我跪着爬到她和电视机之间,这样她就不得不看着我了,"告诉我。"

她与我对视了一会儿,然后又移开了视线。这一刻,我意识到她不想让我看着她,甚至不想让我看见她。于是我关掉电视,走到窗边,看着楼下安静的街道。

"我们大概约会了两个礼拜,"她又开口了,声音低沉而悲伤,"他一直跟我说他有多喜欢我,他对这段感情有多认真,他有多想让我知道他有多在乎我。我还以为他是要送我礼物还是怎样。天哪。"

街对面一户人家的客厅亮起了灯,我看着房间里两个小孩绕着咖啡桌互相追逐着。从窗户的倒影里,我还看见了她的倒影,如同幽灵般坐在我的身后,目光空洞、魂不守舍。也许她正沉浸在一种更悲伤的境地里。

"他带我去了一个派对,里面全是已经上大学的男生。派对上有酒,还有大麻。我喝了一点,也抽了一点。这是我第一次抽大麻,只是为了让他觉得我很厉害。我以为他会照顾我的。后来我们溜进一个房间接吻,他说他想跟我做爱。我说不,我还没有准备好。他们一直说,不要勉强自己跟别人做爱,对吧?他们不就是这么说的吗,红毛?"

"是,没错。"我说。这时候,我已经猜到接下来发生了什么,我知道她要跟我说什么,但我还是要等她自己把话说出来,因为她选择了我来听她诉说。

"我告诉他,我愿意把第一次给他。"她现在终于看我了,我能感觉到她注视着我的后背,于是我不再观察街对面那个幸福的家庭,转过身来。她迎向我的目光。"我又说,但是那天不行。不应该是在一个陌生人的卧室里,躺在一堆外套上,而且随时都可能有人推门进来。在我的设想中，应该有玫瑰花瓣和烛光。我们回到派对上，我又喝了一点，抽了一点。这时候他拿出一种药，给了我一颗。他说这会让你爽翻天。"萝丝打住了话头，低头看着地面。不知不觉我已走到她身边。我不是故意的，我本来打算留在原地，免得让她感到压力。但我看见她坐在那里，看起来那么无助，像个小孩子，那个我们每个人独处时才会从内心出来的小孩子。我知道，现在她需要有人握着她的手。

"我相信了他。"她小声说。她的手紧紧抓着我的手，指关节都因为太用力而泛白了。"之后发生了什么，我几乎想不起来了，只是有时候会想起一些片段。灯被关上了。疼痛。笑声。"

"哦，萝丝，我不知道该说什么——"她没有理会我，自顾自地说了下去："我醒来的时候又冷又疼。很冷，是因为我没穿衣服。很疼，是因为……因为我被强奸了。我不知道是谁干的，或者有几个人。我不知谁来过这里，谁看见了，或者是不是有人拍照了。我不知道怎么办，只能起来穿上衣服，回家了。爸爸一整夜都没有回来，或者他没发现我没回家。我洗了个澡。我想，好吧，事情既然发生了，那就只能把它忘记，继续过下去。我以为我做得到。毕竟我都记不起来到底发生了什么。我以为这没什么。我以为这就跟分个手，或者做了什么蠢事，当众丢了脸一样。我当时真的是这么以为的。"

"你告诉过别人吗？"我问。她摇摇头。"我不知道该跟谁说。那时候我们还没有组建乐队，我还不认识你、利奥和娜伊，真的没有人可以让我倾诉。不能跟爸爸说。也不能跟该死的阿曼达说。妈妈走了，一切都变了。不管在哪里，都会让我感到害怕。人们看起来也不一样了，他们变得更刻薄，讲话似乎也更大声了。每一种动静，像是走廊里的喊叫声、水壶的沸腾声，都能让我吓一跳。突然之间，我变得草木皆兵，总觉得不知道什么时候就会有可怕的事情发生。还有马丁，我在学校里碰到他，他就跟不认识我一样走过去。我在课间休息时看见他和朋友们聊天，有时候他们会看看我，我就会觉得他们在议论我。我意识到……我意识到我都不知道其中是不是有人也……"

萝丝停了下来，她在发抖，在干呕。她弯下腰，把头埋在膝盖之间。我把手放在她的后背上，等着她的呼吸恢复正常，可以继续说下去。

"我没有告诉任何人。我承受不了。我想如果我不去想，这件事就结束了。那年年底，马丁和他的朋友们都毕业了。所以每过一天，我的心墙都会变厚一点，你知道吗？一层又一层，直到我觉得够安全。这是我自己的决定，我决定成为这个人，成为我现在这个样子。但问题是……有时候我还是觉得好害怕。即使一切都没问题，甚至可以说很好，比如说今晚和你在一起，但突然之间，我没来由地就会感到……恐惧。我想大声尖叫，想逃走，想躲起来。但其实我不用躲避谁，也没有地方可以躲，因为这一切恐惧的来源都在我自己的脑海里。我真想摆脱它。但为什么我就是没法摆脱它，红毛？"

"我不知道，"我说，"我不知道。"

我们坐在她的房间里，一言不发，一动不动，直到街对面那个房子里的灯光又灭了，萝丝的爸爸在外面敲了敲门，说："你该回家了，红毛。"

"我可以留下来，"我立刻回答，"我可以睡在地板上。"

"不，你回去吧，"萝丝终于松开了我的手，"我很庆幸是告诉了你，红毛。你是妈妈去世以后我交的第一个真正的朋友。"

那夜过后，我再也不会为萝丝的言谈举止感到困惑。因为现在我知道她为什么会这样，而其他人却无法理解。在别人眼中，她自信、自大，时刻想站在聚光灯下吸引所有人的关注，总是希望大家注视着她，听她说话。

但事实上，萝丝希望站在聚光灯下，是因为她害怕黑暗。

她希望人们注视着她，是因为她害怕孤独。

她希望人人都喜欢她，是因为有时候，她内心憎恨着自己。

而这就是我永远不能爱上萝丝的理由。

这也是为什么当我看见她为了那条短信对我撒谎时，那么担心的原因。萝丝无法承受再一次的伤害了。

阿希拉：我今天要来找你。

红毛：行啊，怎么了？

阿希拉：见面再说。

红毛：一切顺利？

阿希拉：大概是午饭时间。找个显眼的地方等我。

红毛：你不能控制人造卫星来定位我吗？

阿希拉：哦，我倒是没想到这一点。好主意。

红毛：你是在开玩笑吧？

红毛：对吧？

16

利奥生气了。我隔着操场远远看见他，他正抱着胳膊靠在墙上，脸上的五官紧紧皱成一团。他周围一个人都没有，真是少见。通常在课间或午餐时，他周围总是围满了想跟他一起玩的人，就算只是站在他旁边，也能让你感觉自己跟他是一伙的。如果他摆脱了他们，那就说明他做了什么或是说了什么，把他们给吓跑了。以前，利奥可是出了名的可怕。

我们应该在五分钟之前就开始排练，但只有勒克拉杰和我准时到了。随后史密斯先生也带着一盒甜甜圈和一组可乐来了。

"人都去哪儿了？"他问我，"我还想带点吃的喝的来犒劳犒劳你们，给你们加油鼓劲呢。毕竟演唱会的日子就要到了。"

"我不知道……"我看着勒克拉杰，他只是耸耸肩。

"我去找他们，"我说，"我会告诉他们你在等他们。"

"不，不用了，"史密斯先生看上去有点生气，"我有个午餐会议，等不了了。但是红毛，跟我保证你会搞定的。我为这场演唱会投入了很多，一直在为你们奔波。我让你们自由自在地玩音乐，是因为我相信你们。别让我失望，好吗？"

"不，不会的。当然不会。"他把甜甜圈交到我手上。

"你最好别让我失望，"他说，"我就指望你了。"

"都什么毛病？"他一走出房门，我就忍不住说道。

"难道他们不知道每次我们不团结在一起，事情都会变得更趋于崩溃吗？"

"我在这里啊。"勒克拉杰边说边举起手，就像在课堂上一样。

"是啊，"我说，"那你别乱跑，我去看看能不能找到他们。"

"红毛！"我出门时，他在我身后喊道。

"怎么了？"

"我能吃一个甜甜圈吗？"

"怎么了？"我走向利奥，问道。他看见了我，像个做错事被发现的小孩一样低下了头。"利奥，我们午休时最多只有三十分钟来排练，现在时间都被浪费得差不多了。演唱会马上就要开始了，史密斯很抓狂，勒克拉杰也完全没准备好！你这是怎么了？"

"没什么。"利奥耸耸肩。他从牙缝里挤出这句话的样子，让我想起很久以前，他对我来说是个可怕的大块头，我那时做梦也没想到自己会跟他说话，更别提像刚才那样肆无忌惮了。

"别跟我说这个，"我说，"是我啊，利奥。是你的朋友，红毛。告诉我，到底怎么了。你昨晚为什么没有来医院？"

"我去了，但去晚了。我没法进病房，所以我就在外面站了一会儿。反正比回家强。"

"等等，什么？"他不是生气，而是难过。利奥避开了他所有的跟班，因为他很难过。"兄弟，发生了什么？"

"昨天晚上，亚伦回家了，比我们预想的早。简直是一团糟。妈妈很不高兴，他发火了，"他的脸皱成了一团，"太糟了。但我还是去了医院，只是到了之后进不去病房。我也不想回家。该死！"

"好了好了。"我试图想说点什么来表示我理解他的心情。但我实在不知道说什么，因为我们其实过着完全不同的生活。在他的生活里，有一个哥哥刚刚出狱，而我完全无法想象这样的生活。我们都是十六岁，喜欢同样的音乐，喜欢同样的电影，我们可以整天待在一起，天南海北地聊一些有的没的，也会在我们都喜欢的女孩路过时不约而同地止住话头，但我从没有过过他那样的生活，跟亚伦在一起的生活……

"所以……"

"所以妈妈崩溃了，这不意外。妈妈当着他的面摊牌了，跟他说，只要还住在她的房子里，就得守她的规矩。"利奥摇摇头，"我想劝劝她，让她别管了，就随他去吧，但她就是觉得，他不能回到家里，把我带上他的老路。"

他垂下了脑袋，双手搓着脸。

"亚伦气炸了，把家里毁了，把妈妈的东西都砸了，还警告她不要再对他说三道四，否则……"

"该死。"我说。跟这件事情比起来，乐队排练确实没那么重要。

"他一进家门，妈妈就开始了。"利奥补充道。

"那这是你妈妈的错了？"我说，脑海里浮现出利奥的妈妈。她总是假装很严厉，但每次看见他演奏，脸上都不可抑制地浮现出慈爱的笑容。当他心情低落的时候，她还会给他泡他最爱的茶。

"不！"利奥的眼睛闪闪发光，"我的意思是，她应该认识到他回来以后一切都不一样了。她得适应这件事，不然我们都没好日子过。"

"我觉得她只是想要保护你——"

"我知道她在做什么！"利奥从靠着的墙上弹起来，向远处走去，"但是她不应该这么做。我能照顾好我自己。对不起，红毛，我今天实在没有心情排练。"

"利奥，等等我。"我捉住他的胳膊。就在他挣开的时候，一部手机从他没拉上拉链的口袋里滑了出来，在柏油路上弹了两下。他没有注意到，继续大步朝学校走去。

"这是什么玩意儿？"我捡起手机，这是一只破破烂烂的诺基亚。屏幕开裂了，但还能用。我了解利奥，知道他沉迷于自己的 iPhone 和其他电子产品。那他为什么有这么一个只能发短信打电话的破手机？人们只有在摔坏了手机但没钱买新的，或者要做什么亏心事的时候，才会用这样的手机。

一次性手机，电视里都这么叫。你可以拿它干点见不得人的勾当，或者是去偷情，因为人们没法从这样的手机里查到你。我唯一能想到的理由就是利奥要用它联系亚伦，但亚伦才刚刚出狱五分钟，而这部手机已经用得很旧了。我打开手机，翻阅着菜单：没有短信，没有通话记录。我又打开通讯录，里面存了十个号码，仅此而已。但有一个号码引起了我的注意，尾号是 887。

我掏出自己的手机，点开一个号码，比较了一下。确实是同一个号码。

所以，为什么利奥要在一次性手机里存娜奥米的电话？

我是第一个从教室里出来的，下课铃刚响了一声，我就离开课桌，等在校门口她每天放学的必经之路上。

有那么一瞬间，一切安静得像是凝固了。

随后，教学楼里沸腾了，一大群学生争先恐后地蜂拥而出。孩子们从我身边呼啸而过，叫着、闹着，唱唱跳跳、打打闹闹。里面有我认识的，也有不认识的，但就是没有萝丝。

我看见了阿希拉，她低着头，戴着耳机，脸上没什么特别的表情。快要走过我的时候，她看了我一眼，脑袋冲着看门人存放工具的棚屋后面指了指。

"所以这是怎么回事？"我问道。她把耳机扯了下来。

"Twitter 上没什么消息，"她说，"有 238 条转发，就这样。没人看到过这个文身。"

"见鬼。现在怎么办？"

"嗯，你也有个文身，对吧？"

"你他妈的怎么……"该死，我忽然想起刚文好的时候我拍了张照。阿希肯定也黑进了我的云端。

"她失踪以后，我当然要查清楚你们几个是不是知道什么。这是我为自己查的。"她大大方方地承认了，仿佛只是看了看我的 Instagram 主页。

"阿希，你太不像话了。你也知道这么做不对吧？就算你知道怎么黑进别人的账户，也不代表你可以这么做。你会伤害到别人的，那些有血有肉的人。你也可能惹上麻烦。你理解吗？"

阿希只是冲我眨眨眼睛，我看出来了，她还是没理解我的意思。她要么没听懂，要么就是根本不在乎。

"我喜欢你的文身，"她说着，躲开了我的眼神，"很适合你。"

"我……好吧……谢谢。"这个姑娘，总是让我不知该拿她怎么办。

"总之，Twitter 太不可控了，我们要把精力集中在专家身上。然后我突然想到——我们可以去你文文身的地方，从那里开始。也许他们能认出这种风格，也许他们那里有什么线索。你觉得怎么样？"

她的脸上绽开了一个笑容，一个有点甜美、充满希望的笑容，但也很像是一个机器人出了故障以后僵在脸上的笑容。

"好吧，"我说，"当然，你应该已经知道他们的地址了吧，那么——"

"但我需要你跟我一起去。"阿希说。

"为什么？"

"因为我不喜欢跟人打交道。"

"别开玩笑了。"我说。

"我的意思是你能应付这种事。"她耸耸肩。

"我和你一样，"我也冲她耸耸肩，"阿希……"我有些犹豫，"你有没有想过，她会不会是跟一个男孩跑了？"

"有可能。"阿希答道。

"所以呢？"

"所以如果她真的跟什么人相爱了，还给他写了歌，那这个人现在在哪里？她都他妈昏迷了，她的罗密欧哪儿去了？如果对方是一个男孩，一个爱她的好男孩，他一定会把她送回家的。但他没有。这个人把她从她的家人身边带走了。现在呢？现在这个人在哪儿呢？"

我还在想着利奥的手机里存了娜奥米电话号码的事情。有没有可能，他就是那个秘密的情人？感觉不太可能。但现在没什么是不可能的了。手机还藏在我的口袋里，但我没有告诉阿希。我需要亲自问问他。

"你说得没错。"我说。

"那就跟我一起去文身店吧。我们现在可以出发了吗？"

"可以，只是……"我朝她身后望去，在人群中搜索着。

"我原以为你是支持我的，"她一边说，一边又朝我靠近了一些，这让我有点不自在，"我需要你。"

我发现她看我的眼神有点瘆人，好像她认定我就是那个可以帮她解决问题的人。但其实我是最不可能解决这个问题的人了，不过我还是想试一下。

"我们明天午休之后逃课去那里，怎么样？"

阿希不太情愿地点点头。"你今天去医院吗？"

"也许晚点会去吧。我现在有点事……"

没等我说完，阿希就戴上耳机，迅速走掉了。

我没法告诉她的是，我像个傻子一样站在这里等萝丝，是因为我一整天都没见到她。

而且我想她了。

我看见萝丝的时候，她被裹挟在人群中，差点跟我擦肩而过。

"喂，笨蛋！"我喊道，她停下了脚步。她缩着肩膀，是打算从我身边悄悄溜过去吗？

"哦，嘿。"萝丝稍微挥了挥手，把手叉在腰上。

"走回家吗？"我一般不这么问。通常我们都会走回家的。

"对啊，走回家。"

"午休时你去哪儿了？你知道还有几天就要开演唱会了吗？突然之间，半个乐队的成员都溜了。这件事很重要。是为了娜伊，史密斯先生也为我们付出了很多。我不想让他失望。"

"我都知道，"萝丝停顿了一会儿，"我知道这是为了娜伊。我也没有不在乎她，红毛。"

"对不起，"突然间我觉得精疲力尽，累极了，"我只是想办好这场演唱会。为了我们所有人。"

"我知道，对不起。"但萝丝的表情和语气都没有道歉的意思。她看起来像是想要一个人待着，这实在太不像萝丝了，太吓人了。"但我真的知道自己在做什么，我也不像你们这样需要一直排练。倒是你和利奥，要带着那个谁赶赶进度了。"

"勒克拉杰。"我说。至少她应该记得他的名字。

"没错，就是他。"萝丝有些心不在焉，像是要赶到哪里去。

"那你中午去哪儿了？"

"就在附近。"她说道。天气已经很暖和了，她把那条毛皮大衣搭在肩上，墨镜也低低地架在鼻子上。我的心里突然涌出一股怒气，好不容易才压了下去。冷静点，别吓到她。

"跟那个家伙在一起吗？那个给你发消息的？是马兹？"

"天哪，红毛，放轻松。我是说，我们是朋友，非常好的朋友。但我没有义务把每天的行程都汇报给你。你知道吗？有时候你有点过分了。"

这番话完全出乎我的意料，我愣住了，随即感到一阵悲伤。她以前从没这样跟我说过话，这太伤人了，真的很伤人。我的眼眶里甚至不可抑制地涌上了一股该死的泪水，我不想让她看见，所以没有答话，只是在她身后放慢了脚步，使劲眨眼，直到把泪水压下去。我一个人留在原地，失望万分。周围的其他孩子假装没看见我，从我身边走过时都故意互相推搡着，把视线转向了别处。我走到桥前面时停下了脚步，低头看着黑沉沉的水面，回忆起那个梦。

"对不起。"萝丝走了回来。她说话时还挂着笑容，脸上的表情好像在说我只是在闹情绪而已。

"没事的。"我还是有点不好意思面对她。

"那就走吧。"她走出了几步，回头看我。我不知道为什么我没有动，没有迈步，没有像往常那样跟上她。然后我开口了。

"你是什么意思？"我问道，虽然我并不想挑起事端。

"你问我是什么意思，是什么意思？"萝丝叹了口气，她知道我是什么意思。

"你刚刚说我有时候太过分了。"

萝丝猛地回过头，愤怒地耸起肩。

"我没有什么意思，我只是……我只是想保留一点隐私，好吗？有些事情我没必要跟你和利奥分享的。"

"行吧，"我说，"除了——"

"除了什么？"她朝我走近了一步。

"跟我说说那个人吧，不用什么都说。可以少说一点。"

"凭什么，怪咖？"萝丝又继续迈开步子，我竭尽全力想让自己站在原地，让她自己走开，直到消失在车流之中。但我做不到，我甚至小跑起来，赶上了她。

有时候我真恨自己。

"因为我不想让你卷入你无法控制的局面里，"我说，"在公园里喝多是一回事，酒醒后发现自己被关在巡逻车后面是另一回事。或者说跟不知道是什么人的家伙一起跑了。"

"呃，红毛，这就是青少年啊。"萝丝叹了口气。

"不应该是这样的，对吧？"我说，"这个星期还有谁被抓进了警察局？还有谁躲在橱柜里抽多了大麻？听着，你经历过一些非常严重的事情，萝丝——"

她脸色铁青，狠狠地瞪了我一眼，打断了我的话头。

"哦，我是多么可悲，根本无法应付自己的生活，现在简直要失控了，需要一个身穿盔甲的骑士才能拯救我！你就是这么想的吧？"她摇着脑袋，"但你并不是那个骑士，红毛，你不是一个身穿闪亮盔甲的骑士，你只是个失败者，跟在我和利奥的屁股后面。你以为你了解我，但不是的。你根本不了解我，而且说实话，我开始觉得你这种无聊的举动有点烦人了。你都不知道怎么过好自己的生活，怎么敢对我的生活指手画脚？"

我仿佛看着一个陌生人，她的神情是那么陌生，其中还掺杂着某些新的东西，某些我从没见过的东西，就连我们被不由分说地拉到一起，要组成乐队那天，我也没见过她有这样的神情。

蔑视。

有史以来第一次，萝丝瞧不起我。发生了什么事？为什么偏偏是现在？

"萝丝，"我朝她走近了一步，"我不想因为这个跟你闹翻，你要知道，我只是很担心你。我关心你。"

"我知道，"萝丝的表情柔和了一点，也只是一点而已，"红毛，只是在你担心我之前，也许你应该照照镜子，你懂吗？你自己的生活也有问题，宝贝。"

我们继续往前走，但跟以往不同，我们之间那种轻松愉悦的氛围变得尴尬而纠结。连步伐都没有平时那么一致了。在走上桥的时候，我甚至不敢往水里看，生怕像噩梦里那样被卷进河里。

我们沿着滑铁卢路走进城里的小街，接着又走上城郊的林荫道，最后拐上阿尔比恩街，这是我住的地方。我在路口停下脚步，准备像平时那样跟她来一个漫长的告别，但萝丝只是跟我匆匆笑了一下。

"明天见啦!"她耸耸肩。

"午休时来排练,好吗?"我冲着她的背影喊道,她没有回答。这让我为自己感到可悲。

在沿着街道走向家门口的时候,我告诉自己,这些都说明不了什么,只是我们友情中的一段小插曲而已。当然,这也可能意味着更多,也许是娜奥米事件带来的余波在逐渐扩散,这件事对我们来说影响太大了,这段改变了我们、让我们成为今天这个样子的友情,即将因此而支离破碎。

我告诉自己,到了明天,一切都会恢复正常,但是当我伸手推开家门时,我意识到这不会是真的。

站在家门口,用钥匙打开那扇油漆剥落的绿色房门,我只知道有一件事情是确定的,那就是我不想走进这个家。爸爸的车又不在路边。客厅里的音乐震耳欲聋,格雷西躲在房子的某个角落里,沉浸在自己的世界,把这一切都隔绝在外。我知道我应该做什么,我应该进去看看我的小妹妹,陪伴她,让她受到正常的照料,但如果我自己就不是个正常人呢?

如果我现在进去,妈妈应该还清醒着,也许她会好好看看我,就像我在格雷西这么大时那样。她会带着温柔的笑容,用一双大眼睛注视着我,好像我做的每件事、说的每句话都是个小小的奇迹。但也有可能在看见我的瞬间,她的表情就会变得刻薄,眼中阴云密布,无论她今天遇到了什么无法清醒面对的难事,都会认为是我的错。事实上,这真的很伤人。当她那样看着我的时候,我真的很受伤,因为我想念她,非常想念她。

所以我没有开门。相反,我把书包藏在我家和邻居家之间厚厚的灌木丛里,把这周的十镑零花钱和一张交通卡塞进口袋里,转身跑了出去。

摄于卡姆登大街

17

我不知道该去哪儿，也不知道自己在做什么，只知道想找一个没人认识我的地方。所以我拼命奔跑，跑个不停，直到肺里火辣辣地疼，泪水也流进了眼睛里。我环顾四周，发现自己正站在沃克斯霍尔地铁站的外面。现在我知道该干什么了。

我搭上一班开往尤斯顿的地铁，乘坐自动扶梯出了站。车站里挤满了僵尸般的行人，目光呆滞地盯着出发时刻显示屏，等着出发的信号。我扎进人群，在拥挤的人潮中穿来穿去，来到埃维尔斯霍尔特街上。

然后往卡姆登镇走去。

去年，我跟伙伴们去过很多次卡姆登。几年前，这里对我来说意义重大，充满了异域风情；在这里，自由和音乐触手可及，来这里算得上是一件了不得的大事。我还记得当我第一次和利奥、萝丝及娜奥米来这里的时候，自己有多害怕，害怕会发生什么可怕的事情，害怕我们会走失、被绑架，或者被人下药，醒来时被洗劫一空、遍体鳞伤，漂在运河上的一条船里……但我们还是来了这里，我想象中的事情一件都没有发生。

　　这里就是个旅游陷阱，到处是卖扎染粗布和奇特帽子的摊位、主题酒吧，还有东张西望的人，他们一心想找些新奇玩意儿，好带回自己乏善可陈的无聊生活里。我就是这样的人。

　　我终于意识到，我在这里感到充满了力量，觉得自己俨然是个成年人，对这里知根知底。于是从脏兮兮的街道到挤满人的酒吧，卡姆登的一切都不再让我害怕。独自来到这里，成了一件最好的事情。

　　因为在卡姆登，没有人会盯着一个剃光了半边红头发、穿了鼻环和四个耳洞的矮个子小孩。在这里，我这个样子简直是再循规蹈矩不过了。在这里，我能自由呼吸，尽情做自己，根本没人会大惊小怪。

　　我就这样自然而然地融入了一大群陌生人，我真喜欢这种感觉，没人认识我；而其他人也都不知道我在哪里。这里的空气中都是啤酒和香烟的味道，车水马龙的声音中夹杂着人们的大笑。我走在一条通往"金酒"的路上，那是个地下室酒吧，一处肮脏又昏暗的所在。在沃克斯霍尔地铁站外面的时候，我想起今晚是他们的开放麦克风之夜，我立刻就打定了主意。现在，这么一个有日常社交尴尬症的、总是与人群格格不入的我，毫不犹豫就走了进去，因为在这里，我谁也不是，只是个隐形人，可以自由自在地释放真我。

　　在来这里的路上，我就已经醺醺然了，沉浸在一种相信自己很酷的情绪之中。看门的家伙没拦下我，我在吧台点可乐的时候，酒保根本连看都没看我一眼。

　　时间还早，六点都不到。我看了看手机，没信号，那就意味着没人能烦我。

　　酒吧里的人渐渐多了起来，来了几个音乐人，前呼后拥地带了一票朋友。我拿着那杯已经不冰的可乐被人群从吧台挤到了舞台边的角落里。我靠在一面灰扑扑、脏兮兮的墙上，抱着胳膊，等待第一轮表演。

上台的是个抱着吉他的女孩。来这里表演的，基本都是女孩加吉他的组合。不出所料，跟在她后面上台的，是另一个抱着吉他的女孩。她们都挺有才华的，能唱会弹，听着她们伴着琴声的哼唱，我的内心逐渐平静下来。但她们的歌声还没能触动我的心灵，不像是听萝丝演唱时的那种感觉，歌声中充满了勇气和力量。但其实也没关系，反正在这里，观众都是她们的男友或朋友，在拼命地为她们加油鼓劲。

灯光亮起，音响里开始放歌。我还是不想动，恨不得杯底那半厘米的可乐可以让我喝到天荒地老。

"我一直在看你。"

一个刚才唱歌的女孩突然跟我说道。我吓了一跳。我自以为处于一种隐身模式，几乎忘记了其他人其实是看得见我的。她是在中间出场表演的那个女孩，叫丹妮·希文，一头黑色的直发垂到腰间，肤色苍白，屁股上有一圈文身。她年纪比我大，但也大不了几岁，长得也比我高。

有时候我忍不住会想，每个人都经历过的青春期发育到底什么时候会发生在我身上。

"有点奇怪。"我歪嘴笑了笑，说道。毕竟，在这里我可不是那个没用的红毛，我又风趣又勇敢，日子过得轰轰烈烈。

"啊，抱歉，确实有点，不是吗？"她大笑起来，她一定觉得我很有趣。她抚摸着自己的头发，然后是脖子，我的眼神跟着她的手指移动。这个超级大美女是在跟我调情吗？这不是真的。

"我只是注意到一整个晚上你都是一个人，"她微笑着说，"我和我所有的朋友都在看你，我们很嫉妒你。得非常有胆，才不需要其他人的陪伴。"

"也许我只是没有朋友。"我微笑着说。见鬼，我在跟这个女孩调情。我，突然之间，成了一段传奇。就算她现在掉头就走也没关系，我只想碰碰运气，看这件事能发展到什么程度。光是这样想，我就激动不已。

"我敢打赌，你有很多朋友，"她说，"你肯定很受欢迎。我喜欢你的长相。"她伸出一只手抚摸着我的手背，还朝我靠了过来。她身上有一股甜甜的香水味，是香草味。"听着，我们要去一个俱乐部，你要一起来吗？"

"我去不了，"我说，不知道为什么，我故意放走了一个大好的机会，"明天还要上学。"

红毛，你真是个该死的尿货。

"你还在上学？"她吃惊地睁大了眼睛，嘴巴也张成了一个 O 形，"天哪，你几岁了？"

"十六，"我耸耸肩，"抱歉啦。"

"见鬼，但你还真可爱。"她摇摇头，但还是带着微笑。然后她从我手里拿走了手机。

"看这里，来张自拍吧。"我目瞪口呆地看着这张照片，照片里这个姑娘的胳膊紧紧搂着我的肩膀，而我则被闪光灯闪得眼睛都睁不开，"既然要上学，那现在我还是放你回家睡觉吧。但我得给你留点东西做纪念。"

接下来，我只知道她吻上了我的嘴唇，只有那么一秒，或者有三秒。然后她推开了我，又扭头看了我一眼。而我还在原地回味她嘴上黏黏的唇彩，以及那甜蜜的、带着酒香的呼吸。

"过几年再来找我。"她说。当她松开我的手时，我注意到了她手腕内侧的文身。几乎跟娜奥米的那个一模一样，只是她的是一个三角形。

"等等。"我抓住她的手，她冲我笑了。

"改变主意了，小家伙？"

"我只是想问问你这个超酷的文身是哪里文的？"她立刻伸出另一只手遮住了那个文身，皱着眉把手缩了回去。

"这一点也不酷，这是个错误，一个很大的错误。"

"但你是在哪里文的？是这样的，我有个朋友，她有个跟你很像的文身，所以我……"

她睁大了眼睛，警惕地朝四周望了望，然后凑到我脸边。这次，她的动作并没有性感的意味。她突然之间又愤怒……又恐惧。

"告诉你的朋友，快逃，"她用气声说，"告诉她，赶紧离开，越快越好。但愿他们厌烦了，不再找她。让她快逃。"

我还没来得及问她说的话到底是什么意思，她就推开拥挤的人群离开了。

要逃离什么？

我到家的时候，屋子里一片漆黑。我蹑手蹑脚地走进门，竭力按捺住体内源源不绝的能量。

一半的我精力充沛、兴致勃勃、强劲而不可阻挡。我看见在几年的时间里，一切都会好起来，走上正轨，我也会找到自己的位置，成为自己应该成为的样子。就像是一场梦，或者是预见到了未来，总之那一瞬间我就是看见了。就那一瞬间，足以让我感到……再次充满了希望。我甚至没有意识到这有什么出奇的，直到这种感觉又来了一次。而另一半的我保持着清醒，心想：讲真的，这他妈都是什么玩意儿？

这是什么样的概率，我遇到的女孩身上有个跟娜伊差不多的文身？她说的"逃跑"又是什么意思？我的头脑里充斥着各种问题，每一个都呼唤着答案，把我的大脑搅得一团乱。我把这些问题暂时抛到脑后。只有我发现了娜奥米的文身跟她的失踪有关。我从一片混沌中找出了一条线索。但我可能吓坏丹妮了，我太咄咄逼人。说到底，我就是这样的。至少萝丝觉得我是这样的。

我得采取行动，理清思绪，否则很快就会跟丢这条线索。

我上了楼，格雷西房间的门开着，她蜷缩在床罩上睡着了，身上还穿着校服。爸爸妈妈的房间里空无一人，妈妈肯定在楼下的某个角落里昏睡过去了，爸爸没有回家。我竟然就这样把她一个人丢在这里，把自己跟这一切隔离开来，去寻找属于自己的空间。我竟然让她自己照顾自己，都不知道她今天有没有吃上晚饭。我……我再过几年就可以离开这个家了。但格雷西，她还早着呢，她能指望的只有我。我应该怎么帮帮她？

我打开笔记本电脑，在谷歌上搜索丹妮·希文，但她所有的社交网络账号都是私密的，对一个想出名的小歌手来说，这可不太常见。

但有一件事我没有看错——我注意到她的文身时，她很不安，非常不安。

一定有什么线索能把这一切都联系起来。丹妮和娜奥米之间的联系，我能想到的只有音乐。会不会是丹妮有个疯狂的粉丝袭击了她，然后……给她文了个文身？我知道这听起来很不可思议，但迄今为止发生的一切不都是这样的吗？也许这件事也发生在娜奥米身上了，只不过我们没有疯狂的粉丝，少数几个粉丝也都是我们的同学，我甚至有他们的手机号。除了暗月。

我又打开暗月的 Toonifie 歌单，想找找看有没有什么线索，也许她/他的歌单里也有丹妮的歌。我跳过了复制娜奥米的歌单，搜寻着其他的歌单。我没找到丹妮·希文的歌，但我看到了其他一些东西，我血管里的血液几乎都要凝固了。

有一首镜子乐队的歌：《找到我，在我迷失之前》（*Find Me, Before I'm Lost*）。

跟 Toonifie 上所有的歌一样，页面上配着歌词。更让我生气的是，这个变态偷来的这首歌，是我谱的曲，在医院里唱给娜奥米听的……

但这不可能，因为我是从娜奥米卧室里的那本笔记本里找到的歌词。全世界只有娜伊和我知道这首歌的存在。

暗月肯定是她的男朋友。就是这样。这就说得通了。她肯定是跟这个人跑了。也许只要找出他是谁，就能查出她身上到底发生了什么，去了哪里，为什么跟我们断了联系。

我点开这首歌，把手机举到耳边，听见一阵木吉他的声音。旋律跟我看见这段歌词时想到的旋律无比相似。就算把音量调高，吉他声也还是有点模糊，而且音频的质量不太好，也许是用手机录的音。人声吟唱出现时，我的心跳加快了。这是一个温柔、甜美、悲伤的女声，婉转悠扬，充满了思念与渴望，女声跟吉他声交织在一起，如诗如画。

我太熟悉这个声音了，因为它来自一个我爱着的人。我熟悉其中的每一个音符，每一段曲调。

这是娜奥米。我能肯定。

歌单的创建日期是八月二十二日。当时娜奥米已经失踪了。而我最终发现了它。

暗月不是娜奥米的男朋友。她就是娜奥米。

为什么用假名？

为什么不跟我们联系？为什么不告诉我们她在哪里？

除非……我又读了一遍歌名。

《找到我，在我迷失之前》。

娜奥米没必要用一个假的网名。

除非她被困住了，知道时刻都有人监视着她。除非她想在不引起其他人注意的情况下，引起我们的注意。

除非她很害怕。

我拿起手机，打给了阿希。

"怎么了？"刚响了一声，她就接起了电话。

"我需要你的帮助。"我说。

萝丝·卡特的 Instagram 主页

发布于 11：03

"有时候你不必在乎其他人对你的期待，展现真正的自己，放手去做真正想做的事情，因为真爱不容错过。"

64 赞

卡莎：喝多了？

莎拉：笑趴。他叫什么？

利奥：你能说点有用的话吗？

本：荡妇。

阿娃：是圣保罗斯来的那个大块头帅哥吗？我就知道！

霍利：你看起来真美，宝贝。你的新相好是谁？

杰德：喜欢这张！

本：我上过她。

利奥：你他妈闭嘴，本，别等我来找你。

塞莱斯特：姐们儿，这发型太棒了。用了什么产品？

贝丝：萝丝，你总以为自己是全世界的中心，说真的，醒醒吧，好吗？

本：你胖了。

利奥：@本·阿克曼 你明天最好躲着我一点。

本：怎么，这条说的是你吗，废物？不，我可不这么觉得。保留点自尊吧，蠢货。

利奥：等我明天来找你。

红毛：@萝丝 我给你发了私信，看见了吗？

18

　　我整晚没睡。其实也睡不着。要操心的事情太多了，活像有一支嘉年华乐队逐渐向我靠近，越来越聒噪。

　　我跟阿希争执了一个晚上。

　　"我们必须告诉警察。"我说。

　　"为什么？"她答道，"在他们眼里，这只是个离家出走的青少年往音乐网站上上传了几首歌而已。多大事啊。不，我们不能这么做。我要先调查下暗月。如果她就是娜奥米，如果她需要帮助，她肯定知道我在找她，她会留下其他的线索。"

　　"如果她就是娜奥米，如果她需要帮助，为什么不直接给我们写邮件或者发消息呢？或者出门搭一辆公交车？她为什么不干脆回家呢？"

　　"所以我们不能告诉警察，"阿希说，"因为他们跟你一样蠢。明天到学校再跟你说。"

　　她挂上了电话。

　　发生了这一切之后，再去学校似乎毫无意义。我想去看娜伊，亲口问问她到底发生了什么。我只想做这件事。但我做不到。

阿希在电话里还告诉我，娜伊还要继续昏睡至少四十八小时。昨晚医生把马克斯和杰姬拉到一边，跟他们说："通常我们希望病人可以很快自愈，尽量不让他们休克的时间超过几天。休克的时间越长，大脑就越有可能造成永久性损伤，甚至根本无法愈合。我们认为你们要做好最坏的打算。"

她就是这么告诉我的，语气平淡，毫无起伏，就像这一切都不是真的。哪怕到了现在，我也觉得这一切都不是真的。

我还是起床去了学校，因为说真的，我不知道还可以做些什么。

"你今天换衣服了吗？"我走进厨房，看见格雷西坐在那里，面前放着一碗可可米。她低头看了看自己皱巴巴的校服，耸耸肩。

"跟我来，小屁孩，"我边说边把她拉上了楼，"至少要换件干净的运动衫。"运气不错，我找到了一件，外加一件干净的 polo 衫。我帮她解开身上校服的扣子，然后到房间外面等着她自己换内衣裤。她很快就走出了房间，我都不确定她有没有换内衣，但对一个七岁的小孩来说，这似乎也没那么要紧。

"昨天晚上你去哪儿了？"在我带她去浴室刷牙洗脸时，她问道。

"什么意思？我去哪儿了？"我含糊其词地反问。我本以为没人注意到我不在家。我在盥洗柜深处找到一把爸爸的旧梳子，它藏在一堆用了一半的面霜后面。这些瓶瓶罐罐都是妈妈买的，用了几个礼拜就丢开了。

这把梳子落满了灰尘，还残留着爸爸的头发，像一个文物。这种感觉有点奇怪，我几乎忘记了他还住在这里。

"我去找你了，"格雷西说，"妈咪在打盹，我就吃了点麦片，然后找你打鼓。但你不在房间，也不在其他地方。我都找过了。"

"该死。"我忍不住大声骂了一句。我开始梳理她那头厚厚的鬈发，她的发色比我浅一些，接近玫瑰金。

"该死。"格雷西附和道，把我逗得乐不可支。

"小朋友，真抱歉，我昨天过得不太好，所以出去了。我不应该把你一个人留在家里的。"

"但是妈妈在家啊。"格雷西指指架子上的一对小马宝莉[1]发圈，"想要这种发型。"

"我试试，"我说，"事先声明，我不擅长扎辫子。"

"你还好吗，红毛？"她问道。我把她的半边头发盘成一个小发髻，先扭成拳头大的一团，然后用发圈固定住。

"当然好，"我说，"怎么啦？"

"你看起来很伤心，很累。"

我停下了手中的动作，看着我的妹妹，她的半边头发被团成了一个球，另外一半如同火焰般倾泻而下。

"这有什么奇怪的，小朋友。我是个青少年啊，青少年就应该这样。等我今天放学回家，我会教你如何拥有存在危机。"

"太棒了！"格雷西的眼睛都睁大了。

"好了。"我一边说一边欣赏自己的杰作，"你看起来像那个疯子——莱娅公主。"

她踮起脚尖，朝镜子里望。

"我挺喜欢的，但我更喜欢你的发型。"格雷西回过头，伸手要摸我头上剃过的地方。

1　世界玩具巨头孩之宝旗下品牌，孩之宝于 1983 年推出小马宝莉玩具，于 2010 年推出《小马宝莉》儿童奇幻动画片。

"怎么说？"

我没说话，直到走出主楼，来到一个角落。孩子们专门来这里接吻、抽烟，或者两件事都干。

我从口袋里拿出诺基亚，递给他。

"该死。"他摇着头。

"这是干吗的，利奥？"我问他，"这太怪了，你这个年纪的小孩随身带着个一次性手机，而且为什么里面存了娜伊的号码？你们两个之间是不是有点什么？你知道她之前是去了哪里吗？"

"你说什么？见鬼，红毛，我不知道！"利奥摇着头，"我甚至不知道你在说什么。你认为是我把娜奥米藏起来了，还不告诉你们？在你眼里，我就是这种人？"

他脸上那种受伤的表情深深地震撼了我，我之前从没意识到，他会这么在乎我对他的看法。看见利奥竟然跟我们几个一样没有安全感，真的很让人吃惊。

"我不是这个意思，"我的胳膊耷拉在两侧，耸耸肩，"你想听真话吗？我也不知道自己是怎么想的。每件事都太怪异了，太疯狂了。我以为我了解娜伊，但我却不知道她打算离家出走，也不知道她到底是出了什么事，让她不得不……"

我止住了话头。我还没想好要不要跟他提起娜伊在 Toonifie 上的歌。"还有萝丝，她现在又冷漠又奇怪，像是要摆脱我……"

"不只是你，还有我。"利奥说着，脸上又出现了那种受伤的表情。忽然之间，我明白了他为什么突然对卡莎产生了兴趣，他想要忘记那个他偷偷爱着的女孩。我知道这种感觉。

"萝丝肯定是遇到了什么事，"我说，"而你还带着个一次性手机，里面存着娜伊的号码，所以抱歉了，虽然你是我的朋友，但现在？没什么不可能的。"

"行吧。"利奥接受了我的解释，跳上了一道矮矮的砖墙。墙里是一个小花园，用来纪念一个几年前自杀的女孩。说是花园，其实里面只有杂草。"我想我能理解你的想法。我也知道你说的萝丝的事。但那个手机，我都快忘记那个手机了。亚伦在牢里让我帮他搞来的。他有时候可以用手机，我们能通个电话。有时候我会给他捎东西，捎点他需要的。"

"你是说你帮他夹带东西进去？"我瞪大了眼睛。

"监狱里很残酷，你需要有点私货才能赢得尊敬。"

"私货，像是……毒品？"

利奥没有回答，我也不敢相信我竟然对此一无所知。也许他是对的，我们只是扮演着朋友的角色，因为真正的朋友对彼此的一切都了如指掌。

"该死，利奥，如果你被抓到——"

"我还没到十六岁呢，不会有大事的。"

我没法给他解释，想到他做着这么危险的事情我就想吐，所以我干脆不跟他解释。

"那你还没解释为什么手机里面有娜伊的号码。"

"因为我们开始找她的第一个晚上，我还不知道她的手机关机了，所以我想……我想如果有个陌生号码打过去，她也许会接起来，所以我打了她的电话，但立刻转到了语音信箱。我试了好几次。我想过几天再试试，就把号码存了下来。后来我们发现她手机关机，我就没再打了。"

他说得似乎很有道理，但我还是感觉很异样。利奥是我很亲密的朋友，但他居然有个秘密的手机。

"我能把手机拿回来吗？"他问道，我递给了他。

"亚伦出来了，你还要这个手机做什么？"

"因为在学校玩乐队可不是真实的人生，哥们儿。小孩子过家家而已。我现在要开始应付那些真正的破事了，"他的双手挠了挠乱糟糟的头发，"亚伦需要我，有时候他需要我帮他解决一些麻烦。总之，我准备把这个扔了，再弄个新的。你看，我们这一年过得不错，组了乐队，算得上是我这辈子最好的一年了。我当然会参加演出，但我也得承认这不是我真正的人生，我不能再否认这一点了。像我这样一个人，能成为吉他手？没可能的，红毛。没希望的。"

"这是亚伦的看法，不是你的吧，"我说，"不要让亚伦决定你会成为什么样的人。"

利奥愤恨地看着我，如果换作别人，恐怕早就挨揍了，但他没有揍我。

"我想说的是，不要放弃你擅长的事情。你是个很棒的乐手，利奥。非常棒。不要浪费你的才华。"

"见鬼，红毛。我只知道那个被亚伦捅伤的家伙趁亚伦不在的时候接管了他原来的地盘，现在亚伦要对他动手了，要把他整得比上次更惨，明白吗？他希望动手的时候我也去。"

"把他整得比上次还惨？他上次差点杀了他，那……"他的话让我担心起来，"利奥，千万别。你不能沾上这种事。"

利奥摇着头。"你说起来很轻松，就像选左转还是右转，但不是的，红毛。这没那么简单。我也不想卷进这种破事，但他是我家人，不是吗？而且他很关心我，这世界上没几个人关心我。"

"我就是一个，"我说，"萝丝也是，娜奥米……史密斯先生……还有你妈妈。利奥！求你了，别做傻事——"

"我他妈不傻，"他冲我吼道，"我在想办法。"

"那在你决定之前，我能告诉你一些事吗？"

"尽管说吧。反正我跟卡莎没戏了。"

"那是她，"利奥看着我，"是娜奥米在唱歌，所以说娜奥米就是暗月？"

"是的，或者说她失踪期间跟暗月在一起。其他人不可能知道这首歌，还有歌名是什么意思？还有那枚文身。说起来我可能疯了，但我觉得这一切之间都有关联。在她离家出走以后，她……被拐走，被困住，我不知道。她被关在一个地方，她想走又走不掉，也没法求助。"

"伙计，这想法太大胆了。"

"我知道，但那首歌，那些歌词……听起来她像是在哭。"

"如果你听歌时间够长，就会产生各种想象。"利奥显然不相信我的话，"她跟男人跑了，不想被我们找到，就给自己创建了一个新身份，就是这样。也许出了什么差错，也许她喝多了掉进水里，也许她……也许她是自己跳河。无论哪种情况，都比你说的靠谱。我的意思是如果她可以上网，为什么不直接让我们去救她呢？"

"因为把她关起来的人可能一直在监视她，而且她也害怕被发现，"我分析道，"想监视一个人的上网记录太简单了。妈妈的手机跟格雷西的 iPad 绑定在一起，这样就可以监视她用了哪些应用程序。爸爸也在格雷西的 iPad 上安装了一个应用程序，她的每一次点击都会被记录下来。如果有人在监视娜伊，以防她想要逃跑或求助，那她当然希望在不被发现的情况下引起我们的注意。"

我绞尽脑汁，想用一种简单直接的方式说明我的设想。"如果她不想被我们找到，为什么她要复制她的旧歌单？为什么她要让看见这些歌单的人发现娜奥米和暗月之间的联系？如果你能这么想，还觉得我疯了吗？"

"我不知道……"利奥犹豫了。

我看着他的身后，草丛里飞出一只蝴蝶，四处翻飞，毫不停留。就跟我脑子里的无数个想法一样，我知道答案就藏在其中，但我无法把它揪出来。

突然之间，我灵光一现。

"你还记得卡莉·希尔兹吗？"我问他，"就是他们建这座花园用来纪念的那个？"利奥回头看了看。

"记得，我怎么会忘记呢？那个撞上公交车自杀的女孩。她跟我哥哥是同一个年级的，他们还约会过一阵子。当时他可不是现在这个样子。不过卡莉·希尔兹跟我们有什么关系？"

"如果说……"我拿出手机，打开了学校官网。最近几年，每年的毕业生都会录制对口型假唱视频，上传到 YouTube 和学校官网上。我在四年前的视频里找到了她。

"哦，天哪，就是她。"我说，视频里一群女生在走廊上跟着碧昂丝的歌昂首阔步地走来。她一头深色的短发跟我印象中的不同，脸上戴着眼镜，光着的手臂上还没有文身。但就是她，我可以肯定。

"卡莉？"利奥看了一眼画面，"这不是卡莉。"

"不是她，"我说，"这是丹妮·希文。"

"谁？"利奥看着我。

"我在卡姆登遇到的一个女孩，她身上的文身有点像娜伊的那个，我问她的时候，她好像吓坏了。利奥，她以前也在这里上学。而卡莉·希尔兹是个很聪明的小孩，校园之星、游泳冠军、一流竖琴演奏家。她的一切都那么好，但她突然冲向了公交车，为什么？为什么她会做出这么反常的事？"

"别，"利奥摇着头，"你这就像是二加二等于五十七。离家出走对娜伊来说并不反常。"

"以前是这样，但加入乐队后就不一样了。"

"是啊，也许吧。"

"也许我想错了，但这三个女孩都是同一个学校的。其中一个死了，另外两个有相似的文身。肯定有什么不对，利奥，我确定。"

"你们在说什么？"阿希拉不知道从哪儿冒了出来。

"关你什么事。"利奥把她撑了回去。他看见我的脸色，补充道："对不起，行了吧？红毛又在胡说八道了。"

"你刚才说了卡莉·希尔兹，"阿希拉说，"那个冲到公交车轮下的女孩。她跟娜奥米有什么关系？"

她是一直站在墙角偷听我们吗？

这姑娘太带劲了。我甚至有点喜欢。

"没什么。我只是想起了卡莉，想着……也许她跟什么人扯上了关系，那个人把她逼到了这种境地？"

"就像个连环杀手？"阿希异常严肃地问道。

"不，我是觉得这里发生了什么事，一件很严重但不为人知的事情。"

"就像光照派？"

"什么派？"我冲她眨眨眼，"你挖到暗月的什么线索了吗？"

"没什么大发现。不过我发现她的账户绑定了另一个邮箱，但那个邮箱加密了，很难破解。我黑不进去。但那首歌绝对是娜奥米唱的。绝对没错。"

她的眼神落在脚尖上，这一刻，我们的心情是一样的。这一切都是真实的，不是游戏，不是演电影。是真实的。该死。

"丹妮·希文也在泰晤士综合中学上过学。"

"丹妮·希文又他妈是谁？"阿希问我。

"我遇到的一个女孩。我想也许没什么，是我神经过敏了，但她的文身跟娜伊的很像。我们应该告诉警察。"我说。

"去你的警察吧，"利奥提出一个很有"建设性"的意见，"你们两个把这些巧合当真了。无论你们跟谁说，人家都会把你们当傻子。别想了，还是把精力放在怎么让娜伊好起来上面吧，好吗？还有演出。"

我看了看阿希，她几不可察地摇了摇头。

"也许吧，"我说，"嗯，也许你是对的。也许这都是我的空想。"

"你今晚来医院吗？"阿希看着我们俩，"拜托了。"

"来，当然，我们会来的。"我毫不犹豫地代表自己和利奥回答。

"多谢了。对了，红毛？"她走出去一段距离，又叫我过去。利奥翻了个白眼。我只是耸耸肩，走了过去。她冲着我的耳朵低声说："卡莉·希尔兹、丹妮·希文，我会看看这两个人身上能不能查出点什么。我相信你。回头见。"

我看着她走远了，一时不能确定这个全伦敦最怪异的姑娘这么相信我，到底是不是一件好事。

"我不确定今晚能不能去，"利奥走到我身后，"亚伦找我有事。"

"利奥，千万不要他让你干什么你就干什么。不要为了他毁了自己的人生。"

"他是我的亲人，兄弟。"利奥恶狠狠地说。

"那好吧，"我突然感到一阵疲惫，"这是你的人生，反正也毁得差不多了。"

"去你的。"他说。

走回教学楼之前，我冲他比了个中指，并回头问他："嘿，你可以问问亚伦关于卡莉·希尔兹的事吗？"

"不可以，"利奥说，"他喜欢她，到现在还放不下。我不会去问的。如果你想验证你这套阴谋论的话，自己去问好了。"

他说得没错，这是一套疯狂的阴谋论，如果当众说出来，根本不会有人相信。尽管如此……我还是没办法放下，没办法假装一切都没什么异样，一切都很好。没有一件事是好的。

当我回到教室时，我才意识到我又一整天没见到萝丝了。

哦，天哪，我真的很想她。

红毛：嘿，卡莎，今天看见萝丝了吗？

卡莎：没。

红毛：有人知道她怎么了吗？

卡莎：没啊啊啊，没人见过她。

红毛：那如果你听说了什么，告诉我们一声，好吧？

20

电梯门打开；病房里刺鼻的味道扑面而来。我走到马克斯和杰姬身边，他们都在哭。

"怎么了？"我问，"她没事吧？"

"没事，"杰姬努力想挤出一丝笑容，结果却哭了出来，"没事，亲爱的。她只是没有预想中恢复得快。像现在这样昏迷太久不太好……太让人担心了。对不起，你不要太担心。一切都会好起来的，我向你保证。"

她又哭了起来，抱着我。我在她身边站了很久，呼吸着她身上的味道。

"阿希不肯回家，她想守在她妹妹身边。你能帮我看着她吗？"

"当然。"我说。只要能让她感觉好一点，说什么我都愿意。而且这个承诺太容易做到了。

她吻了吻我的额头。我没有挣开她，而是又在她的怀抱里依偎了一会儿。妈妈的拥抱。太怀念了。当他们进电梯的时候，我努力展现出一个尽可能令人安心的微笑。阿希拉站在娜伊的病房外面，脑袋抵着窗户。

"嘿。"我走到她身边。

"嘿。"她说。

我们肩并肩站着，看着病房里那个我们都很熟悉的女孩，那么美，那么生机勃勃，却陷入了无尽的昏迷，而我对此束手无策。我拉起阿希拉的手握在掌心。她没有动，什么也没说，只是飞快地捏了一下我的手指。

她深吸了一口气，松开了我的手，对我说："对了，卡莉·希尔兹没有文身，据我所知，至少在她自杀那天之前没有。其实我可以弄到她的尸检报告，但这么做似乎不太好。"

"是啊，不太好。但其他东西你是怎么查出来的？"我问。

"学校的新闻资料库。自杀前一天她参加了一场游泳比赛，还拿了奖。当天晚上她还在学校音乐会上演奏了竖琴。我的意思是她的文身有可能在泳衣里面看不见的地方，但娜奥米和丹妮的文身都在手腕上……你觉得我们有没有可能找丹妮再问问？"

她递给我一张打印出来的旧剪报，我倒吸一口气。照片里的人是我爸爸，他作为校董事会成员，正在给身穿泳衣的卡莉颁发奖牌。照片没拍好，噪点很多，照片中人的头发也比现在多一些，但我可以确信那就是我爸。我注视着他和这个死去女孩的合影，脖子根一阵发凉。这肯定是个巧合。

"我不觉得她愿意谈这个。"我缓缓开口。我没告诉阿希照片里的男人就是我爸，我觉得这就像是个秘密，而我还没打算戳破它。"但我还是会试试。我会加她的 Instagram，给她发个消息。"

"好的。你想进去陪娜伊坐一会儿吗？"阿希拉不带感情地说。她想尽办法四处寻找她的妹妹，尽管她就躺在病房里。"我去买可乐，你要吗？"

我点点头，暗自鼓起勇气，然后推开房门。

每次来看娜伊，她似乎都好了点。一只眼睛还蒙着纱布，但周围的皮肤看起来没那么青肿了。如果忽略掉那些管子和病服的话，她就像是睡着了。

"我听了你的歌，"我跟她说，"写得真不错，娜伊，你的版本比我的好多了。真希望知道你是什么时候录的，还有你为什么创建这个奇怪的账号。你就不能醒过来，亲口告诉我们发生了什么吗？你觉得怎么样？醒过来，跟我们说说真相，然后我们一起回归正常生活吧。回到一切发生之前。自从你失踪，好像每件事都有点不好了。利奥又跟亚伦混了，还有萝丝……萝丝只是，我也不知道怎么了。她在别的什么地方。如果你现在醒过来，你就能跟我们一起参加下周的演唱会了，毕竟那天是你的生日。加油啊，娜伊，醒过来，跟我说说话。"

医疗器械在一边嗡嗡作响，她躺在那里静静呼吸着，一切都是老样子，因为这就是现实。她依然处于昏迷状态。我抬起她的一只手，欣慰地看见她手腕上的淤青多少散去了一些，但文身还在。我把她的手举高了一点，从各个角度仔细端详。这个文身有一种怪异的美感，里面蕴含了无数的细节，肯定要花好几个小时才能做完，对一个没文过身的女孩来说肯定很疼。也许我应该按照阿希的建议，拍张照带去文身店。反正这么做又没损失。我掏出手机拍了几张，但因为灯光是从天花板照射下来的，所以每次我的影子都会投在她身上，遮住文身的细节。我把手机调到自拍模式，尽量避开灯光，轻轻托着她的手腕又拍了一张。

光线好得就像是白天，拍得很清楚。突然之间，我看见了一些什么。

"怎么了？"阿希进门时看见我脸上的神情问道。

"看，这里。"我给她看手机里的照片。

"你看见了什么，阿希？"

"我的天哪……"阿希盯着手机屏幕，然后看着我，"我看见了数字，很多数字。数字和字母，线和点，一层又一层。我想这可能是密码，红毛。我是说，这可能是，可能是任何东西……但也有可能是密码。"她看着我，"我手机里有文身的照片，我会把这些符号记下来……红毛，信息量太大了。"

"你真的觉得可能是密码？"

"我得回家了，"她说，"如果这是密码，那我就要想个办法破译它，也许能解释她身上发生的事情。"

她那双黑色的眸子闪闪发亮，充满了热望，像是发着高烧。

"阿希，等一下。这个文身里可能有上百个字符，或者更多，我不知道。但有可能只是些随机字符，"我说，"一个私人的玩笑。就算是密码，也有无数种组合方式，从中破译出什么线索几乎是不可能的。"

"那我至少得试试。"阿希没再理我，起身走了。我跟着她走到电梯口，挡在电梯按钮前面。她看着我的表情有点吓人。阿希不是个听得进意见的姑娘。

"阿希，我有点担心你。"我说。她似乎有点意外，眼中的怒火也随之平息了一些。

"你担心我？"

"我怕你……还有我自己，我们有点走火入魔了。像夏奇[1]和史酷比

---

1 《史酷比》卡通系列剧中，史酷比的侦探小伙伴。

一样，到处找线索，但其实什么也没发生。"

"那我是夏奇还是史酷比？我倒一直觉得自己是威尔玛。"

我笑了。我就喜欢她这点，就算说正事也不失风趣。

"无论如何，我不希望你回家就把自己锁在房间里，研究一堆没有意义的东西，把自己逼疯。我知道现在看起来希望不大，但娜伊一定会醒来的，等她醒来以后，你也要过自己的生活。"

"也许吧，"阿希表示同意，"谢谢你，为我担心……你人真好。但我必须这么做。我不认为这些字符是随机的。我相信里面有什么规律，一定有。如果没法解读，那这么精巧的设计又有什么意义呢？这一定对某个人有某种意义。我可以回家找个好用的密码破译软件来分析一下。你在这里陪她，好吗？"

"我能帮你些什么吗？"我提议说。

"深表怀疑。"她说着，把我丢在一边，自己走进了电梯。

她离开后，我感觉怪怪的。我不确定这种怪怪的感觉是好还是坏，所以还是不去多想为好。

我看着我那无知无觉的朋友。

"行啊，我让你告诉我一些什么……你做到了。"我说。

21

　　离开医院时已经很晚了。尽管我知道不管阿希在做什么，都要花上很多时间，但我还是一直在等她的消息。很难不去想她，想她那张掩藏在黑发后迷茫的脸庞，正在努力寻找着字符背后的意义。我甚至为此感到愧疚。是我，找到了这一切背后的联系；是我，让她觉得有必要去追寻也许不存在的真相；是我，在一张报纸的旧照片上看见了爸爸，怀疑他是不是也参与其中。而我的这一切恐惧，似乎都有可能成真。

　　我走上了回家的路。这个城市还是一如既往，人们视若无睹地从我身边走过。在我的脑海里，思绪如同蜘蛛网般纠缠不清，像一个昼伏夜出的噩梦。我在桥边驻足了片刻，呼吸着夏日的热气和汽车的尾气，凝视着泰晤士河边吊车的灯光，这灯光如无数新的星球在太阳系中诞生。

　　红毛，是时候去做点什么了，为了自己，也为了阿希。为了娜伊，甚至是为了萝丝。没有人知道萝丝现在在哪里，又是和谁在一起。萝丝的问题在于，她比看起来要脆弱得多。有时候，我是说只是有时候，我觉得她甚至渴望被毁灭。

你还好吗？

我掏出手机给她发了条短信，等了几分钟，没有任何回复。至少她会知道我想着她，这就够了。明天我一定要找到她，确保她一切都好，因为她有必要知道发生了什么。无论她说什么、做什么，我都会陪伴在她身边。

如果你像我爱着她这样深深地爱着一个人，你就会知道这种感情无法控制。

我打开家门，看见妈妈坐在桌边。我一眼就看出她在哭。我在走廊里站了一会儿，不知道该怎么办才好。

她看见了我，笑了："想来杯茶吗？"

"呃，好啊，多谢。"我说，尽管天气很热，而我一心想从冰箱里拿罐可乐喝。我在桌边坐下，把书包放在脚边。"怎么了？"

妈妈把一个杯子放在我面前，也坐下了。

"格雷西在哪儿？"我问。

"在她朋友家喝茶。"妈妈说着，把手放在桌上。我第一次注意到她的双手是那么粗糙，那么干燥。手指和手背上满是皮屑和倒刺。指甲被咬得参差不齐，露出了发红的嫩肉。妈妈的手让我感到一阵难过。

"我想跟你说谢谢，"她小心翼翼地说，"早上的事。谢谢你帮格雷西起床，给她换衣服。我对你太苛刻了，我应该谢谢你。"

"没事的。"我同样小心翼翼地看着她。她的眼圈发黑，眼泡也肿着。"我不介意帮个忙。"

"亲爱的，"她开口说道，"我心里清楚，很久以前事情就开始不对了。我也知道你们的情况越来越糟。你也知道的，你爸爸几乎再也不回家了，而我……"她犹豫了一下，"我知道我做得不够好，还把一切怪罪到你身上。"她看着我，有那么一瞬间，我想起了在我很小的时候，她会让我坐在她的膝盖上，搂着我，轻声细语地给我讲故事。

"没事的。"我又说了一遍。我多么渴望一切都是真的，渴望着她好起来。"生活太不容易了，你一直自己扛着。但你现在有了我。"

"也难怪这一切对你来说这么难。娜奥米的事，还有……我不知道，所有的事。没有人在你身边帮忙，你爸爸他……他不怎么回来，而我把精力都放在了格雷西身上，不怎么管你，这不公平。我没有让你了解到我有多在乎你。我这个妈妈太不称职了。"

我坐在椅子里，内心五味杂陈，深感宽慰，几乎要落下泪来。我宽慰的是我的妈妈也许并不讨厌我。

"所以我把格雷西支开，这样你和我就可以好好谈谈了。解决一些问题，让事情都回到正轨上来。你看这样好吗？"

"太好了，妈妈。"但是当我想去抱抱她时，她退开了。

"如果你真的想帮我……"她的眼神又转到了别处，手也从我的手里抽走了，"我只是担心你，亲爱的，担心你走上邪路。我每次看到你，你的头发、耳环，你还花那么多时间玩乐队，我就想起你可怜的朋友娜奥米，还有发生在她身上的事情，我就……我知道你觉得自己被孤立、被无视。谁又忍心责怪你呢？但是时候回头了。求你回归正常吧。求你了。我已经够难受的了，你还用这些无聊的事情来羞辱我。"

正常，这个词语利刃般刺穿了我，只留下一个血淋淋的伤口。

"我很正常，"我平静地说，"这对我来说很正常，妈妈，你不明白吗？我不想伤害任何人，我只想做我自己。"

"不，"妈妈摇着头，不断摇着头，"不，我不明白。而且你要看清你自己走的这条路，亲爱的。这不会让你快乐，不会让你被人接受，更不会让你获得成功。你这一生都会被人孤立，为这些错误被人们侧目。你以为我说这些是因为我讨厌你，不是的。我说这些是因为我爱你，我也不希望你的生活中充满痛苦。求你了，红毛，求你了。眼线，黑色的指甲油，这都是伪装，而且是不好的伪装。你现在看起来就像是个会带把枪去学校扫射的小孩。求你了，红毛，求你听我的吧，把鼻环和耳环都拿掉吧。"她吸了吸鼻子，"求你恢复正常吧。也许你很擅长吸引别人的目光，但请别这么做了。"

"妈妈，"我谨慎地整理自己的措辞，"如果我只是想吸引别人的关注，你就会知道我有文身了。而且有三个。"

"你有什么？"她惊得下巴差点掉下来。

"如果我擅长吸引别人的目光，你早就会注意到我十岁那年，偷偷拿吃的回房间，把自己吃成一个走两步都要喘粗气的大胖子。但你没注意到。你后来也没注意到我不吃东西了，每个周末都躺在床上，因为我太累了，太抑郁了，起不了床。你也没注意到这都是为了你。"

"三个文身？"她语无伦次地说。

"你希望我正常一点，不是吗？但如果我这么做，"我下意识地站起身，脱口而出，"如果我按你说的做了，那我该如何面对我的酒鬼妈妈，这个让我爸爸感到恶心，甚至都不愿意跟她住在同一个屋檐下的女人？这个还没给七岁的女儿做饭就醉倒在沙发上的女人？如果这就是正常的话，那去他的正常吧。"

我跑上楼，跑过格雷西的房间，跑进自己的房里。我把音乐声调高，取下鼓上的隔音垫，拿起鼓槌开始打鼓，直到双臂酸胀，头痛欲裂，邻居也开始敲墙抗议。我继续打鼓，沉浸在音乐中，忘记了一切，世界上只剩下强劲的节奏、高昂的曲调、低音鼓和切分节奏。直到每条神经都在抽搐，每个细胞都随节奏跳跃，我才停下，关掉音乐。她甚至没上楼来对我大喊大叫。

格雷西肯定回来了。我听到妈妈给她放洗澡水，并在她玩泡泡时唱《五只小鸭》。她和格雷西在一起的时候就切换到了完美妈妈模式。我趁她在格雷西的房间讲故事时去拿了点吐司。她坐在格雷西的床边，沐浴在粉色的灯光中，似乎还很清醒。她的声音听起来很正常，讲故事的时候也没有急匆匆地赶进度，想快点下楼继续喝酒看电视。但紧接着，我看到栏杆上放着一大杯冰好的酒，正冒着泡泡。至少她想等格雷西睡着以后再喝，我觉得这已经不错了。

我等着吐司烤好的时候，后门突然打开了，爸爸走了进来。他的衬衫皱巴巴的，胡子也没刮，体态笨重，疲惫不堪。

"好呀。"他说。

"你回来了？"

"是啊，别说得跟很意外一样。我还住在这里呢。"

"应该是吧。"

"你还好吧？上课怎么样？好好学习了吗？娜奥米有什么进展吗？"

"爸爸，"吐司弹了出来，我一把抓住，心里想着那张他和身穿泳衣的卡莉·希尔兹的合影，"如果你经常回家，你就会知道的。"

"好了好了，我知道我最近经常不在家。但我都是为了你和格雷西。还有你妈。为你们撑起这个家，给你们买想要的东西。"

"妈妈想你，"我说，"她很不开心。我们都知道你外面有人，爸爸。"

"没有，"爸爸不承认，"只有工作而已。"

"那好，"我说，"无论如何，说真的，爸爸，我不在乎你跟她在一起是为了工作还是为了上床，我都不在乎。"

爸爸眨了眨眼，面部肌肉有点抽搐，我知道他想吼我，但他没有。而这就足够说明问题了。

"我现在回家了。我上楼看看格雷西，然后晚饭叫点中国菜吧，我们三个一起？你想吃什么就点什么，多点一些我也不会说你的。"

"我吃吐司就够了。"爸爸看起来有些失望，同时也舒了一口气。我抓住了机会，说："爸爸，很久以前你是校董事会的成员，对吧？那时候我还没上学。你怎么当上的？"

"你真想知道吗？"爸爸皱着眉问道，"他们希望让更多商业人士与政界人士参与学校的发展策略。他们称之为全范围计划。"

"哦，我知道了，"我装作感兴趣的样子笑了，"你喜欢那份工作吗？"

"喜欢啊。"他看起来放松一些了。我很少问及他的生活，似乎他还挺喜欢被问的。这让我很难开口问出下一个问题。

"你还记得卡莉·希尔兹吗？"

爸爸挺了挺后背。"不记得了。"他说道。

我继续追问。"就是那个冲到双层公交车前自杀的女孩。就在学校门口。"

"哦，对，想起来了，"他推了推眼镜，"真是悲剧，她把事情都憋在心里。真让人难过。"

"就在她自杀前，你给她颁发了游泳比赛的奖牌。"我提醒他。

"是吗？"他站了起来，"哦，我想不起来了。我快累死了，吃不下了。先去睡觉了。"

现在还不到八点。

这次我不只是脖子后面发凉，连血液都感到一阵阵凉意。他记得卡莉，但为什么不愿意多说？

"爸爸？"他向门外走去，我叫住了他，"家里情况不好。我很担心格雷西。今晚请留下来吧，和妈妈待在一起。别抛下我们。"

他盯着我，像是不明白我在说什么。我又试了一次。

"你是成年人了，爸爸，你是大人。你自己一走了之，不知道去忙些什么，丢下我和一个七岁的小女孩收拾烂摊子，这不公平。你是个男人，拿出男人的样子行吗？"

"听着——"

"哦，见鬼去吧。"

"红毛，回来。"他在我身后喊道，正好妈妈从格雷西的卧室出来了。

"他回来洗衣服。"我告诉她。

家里一片寂静，我站在楼梯转角听着。爸爸还在家里，我能听见他在客房里打鼾的声音。我慢慢下楼走到客厅，看见他的笔记本电脑就放在沙发上。我屏住呼吸，打开电脑。我不知道他的开机密码。我想，如果阿希在这里，她会怎么做呢？我开始回忆爸爸关心的事物，然后试了一次。格雷西的生日是五月九日，所以我输入格雷西09。一次成功。

但我的笑容僵住了，我看见了他的桌面。那是一个女孩的照片，年纪跟我差不多，也许比我小一点。这是个陌生的女孩，她似乎不知道自己被拍到了。她很漂亮，大笑着，手臂纤细，背着个 Hello Kitty 的背包。我点进这张照片，放大了看。她笑的时候有酒窝。我没找到其他跟这张照片有关的信息，没有附件，没有文件名。只有这个漂亮的年轻女孩，这张从远处拍的照片。

他的桌面上有很多文件夹，我一个个点开。我已经筋疲力尽，累得眼睛都睁不开，但我还是继续寻找，希望最好不要找到什么。事与愿违，我找到一个存了很多加密文件的文件夹。我试了一下开机密码，打不开。我又试了三四次，还是进不去。我盯着那些文件，文件名都是一串串数字——猜不出里面是什么。但我的脑海里开始浮现出一些片段。

爸爸看着萝丝两条腿的样子。

他在娜奥米失踪前帮她申请爱丁堡公爵奖。

他给身穿泳衣的卡莉颁发奖牌。

他身上总是带着不同女人的味道。

我不敢去想这些文件里有多少女孩的照片。像这个女孩一样。甚至有我认识的女孩。

我不想去想，但我必须去想。我必须查清真相。

萝丝：醒着？

萝丝：红毛？

萝丝：红毛？

红毛：在。困。伙计，现在很晚/早，好吗？

萝丝：我知道。但我要跟你道歉。

红毛：怎么？

萝丝：我对你太浑蛋了，不知道怎么了。

红毛：没关系。

萝丝：不，有关系。

红毛：说真的，你没事就好。你没事吧？

萝丝：没没没没事。你是我的最爱。

红毛：呃。

萝丝：你今天去看娜伊了吗？

红毛：嗯。

萝丝：不知道怎么了，我不敢去。我不知道……

萝丝：……

萝丝：……

红毛：怎么了？发生什么了？跟我说说。

萝丝：没事。一切都好。都好。

萝丝：明天再说？

红毛：行行。

萝丝：继续秒杀全场吧，你就是王。

红毛：明天见？

萝丝：好好好好的！想来我家看电影、吃垃圾食品吗？

红毛：当然。

萝丝：爱你。

22

我被阿希的短信吵醒。

今天翘课，整晚没睡。没什么进展，需要更多时间。晚点去
医院。

好，我需要见你，等你消息。需要问你一些事情。

她太忙了，都没问我是什么事，我看着对话框顶端"对方正在输
入……"的提示出现又消失，然后就没动静了。

在度过一个黑暗而扭曲的夜晚后，今天早上，太阳照常升起，昨天
晚上发生的一切似乎都没那么糟糕了。今天比昨天好多了，这种感觉真
令人振奋。而这其中还有一个最大的变化。

萝丝。

在整整二十四小时令人窒息的沉默之后，看着她的消息和表情再次
占据我的手机屏幕，这种感觉简直难以言喻。放在枕头下面的手机开始
振动的时候，我还没有睡着，只是闭着眼睛在黑暗中胡思乱想。就在这

时，萝丝给我发消息了，整个世界都美好了起来。

天空那么干净，太阳那么温暖，伦敦城沿着河岸徐徐展开，伦敦眼伫立在蓝天之下，古老的建筑和新盖的大楼比肩林立，尽管它们的年纪相差有几个世纪之多，但它们看起来却像是同时从地下冒出头来。我真喜欢眼前的风光，我爱这座城市，人们从四面八方汇聚到这里，自由地做自己，不在乎别人的眼光。我爱这里，因为在这座城市里你总能找到归属感。

有那么几分钟，一切都很完美。但就跟往常一样，好事不会延续太久。

利奥在地铁站的转角处等着我，萝丝站在他身边。她正靠着一根灯柱玩手机，利奥看向相反的方向。这两个人看起来这么近，又那么远。

"嘿。"我走过去，说道。忽然我觉得有点不好意思，像刚加入乐队时那样。

"伙计。"利奥站直了身子，但萝丝依然懒洋洋地靠在那里，直到我走到他们面前。我很想知道她有没有看出我脸颊上的红晕，有没有发现我几乎不敢正眼看她。

"乐队又集合了，"萝丝终于不看手机了，她笑着说道，"抱歉，这几天我有点反常。你知道，女孩的那点事。但我现在全身心投入了，好吗？全身心。我想做好这件事，为了娜伊，也为了不让你们失望。我爱你们。"

利奥和我交换了一个眼神，利奥耸耸肩。

"我们都有点心不在焉，"他说，"我也有一堆破事。"

"我明白，"萝丝按着他的胳膊，"很抱歉，让你失望了。我保证，以后会做得更好。现在，可以原谅我了吗？"

他们俩之间似乎发生了一些什么，我假装没有注意到。他们可以在我来之前说这些话的，但他们一直等到我来才说。为什么？

"红毛今晚来我家，"萝丝说，"看看电影、吃吃爆米花，做点无聊事。你要来吗？"

利奥又看了我一眼，我耸耸肩。我内心暗暗期待他说他来不了。我希望能和她单独相处几小时。如果我能单独跟她相处几小时，一切都会好起来的。

"我来不了，"他说，"亚伦想让我跟他待在一起。"

"他找你干什么？"萝丝眉头紧锁，问道。她担心了。

"帮派的事。"利奥耸耸肩，努力做出一副没什么大不了的样子，但事实恰恰相反。

"帮派的事？"萝丝看向我。

"他要去处理帮派里的那点事，需要我们给他撑场子。他说我是他的二把手。"

他说话时扬起了下巴。他很骄傲。

"利奥，说真的，不要跟他去。这是他的事，不关你的事，"我说，"才出狱五分钟就开始找麻烦了。也许亚伦改不了了，但你不用走他的老路。"

"听着，利奥，"萝丝看上去出奇地温柔，"不要去。"

"你为什么这么在乎？"利奥问她。他没有生气，反而很认真，他希望得到一个确切的答案。

萝丝看了我一眼，我在她的眼中看到一丝不确定。看来利奥得不到他想要的答案了，更糟糕的是，我为此感到一丝庆幸。

"因为你是我朋友啊，白痴，"她说，"而且如果你在演唱会前犯了事被抓，我们就完蛋了，不是吗？”

利奥翻了个白眼，装出一副满不在乎的样子，但我知道他很在乎。我太理解他此刻的心情了。我还知道，如果萝丝跟他说她对他也有感觉，他会愿意为她做任何事情。

“你有没有问亚伦卡莉的事？”我问他。

“没，兄弟。他可没心情怀旧，知道我什么意思吗？”

“哪个卡莉？”萝丝问道。

“纪念花园的那个卡莉。”我说。

“哦，那个卡莉啊，”萝丝叹了口气，“我以为你们在说谁呢。为什么突然说到她了？”

“红毛在卡姆登碰到个女孩。”利奥一句话就引起了她的兴趣，萝丝的嘴巴都张大了。

“什么？发生了什么？红毛？你破处了吗？”

“没有。”我斩钉截铁地说。尽管利奥说得未免太夸张，但看着她为此心烦的样子，我还是有点得意。我得跟亚伦谈谈，虽然我实在不想面对他。“听着，利奥，放学后我能跟你去找亚伦谈谈吗？然后我就去萝丝家。你去随便忙你的，混帮派什么的都行。”

利奥上下打量着我。

“红毛，我不知道你能不能跟亚伦……说上话。现在事态有点严重。你知道的。”

帮派的事情。

“天哪，我只是想去找他聊聊，又不是找他结婚，”我说，“而且如果我在，你正好有个理由可以不用搅和进他的那堆破事里。”

“理由就是要参加你的葬礼。”利奥耸耸肩笑了，算是一种恐吓。

"好主意。"利奥小跑着穿过马路去找他一个朋友时，萝丝低声跟我说。我们转了个弯，来到海豚广场，汇入了前往同一个方向的学生人群中。"现在你可以盯着他一点，确保他别牵扯进什么严重的事里。"

萝丝放慢了脚步，加入了卡莎和其他八卦女孩的小团体。利奥回过头，停下脚步等着我。

"你多跟她一起玩玩挺好的，"他说，"你可以确保她别惹上什么麻烦。顺便查查看她最近暗地里在跟什么人约会。"

"暗地里？"我问他。

"背着我们，白痴。"他回答。

从早到晚，利奥住的社区总是充满了生活气息。这个时候，户外都是放了学的孩子们在玩耍，树荫下、草坪上，到处都是欢声笑语。大一点的孩子尽情享受着最后的夏日时光，骑着车、踩着滑板，绕着临时障碍物和水泥台阶横冲直撞，一不小心就惹毛了坐在长椅上的老人家。敞开的窗户里飘出悠扬的音乐，塔楼的阳台上晾晒的衣物如同旗帜般迎风招展。

利奥家住在八楼，走廊阳台下面就是大片绿地。

电梯吱吱呀呀，慢慢悠悠，里面还有大麻的味道。

"这么说，你准备好做亚伦的副手了？"我终于开口问道。回家的路上，他一直在聊我们平时的那些话题，像是乐队排练得怎么样啦，足球啦，姑娘们啦，音乐啦。可一走进他家所在的社区，他就闭上了嘴，一言不发。

"事情不是这样的，你知道的。"他说。

"那是什么样的？"

"大家都很尊重他，红毛，"他说，"因为他这个人，也因为他做的事。"

我想忍着不说话，但电梯上了一层楼之后，我还是没忍住。

"因为他贩毒，还差点捅死一个人？"

"你说那个老头？他知道这么做的后果。但他捅的不是什么良好公民。是街头的帮派斗争，兄弟。"

我想哈哈大笑，但我不知道他会做何反应。其实他说得也没错。在过去的一年里，每周都有人在伦敦的街头被捅。学校还为此组织过一个集会。他们想筹款买个金属探测器放在校门口，真是蠢透了，因为学校大楼差不多有十个出口。

"你是个良好公民，"我说，"你是个吉他手，很好的吉他手。这么做不值当的，不是吗？为什么要掺和这种事情？"

电梯震了一下，停下了，他意味深长地看了我很久。

"红毛，你对我的生活一无所知。你甚至对我也一无所知。"

"红毛！"利奥的妈妈看见我的时候眉开眼笑，"留下来吃晚饭吗？"

我是那种教科书式的好朋友，妈妈们看见我都很开心，跟我在一起，她们的孩子就不会在星期三放学后参加打群架。

"谢谢你，克劳福德夫人，"我说，"但我还有事。"

她的脸沉了下来，我看得出她开始担心了。利奥根本没意识到能有这样一个关心他的妈妈是多么幸运。

"跟我说说，娜奥米怎么样了？我给杰姬打了电话，但她没接。不怪她，我真是无法想象她都经历了什么。"

"还是老样子。"我告诉她。

　　她突然一把抱住我，在我耳边低声说："见到你真是太好了，这么久都没见到你了。你帮我盯着我的孩子，好吗？我很担心他。"

　　她放开了我。"无论如何，还是很高兴见到你的。"

　　我点头答应了，表示我会尽我所能。可万一利奥说得对，我根本不了解他呢？

　　亚伦瘫在角落的椅子里玩游戏，一条腿搭在扶手上。在他机枪扫过之处，屏幕上几个 3D 的匪徒应声倒地。

　　"干得好！浑蛋！"他冲着利奥叫道，"过来，兄弟，看我干掉这些狗——"

　　"嘿。"我说道。亚伦斜眼看了我一眼。

　　"这他妈是什么鬼？"他看着我说，"该死，我死了。"

　　"我是红毛，"我向他介绍自己，"利奥的朋友。"

　　"红毛是乐队里的。"利奥补充道，他似乎不太想承认我们之间的友情。

　　"哦，是吗？"亚伦说着，上下打量着我，"这个造型很醒目啊……红毛。"

　　"多谢。"我说，他轻蔑地笑了。他不是在夸我。

　　"最近怎么样？"我试着跟他套套近乎。

　　"如果你别再烦我，日子会好过很多。"他放下了游戏手柄，游戏里他又死了一次，"能把这鬼东西弄走吗，兄弟？拜托了。"

　　过了几秒钟，我才意识到我就是那"鬼东西"。

　　"你介意我问你一些在泰晤士综合中学读书时的事吗？"我希望我的措辞没那么学生气，但我没办到。实际上，就算我摆出一副老江湖的样子，听起来还是很蠢。

"呵，当时我尽可能不去读书，明白我的意思吗？"亚伦大笑起来，利奥则盯着自己的脚。

"你还记得卡莉·希尔兹吗？"

亚伦侧着脑袋，看着我。"嗯，一个好女孩。很可爱。有段时间我们在一起。是啊，伤心的故事。"

我惊讶于他语气中夹杂的柔情，还有温柔的笑容。

"亚伦！"利奥的妈妈从厨房里喊道。

"又他妈什么事？"亚伦喊了回去，"总是啰里八索。"

"没关系的。"我站起身来，"利奥，跟我一起去萝丝家吗？"

"好啊，也许——"利奥也准备起身。

"她自杀之后，我几乎是崩溃的，真的很难过。她人很好，你知道吗？让我感觉自己也好了一点。然后她甩了我，之后就变得很奇怪。"

"奇怪？"我试图让自己看起来别那么好奇。

"脑子出了问题，就在她自杀前几天。我记得很清楚。整个人都变了。"

"真的吗？怎么变了？"我问。

"她来找我，还问我认不认识什么人可以帮她杀人，还说她可以付钱。"

"什么？"利奥问道。

"你觉得我在骗你？"他立刻质问利奥，"我当时说不认识，但现在回想起来，我应该先收了她的钱，反正她很快也用不上了。"

她变了。她吓坏了。她想让谁去死……

"听起来她像是疯了。"我说，"一起走吗，利奥？"

利奥站起身来，但亚伦挡住了他。

"不行，利奥。你哪儿都不能去。我们有安排了。"

"可是你并不需要我，不是吗？"利奥挪了挪脚。

"我需不需要你并不重要，你是我弟弟。你必须来。"

"没错，"利奥坐下了，"那好吧。"

"等会儿发消息给我。"我说。

"行。"我犹豫了一会儿是不是该留下来，也许陪在他身边能帮上什么忙。我不想眼睁睁地看着利奥越过一条无法回头的高压线而不出手阻止。"我可以——"

"你，怪胎，这里不需要你，"亚伦对我说，"你会拖我后腿的，伙计。"

"利奥？"利奥没看我的眼睛，"告诉你，我会打给萝丝，她也可以来这里，我们三个可以做点什么，这样好吗？"

"红毛，"利奥狠狠地看了我一眼，这是在警告我，留在这里没什么好结果，"你该走了。"

我还是没动，我不能走。最后亚伦从座位上站了起来，跟我面对面站着。

"我弟弟让你滚，你还不快滚。别等我亲自动手把你扔出去，让你看看怎么下楼梯最快。"

我能看见他嘴角的白沫，眼中密密麻麻的红血丝，我真的怕了。

"回头见，利奥。"

他看着我，没说话。他不必开口，他的眼神说明了一切。

23

　　萝丝家附近的街道一片静谧。孩子们要么都舒舒服服地待在空调房里，要么就是在有围墙的花园里玩。路边停着锃光瓦亮的豪车，每一辆的价格至少是普通人年收入的两倍。如果街上有人，估计要多看我两眼，而且会在下次邻里聚会时告诉别人。她家的房子也很安静，她爸爸和阿曼达似乎都不在家。

　　因为没去看娜奥米，我有点愧疚。但就连阿希都说她今天也不去医院。她好像昨天一整晚都在破解那些有可能永远也破解不了的密码。但我需要来这里，你知道的，因为萝丝不是什么普通朋友，对我来说她就像一个安全的港湾，在她这里我可以什么都不想，尽情做自己，获得心灵的慰藉。我甚至都没意识到我已经精疲力尽，急需放松一会儿。

　　萝丝家就是放松的最好去处，一切都井井有条，毫无暴发户的气息。清洁女佣每周会来打扫四次，所以楼梯上永远不会堆积换下来的衣物，水槽里也没有待洗的杯子。这里的味道一直那么好闻，大厅、起居室和楼上的花瓶里也常年插着鲜花。

　　我们一到，萝丝就上楼换衣服去了，下楼时已经换上了宽松的 T 恤和打底裤，光着脚，长发也披散着。我看着她准备培根三明治，然后连同一杯插着条纹吸管的可乐递给我。

"你还在担心利奥吗？"

"是的，有点担心，"我说，"你不担心吗？"

"我不知道。他有很阴暗的一面，你懂的。"

"什么意思？"我看着她。

"我是说，有时候他不是我们认识的那个利奥。有时候他有点疯狂。"

"和你在一起的时候？"我的声音有点尖锐，萝丝感觉到了。

"不，当然不是。他还是在我的掌控之中。我只是有时候会这么觉得。他像是被什么困住了。"

"我也不知道，"我叹了口气，"我爸妈都恨我。你恨你爸妈。恨自己的家人，这太正常了，不是吗？"但我觉得利奥不只是生气，他看起来还很悲伤、很害怕。而他的所作所为，像是要为了亚伦而变成另外一个人。

"你家里怎么样了？"她问我，嘴里的食物还没来得及咽下去。我耸耸肩。

"跟你家可不一样。"我说。

"等他们回家，这里就不是这样了。"萝丝说，"你知道吗？我觉得他们打算要个宝宝，要么就是她已经怀孕了。每次我进房间，他们就不说话了。你懂的，我才不在乎他们要不要孩子，我只是担心那个可怜的孩子，要跟着这对蠢货一起生活。真该出台一部法律什么的，如果你的智商不够为人父母，就应该被禁止怀孕。"

"什么鬼！"我哈哈大笑起来。

"鬼知道！"萝丝也笑了。

"这听起来可不像你，你是从报纸上还是哪里读来的吧。"

"你是说我蠢吗？"我继续耸耸肩，笑着。萝丝撕下一块三明治的边边扔向我，她的眼睛亮晶晶的。这是我熟悉的那个萝丝，轻松自在、无忧无虑、不装腔作势。这一刻，她跟之前那个疏远、刻薄而心不在焉的女孩判若两人。

"萝丝，我能问你一件有点……恶心的事吗？"

"哈，好，问吧。"萝丝的眼睛亮了。

"我爸爸……他有没有……我是说他有没有想要……"

萝丝点着头，等我继续说下去。

"你觉得我爸是个变态吗？"

萝丝大笑起来："当然是。"

"真该死，他对你做什么了？"

"不，不是的，红毛！我没觉得你爸爸是变态。他一直对我很好，没别的了，他还尽量不看我的胸部。"

"哦，天哪！"我捂住了脸。

"我开玩笑呢，笨蛋，"她继续笑着，"你爸爸跟所有人的爸爸一样。非常糟糕，但不是坏人。我能肯定。"

"你肯定？"我看起来一定忧心忡忡，她搂着我的脖子抱住了我。

"别再说这些有的没的了，来想想眼前的事吧，"她说，"去楼上看电影还是在楼下看？"

我看着客厅墙上巨大的电视，脑海里幻想着跟萝丝两个人躺在她卧室床上的场景。

"你决定吧。"

"楼上吧。更私密一些。"她冲我咧嘴笑着，拿起几包薯片和几罐可乐。

"你今晚不喝酒吗？"我问。

"我二十四小时不喝酒没问题的，"她说，"我又不是你妈。"

不知道为什么，她说这话时我觉得还挺好笑的。

电影开场前，萝丝先关掉了所有的灯，只留下绕在床头的一串小彩灯和隔板上的几个香氛蜡烛。我坐在她的床边，拿了个枕头垫着脖子，一只脚搁在地板上。我奶奶还在世的时候告诉我，在好莱坞电影还不能出现床戏和裸戏的时候，有一条规定是就算已婚夫妇出现在镜头里，也必须至少有一只脚放在地板上，这样他们就不可能做爱了。但当然，如果你真的性致大发，就算是一只脚放在地板上也是可以做爱的。至少我奶奶是这么说的。总之，我今晚还是遵守这条规定比较安全，这能让我守点规矩，不要说错什么话，暴露我现在的真实感受：既感到万分折磨，又欣喜若狂。

"你的最爱，"萝丝在 iTunes 里找到一部电影，投屏到电视上，《早餐俱乐部》。"

"真的吗？"我冲她笑了，"你不喜欢这部电影啊。"

"我也不是真的不喜欢，我只是更喜欢时髦点的电影。但你说这是青少年电影的巅峰，那我就再给它一次机会。很抱歉之前我对你这么浑球，陪你看一部你喜欢的电影作为补偿吧。"

"可以啊。"我说，在这完美的时刻，我尽量避免太过喜形于色。

"你的意思是说我真的是浑球？"

"不，我只是觉得那时候你都有点不像你自己了。我担心你，你知道的。"

"我知道，"萝丝轻轻抱了我一下，"但你知道吗？我很好。非常好。我觉得我终于开始明白自己是什么样的人了。我正在成为一个女人,红毛。"

一口可乐呛在了我的鼻子里。她拿起一个枕头砸在我的头上。我想也许,只是也许,这是我这几年来第一次感受到极致的快乐。如果可以让时间定格,永远留在此时此刻,我想我会愿意的。

我们看起了电影,至少我按捺着内心的澎湃,努力沉浸在电影之中。但我失败了。

莫利·林沃德开始玩她的口红戏法(用胸部夹起唇膏,低头涂在嘴上),贾德·尼尔森的拳头在空中挥舞,当片尾字幕开始滚动时,萝丝抓住我的胳膊,把我往床上拉。

她真的这么做了。我没想到她会这么做。我看着她把我往床中间拉,拉到她的身边。她举起我的一条胳膊,把头靠在我的胸口。

该死,这是什么意思?

"你知道吗,红毛?"她开口了,"我真觉得你是我认识的最好的人。"

"哦,住嘴吧。"我说着。幸好她看不见我冲着天花板傻笑的蠢样。

"我真这么觉得。"她的头往后仰了仰,我低下头看着她,"你从没放弃我,也不会让我失望。不管我说的话、做的事有多蠢。你跟其他人不一样,对我来说,你真的很特别。你知道的,对吧?"

她翻了个身,下巴正好搁在我的胸口,我的心怦怦跳着,她压在我身上的重量让我飘飘欲仙,环在我肚子上的手臂让我无法呼吸。这一切真的发生了,我真的躺在萝丝的床上,而她几乎就躺在我的身上。"我有时候真怕你不知道自己有多棒。"她说话的声音那么温柔。

我快受不了了。我换了个姿势，侧身躺着，让她也侧躺下，这样我们就面对面躺着了，虽然中间只隔了几厘米，但至少我可以呼吸了。至少这样我不会昏死过去。

“我没那么棒。”我说，“我就是这样。”

“别说了。”她说，“你有才华、风趣、友好、忠诚，是我知道的全世界最好的鼓手，也是最好的舞者。我也喜欢你头发落下来挡住眼睛的样子，还有你每天都穿的那些愚蠢的格子衬衫，还有……红毛，有些事我本来决定永远都不跟你说的，但我不能跟你隐瞒任何事情……”

时间似乎逐渐慢了下来，直到完全静止。

我凝视着她那双湛蓝眼睛深处闪耀的光芒，柔软的面颊上覆盖的绒毛，说话时上嘴唇噘起的样子，还有嘴唇左边那条银色的伤疤。这些似乎就是全宇宙所有的美好。时间的开始和流逝，所有的意义都是为了抵达这一刻，这完美的一刻。

我不需要听她再说什么，因为我知道，不可思议的事情真的发生了，萝丝对我有这样的感觉。

她也爱我！

我情不自禁地伸手搂住她的腰，命中注定般俯过身去吻了她。但就在我吻上去的那一刻，我看见她睁大了眼睛，肩膀也僵住了，整个人往后退去。但我还是碰到了她的嘴唇，在这短暂的一瞬间，我吻到了深爱的女孩，这种感觉，快乐得难以言喻。

但她离开了我的怀抱，只留下冰冷的空气。

当我意识到发生了什么时，萝丝已经站了起来。她盯着我，眼中充满了恐惧。时间再次开始流逝，流逝得那么快。

"该死，红毛，你他妈在干什么？"她说，"你在干什么？你为什么……我不是那个意思，你怎么想的？你们所有人，都想逼我——"

"不，我不是，我没有……对不起……我以为……"

时间在飞逝，我却还呆若木鸡，慢了半拍；我还没完全理解她脸上的表情。不管我是怎么以为的，我都错了。我真是大错特错。不要，该死，见鬼。

"真的对不起，"我跳下床，"对不起，我还以为……我只是觉得……我以为你想让我吻你。对不起，萝丝。"

我从没见到萝丝这么伤心、这么愤怒，她的脸上气得红一块白一块。

"哦，妈的，红毛，我以为你是我最好的朋友！我身边唯一一个不会想着上我的人。我信任你。我跟你在一起时很安心。但……但……但……"

"我就是你最好的朋友，"我靠近她，"萝丝，求你了——"

"不！不要靠近我！"

我不敢动，也不敢说话。我不知道在那一刻之后，我该怎么做。

"如果你是我最好的朋友，你就不会做那种事，红毛。如果你是我最好的朋友，你就会知道……"

"知道什么？"我低下了头，就算她不开口，我也知道她要说什么，因为我是她最好的朋友，比任何人都更了解她。但就算这样，我还是把一切都搞砸了。

所以我知道她要说什么。

"红毛，我跟你不一样，我是正常的。我不会吻女孩。"

十个月前

第一场演出真他妈的棒。

乐队刚组好没几个月，我们已经创作出够办一场演唱会的歌了——而且你猜怎么着？效果很不错。根本不像是校园乐队，也不像小孩子过家家。我们配合默契，令人惊艳。

那时我们四个组队演出，连一个音符都不会弹错。就像是我们注定要组成一个乐队，用超凡脱俗的歌声改变整个音乐的历史。这种感觉，真他妈的太棒了。我们那时候已经成了朋友，开始在一起嬉笑打闹，一起出去晃荡，说说俏皮话什么的。而我也是其中一员。我从没有过这样的感觉，作为某种美好事物的一员。

是娜伊搞到了我们首场演出的机会。她缠着一个酒吧里的家伙，怂恿他把酒吧里屋借给我们。他答应我们去演出，但不会付演出费。我们不在乎这个。我们甚至不在乎有没有观众。我们在乎的只有这个词：演出。我们的第一场正式演出。

我们去布置的时候，屋子里空空如也。没有灯光，天花板上只吊着几个灯泡。没什么大不了的，毕竟这是我们的首场演出。我们的歌真他妈的棒。我们都没注意到台下空无一人。我们只在乎彼此。我们眼神交汇，用脚打着节拍，身体尽情摇摆，并放声歌唱。我还没有过性经验，但高潮的快感大抵也不过如此。我们四个紧密相连，感受到彼此的心跳。

接着，越来越多的人从酒吧里闻声而来，唱到第五首歌的时候，台下已经挤满了人，室内温度迅速攀升，天花板上凝结的水滴如同雨点般落下。我们唱完了所有自己写的歌，能记起的翻唱也都唱了，最后他们欲罢不能，不断求我们多唱几首。这简直是世界上最好的毒品。最后，酒吧老板拔掉电源不让我们唱了，整个酒吧的人都在嘘他，吼叫着让我们返场。太刺激了。

在外面走廊上，我灌了一大杯水，萝丝从厕所里走了出来。

"你真他妈的厉害，"她说着，抓住我的手，吻了吻我紧闭的嘴唇，"我也真他妈的爱死你了，红毛。"

她离开后，我一个人在原地站了很久，试着搞清楚刚才发生了什么。我心跳很快，这是因为演出，还是因为她的吻？不管是因为什么，我只知道飙升的肾上腺素让我浑身颤抖，神魂颠倒。我知道，就是从那一刻，我开始为了她魂不守舍。我知道，我将开始一段漫长无望的爱恋，我爱的那个女孩永远不会爱上我。

人群散去后，我们把我的架子鼓装进萝丝一个朋友的卡车里。酒吧老板出来找我们，点了根烟。

"你们下次还可以再来。"他说。

"那你得付演出费了。"娜奥米说。

"五十英镑。"他不情不愿地说。

我们觉得自己发财了。

24

　　我不记得萝丝跟我说她不喜欢女生之后发生了什么，我只记得她脸上的神情，那里面绝没有一丝爱意。我不记得自己是怎么穿上鞋子，怎么拿上自己的东西，只记得夜晚的凉风吹在我发烫的脸颊上。在跑过一条条街道时，柔软的运动鞋底几乎没有发出半点声息。我也不记得自己怎么回到了家，之后又发生了什么。直到此刻，我站在镜子前看着镜中的倒影。

　　镜中的我，手臂上没有明显的肌肉，却也足够结实；宽松的 T 恤下面是平坦的小腹和小小的乳房。这是另一个我，藏在这个身体里那个悲伤的女孩，那个曾经的我。无论我走到哪里，她都如影随形，如同一个幽灵。

　　我第一次直视着镜中倒影的脸庞，直视着她的眼睛。她有一头每天打理梳直的长发，嘴上涂着的唇膏也恰到好处，桃粉的色泽正好衬出她的肤色。她是那种每个人都会喜欢的女孩，不过分艳丽，也不过分聒噪；她是好朋友的最佳人选，学习认真，总是按时完成作业。她的成绩不错，生活也不错，如果有男孩注意到了她，她就会装出一副激动的样子。

　　如果她穿上妈妈给她买的连衣裙，再加上高跟及踝靴，也许很快就能找到一个男朋友。因为虽然她有一头红发，但还算得上美丽，有精致的五官和一双碧绿的大眼睛。这个女孩看起来就是十六岁女孩该有的样子。她妈妈为她感到骄傲。但在她的内心深处，那里住着的女孩每分每秒都想哭泣。她被困在那里无法脱身，只能大声尖叫。迷茫、孤独、疲惫，几乎再也无力伪装。她深深地怀疑，如果再继续伪装成另一个人，自己会不会很快就死于心痛。

自从我开始按照自己的心意打扮，我就不再照镜子了。

但现在我重新看向镜子里的自己，那半边被剃光的头发，遮住了眼睛的刘海。那张瘦削的脸庞和那双美丽的绿色眼睛。我看着镜子，看见了真实的自己，我的内在和外在终于合二为一。

我眼前的不是什么怪胎。我看见的只有我自己。这就是我，无法被归入任何一类，自成一派，这跟其他人有什么关系呢？我只想做自己而已。

我想起了萝丝，还有她的表情。

我能感受到内心那个幽灵女孩身上的那种我再熟悉不过的痛苦。

我放任自己爱上了萝丝。这本就大错特错。更糟糕的是，我在错误的时间进行了错误的表白。萝丝正准备跟我说一件重要的大事，而我心里只想着自己。我在她最需要一个朋友而不是爱人的时候，让她失望了。

我到底都干了些什么？

该死。该死。该死。

我到底都干了些什么？

当我直视自己的眼睛时，那怜悯的眼神让我感觉好了一点。

我所做的只是表达了自己的真情实感。我表达了爱意、渴求，以及欲望。

但也仅此而已。这没错。做真实的自己没错。有那么一瞬间，我所有的焦虑都烟消云散了，我不再盯着镜中的自己，而是看向身后卧室窗外的城市。万家灯火明灭闪烁，一直延伸到视野的尽头。

没必要再强迫自己勇敢，也没有必要冒险去验证绝对的真实。取而代之的是自由的感觉，因为今晚我打破了追求真我道路上的又一个障碍，穿越了通往理想生活道路上的又一座桥梁。我断了自己的后路，但现在我为此感到欣喜万分。

我为自己骄傲。

我到医院的时候，阿希坐在那里。我看见她，感觉好些了，心情安定下来。她的陪伴似乎是唯一可以阻止我失控的事。

"你回过家了吗？"我若无其事地问她。她靠着我伸了伸懒腰，传来一阵身体的热度。

"阿希，你能帮我做件事吗？"我问她。

她睡眼蒙眬地看着我。"什么事？"她问。

"你能帮我黑进我爸的电脑吗？"

"可以啊，把他的邮箱告诉我。"她说。

"我就喜欢你这一点，都没问我为什么。"

"你肯定有自己的原因，"阿希打了个哈欠，"我的超能力只能用来做正事。不过现在不行，晚点好吗？我得先睡会儿。"

她的脑袋沉甸甸地压在我的肩上，呼吸渐渐慢了下来。

"阿希，我想我可能把我的整个人生都搞砸了。"我说。

回答我的只有鼾声。

视频

1 小时前发布

昨天我终于发现 @RedDrums 是个骗子和变态。我以为她是我的朋友，但她竟然打我的主意。就是这次，她想上我。

87 转发 49 评论

卡莎：妈的！恶心！

吉吉：哦，天哪，我一直以为她看上了我。

卡莎：你还好吗，萝丝？你一定有阴影了，朋友！

柏米达：别担心，我会帮你料理那个贱人的。

马兹：需要我帮你出口气吗？

卡莎：我马上就去黑她。

吉吉：她应该遭到报应。

埃米：简直是个人渣。

点击加载更多评论

25

我只在自己的床上睡了一个小时，醒来时天都还没亮。外面黑漆漆的，但我能听到楼下的嘈杂声。我一睁开眼睛，就完全清醒了，心跳得很快，浑身不舒服，所以我干脆下床看了看手机。屏幕上全是弹窗。我都惊呆了。我打开她的 Instagram 主页，有一条新视频。她在哭。愤怒而伤心。

我看完了这个视频。

手机掉在了地上。

为什么？她为什么会做出这种事？这……这不像萝丝。

我犯了个错误，但我没做她说的那种事，不是吗？我没有。我知道我没有，那她为什么要这么血口喷人？

她生我的气了，应该的。骂我一顿，没问题。但发这种东西，还把我圈出来示众？乐队成立前把我当成白痴的那些人也都看到了。现在他们更有理由把我当白痴了。

我现在该怎么办？我是不是该若无其事地去学校？所有人都等着围观我，在我背后窃窃私语呢。

　　昨天晚上上床之前，我感受到的自豪和自由，现在全都烟消云散了。我一直把萝丝当成朋友，以为她真的在乎我。

　　我以为她在乎的不是我的外在，而是内心那个真正的我。但昨晚发生的事情一定比我认为的要严重得多。我惹怒了她，伤害了她，甚至有可能在某个瞬间，让她回想起那些污辱她、折磨她的人渣，这……天哪，难道我跟他们一样？

　　"埃米？"格雷西只有在妈妈派她来找我的时候才这么喊我，"埃米？"

　　我没有回答，只是躺在那里。我还没想好该怎么回应。

　　"红毛？"

　　"进来吧，小家伙。"我喊道。她身穿一件史酷比睡衣，揉着惺忪的睡眼，摇摇晃晃地走了进来。

　　"什么事？"

　　"妈妈让你送我上学，因为她在吐。家里没有牛奶可以泡脆谷乐了，我不知道早饭吃什么。"

　　"好的，没事，我来了。去看看有没有面包。"

　　我只想把一切都做好。我只希望昨晚发生的事情以及那篇被疯转的帖子都不曾存在。但我不知道该怎么做才好。

　　恐惧和焦虑攻陷了我的每一寸身体，让我无法自拔。但我还是强迫自己振作起来，穿上衣服和鞋子。下楼时，我在妈妈的房间外停下了脚步。她面朝窗外，蜷缩成一团。

　　"要喝杯茶吗？"我问道。她呻吟着翻了个身，看着我。她的脸上都是三角形，三角形的眼睛，三角形的嘴，每一寸都充满了悲伤。我的妈妈看起来简直不成人形。

　　"拜托了。"她的声音那么干哑。房间里充斥着腐败的臭味，我甚至怀疑她有没有尿在床上。我等待着。我希望……我希望可以跟她谈谈这件事，但我不能。我只好把注意力放在我当下能顾及的事情上——我妹妹。

"我今天会去接格雷西放学的，好吗？我可以翘掉最后十分钟的课，保证准时到她学校。"

"谢谢你。"妈妈努力想挤出一个笑容，但那根本不是笑容。她又背过身去，把羽绒被拉起来蒙到头顶。

格雷西一路都在叽叽喳喳，但我听不进去。我不需要听，只需要拉着她的手，随她蹦蹦跳跳、拉拉扯扯，并尽量不去想待会儿去学校时会发生什么。我可以不去的，我可以送完格雷西之后再到卡姆登去。但如果我不去，就不会知道事情到底有多糟，也不会知道萝丝是不是还好。

在学校门口，格雷西用力挣开我的手。

"你会来接我的吧？"我点点头。

"晚上见！"我看着她跑进教室。操场逐渐空了，送孩子的爸爸妈妈也陆续散去。我没别的事可做，只能去面对该发生的事情了。

阿希：你到底都做了些什么？整个学校的人都说你是强奸犯。

红毛：该死。你看她的 Instagram 了？

阿希：我讨厌 Instagram。

红毛：去看看。

阿希：见鬼。我是说，你应该没有真的……

红毛：出了别的事。萝丝不会这样……

阿希：也许你只是没有想象中那么了解她……

红毛：我了解她。我真的很了解她……说不清楚，但这不是她。

阿希：听着，别担心。没事的。

红毛：怎么就没事了？

阿希：你想离家出走，然后从桥上跳下去吗？

红毛：好吧，我懂你的意思了。文身查出什么了吗？

阿希：没，但我越看越觉得这肯定是密码。我需要帮助。我去找人了。

红毛：什么人？

阿希：一些人。上暗网的那种。你知道太多不好。

红毛：阿希，你又不是爱德华·斯诺登[1]。

阿希：谁？

1　1983 年 6 月 21 日生于美国北卡罗来纳州伊丽莎白市，CIA（美国中央情报局）前技术分析员，于 2013 年 6 月将美国国家安全局关于"棱镜"监听项目的秘密文档披露给了《卫报》和《华盛顿邮报》，随后遭美国政府通缉。

26

　　大家都已经坐进了教室。我独自默默地穿过走廊，祈祷着口袋里的手机别再振动。上次塔利·劳森拍了一张乳房的照片发给克拉克·汉森，他截了屏，很快全校都传开了。有人喊她婊子，也有人觉得他才是人渣。两人都停课了两个礼拜，警察还警告她不许再拍这种淫秽照片。

　　当娜奥米失踪的新闻传开后，就没人再关心塔利的乳房了。

　　现在，每个人都讨厌我，过去那种不安的感觉又回来了。那个如影随形的幽灵女孩突然追上了我，带着满腔的痛苦和焦虑占据了我的身体。

　　也许我是个骗子。我从没跟萝丝坦白交代过我对她的感情。

　　也许我不像自己以为的那样体面。

　　也许说到底，我就是个怪物。

　　我走进音乐教室，在前排坐下。我能感觉到人们在我背后窃窃私语，手机也在口袋里振动个不停。我掏出手机，迅速退出了社交账号。

　　"红毛，你在干什么？"史密斯先生冲我吼道，吓了我一跳，"把手机交给我。"

他没等我主动交给他，就把手机从我课桌上抢了过去，丢进他的抽屉里。

"下课再来拿。"他说。

就算手机被没收了也于事无补。我还能听见它在老师的抽屉里振动，甚至能感觉到无数发亮的页面围绕着我打转，新的消息蜂拥而来，每一条都像一根钢针，刺痛着我。

下课铃响了，我坐在原地没动，假装自己听见了每个人从我背后走过时的窃窃私语。

教室里的人都走了以后，我去找了史密斯先生。

"听着，很抱歉我朝你大喊大叫。"他说。他看起来慌乱而恼怒。我知道这种感觉。"有时候班上的学生真的让我很头疼，但你是好孩子，不应该被这样对待。"

"没关系。"

"发生了什么？"他把手机从抽屉里拿出来，但没给我，而是等着我回答。

"没什么。"我耸耸肩，看着门口。我不想他对我这么好，我怕我会哭出来。

他从桌后站起身，走到我身边。

"嘿，"他直视着我的眼睛，手掌压在我的肩头，让我感到安心，"如果这些事情真的让你很伤心，说出来，好吗？我不想任何学生独自承受。没什么事是过不去的，红毛。你可以随时来找我，好吗？"

"多谢，先生。"说完，我又站了一会儿，犹豫着是不是真的可以跟他说我第二次吻女孩的后果，就是毁掉了跟最好朋友之间的一切。我看着他那双绿色的眼睛，决定还是算了。

"我永远支持你，"他说，"你是个很棒的女孩，红毛。"这听起来很好笑，因为我觉得自己很糟糕。

"贱货，"我经过时，卡莎说道，"怎么，也想看看我的奶子吗？死怪胎。"

我低着头，第一次后悔去理发店剪掉了那么多头发。现在都没什么地方可以藏。

"你经过人家同意了吗？"柏米达看见我，问道，"你这个伪强奸犯。"

我停下了脚步，想起当初我剪短头发，就是希望成为那种不隐藏真正自我的人。

"事情不是这样的。"我转过身，发现身后不仅是柏米达和卡莎，还有六七个同年级的学生，他们抱着胳膊，嘴里叽叽咕咕地说着什么。

"听着，我不知道为什么萝丝这么做。"我一开口，似乎就说错了。于是我又试了一次。"我只是……我犯了个错误，就是这样。我做错了。我不知道为什么她反应这么大——"

"哦，是啊，都是受害者的错，"卡莎朝我走了两步，我随之后退了两步，"接下来你又会说是她让你这么做的了。"

"该死的，什么都没发生，什么都没有！"我觉得自己喉头发紧，再说两句就要哭出来。如果现在扭头走开，就会显得我一点也不在乎。但如果我留在这里，又会看起来很可悲。

"你们都给我滚开，"利奥出现在我身边，"滚去别的地方继续嚼舌根，贱货。"

"这么说，你站她这一边了？"卡莎抬起一边眉毛，"你觉得她对萝丝做的事没什么？"

"不，我不站在任何人的一边，因为根本就不存在对立面。你们太他妈幼稚了。赶紧滚吧！"

卡莎和利奥面对面站着，互相瞪了一会儿，然后她冷笑一声，转头走了，柏米达和其他人也跟着走了。

"这到底是怎么回事？"利奥冲我摇着头。

"我……不知道。我以为。看起来……"

他一只手搭在我的肩上，带我一起穿越走廊，来到音乐教室。我不知道他这么做是为了保护我，还是要带我去一个隐秘的地方好痛揍我一顿，但至少没人敢惹利奥，没人敢拦住他，或是议论些什么。他们只是看着我们走过。

"这到底是怎么回事，红毛？"利奥重重摔上门，又问了一遍，"你做了什么？"

"我不……"我说，"我只是想吻她。"

"你他妈做出这种事？"利奥不可置信地瞪着我，像是看着一个疯子。关键是，我觉得他可能是对的。

"我知道，利奥，我都知道，好吗？我知道这听起来很过分。我会错意了，有点忘乎所以，我以为她在暗示我，但我错了。就持续了一秒钟，她就让我走，然后我走了。我想吻她，但碰了一鼻子灰。别跟我说你从没做过这种破事？"

"但萝丝不是普通的女孩，红毛，"利奥轻轻推了一下我的肩膀，我用力才稳住自己不往后退，"她不是你在酒吧里遇到的那种女人。这是萝丝。萝丝啊！该死，你以为我就从来没有想过要告诉她我对她的感觉，从来没有想过要吻她吗？但我没有。因为这是萝丝。她不需要你我喜欢她。我们应该扮演比爱慕者更重要的角色——朋友，她需要我们做朋友陪伴她。要不然你觉得为什么我那么想吻她却从来没这么做？"

他低垂着头，声音里充满了柔情。他生我的气了，这是应该的。

"哥们儿。"他摇着头说。

"这就是问题所在，不是吗？"我说。

他又说："红毛，没人在乎你的性别。没人在乎你的性取向。问题不在这里。"

我坐在放架子鼓的台子上，用手捋着头发，内心五味杂陈，心乱如麻。

"天哪，利奥，我该怎么办？"

"找到萝丝，"利奥在我身边坐下，"面对现实，解决这件破事。但在此之前，你要先想想清楚你是谁。你得认可真正的自己。虽然从你的造型和打扮来看，你像是已经认可了自己，但你只是用发型和衣着来掩饰真正的自己。你隐藏了自己，也隐藏了真正的渴求。你过着一种中性平衡的生活，但这是没用的。你不能走来走去，却指望着没人会注意到你骨瘦如柴的小屁股。如果这样下去，他们会被真正的你吓死的。"

"哦，算了吧，利奥，"我反驳道，他说的是事实，但这话还是让我感觉受伤，"我不需要你对我的性取向指指点点。话说起来倒是容易，你是个男孩，会弹吉他，比所有女孩都高。你没什么可担心的。"

"你是说真的吗？"他瞪着我，"你知道我家的情况吧？"

"对我来说，人的出身背景不重要，肤色、收入、性取向也不重要，还有……还有……所有乱七八糟的东西。为什么人不能只是人呢？"

"因为人都是浑蛋，"利奥说，"这世界本该是个更美好、更公平的地方，但事实不是这样。而且以后也不会。所以我们唯一能做的事情就是照顾好自己，红毛。就是这样。"

一时间，我们都没再说话。我想，我们都意识到只要再说错一句话，我们的友情就完了。我们都不想这样。

"那么，"利奥换了一种语气，"那之后你见过她吗？"

"没有。她来学校了吗？"

"我不知道，今早没见到她。"

唉，感觉我亲手毁掉了身边的一切，现在必须从废墟里开始重建。

"你觉得她会来排练吗？"

"你觉得我们还会有演唱会这件事吗？按理说，我们做这一切都是为了娜奥米，但现在……为什么你一定要吻她？她是你的乐队成员！我们一开始就说好了的，成员之间保持朋友关系。很多乐队都是这样解散的！"

"没错，那么如果萝丝现在走进来问你要不要跟她约会，你也会拒绝的，是吗？对吧？"

"是啊……我不知道。也许吧。"

门开了，又被狠狠摔上，是她来了——萝丝。

她的手叉在腰上，头发绑在脑后，脸上没化妆，身穿牛仔裤和T恤。她简直气疯了。

"选红毛，还是选我。"萝丝看着利奥，手却指着我。

"萝丝……拜托了，你认真的吗？"利奥摇着头，"红毛是个蠢货，但你知道她不是故意想惹你生气的，你了解她的，不是吗？"

"你的意思是她这么对我也没关系？"萝丝的眼里闪烁着泪光，我能看出她的脸上不仅有愤怒，还有伤痛。我的五脏六腑又痛苦地搅成了一团。"我以为我是跟朋友在一起，结果她对我动手动脚？就像是……像是我们只是朋友，但你却想占我便宜。这太诡异了，这样做不对。"

我想萝丝根本没有意识到她的这三言两语深深伤害了利奥。我看见他咬紧了牙关，重重地叹息，但她并没有看他。她一心想着找谁打一架。

"说真的，唯一的问题就是红毛爱上了你，一时犯了傻。"利奥站起来对她说，"她试图吻你，没错，是她犯浑。但现在她不应该被这样羞辱。"

"你是觉得我在撒谎吗？"萝丝朝他逼近一步，身上一股火药味。

利奥皱紧了眉头，很明显他希望萝丝后退一点，或者至少冷静一点。他看看我，又看看萝丝。"只是吻了一下，对吧？"

"见鬼，"萝丝说，"如果我不愿意，吻一下、摸一下，或者握个手都没有区别。你不能这么做，不能随便拉一个人就吻，不能这样。"

"萝丝，拜托了。我真的很抱歉，我并不是故意惹你不高兴的，我真的搞砸了……但我也真的很在乎你和——"

"我以前也这么以为，"萝丝瞪着我，她脸上的怒意和伤痛让我的血液都结冰了，"我以为你在乎我，但你就跟其他人一样，像垂涎一块肉一样打我的主意。我曾经信任过你。"

"我爱你！"这几个字脱口而出，"因为你有趣、聪明、有才华，人也很好。因为你关心我，有时候我甚至觉得你是唯一关心我的人。但昨天，我实在是情难自已。我犯了错，我应该把这份感情埋在心底。我错了，萝丝。如果你是我的朋友，你会理解我的。"

萝丝冷冷地盯着我看了好久。

"如果你是我的朋友，你就会明白为什么我永远都不会原谅你。演出取消了。"

"萝丝……"利奥在她身后叫她。但是当萝丝打开门时，史密斯先生出现在门口。萝丝僵住了，注视着他，肩膀随着呼吸起伏着，我不知道她会不会也冲着他大喊大叫，或者是大哭起来。可她什么都没做，只是僵立在那里。

"你打算去哪儿？"他问道，手抚上她的手臂，"伙计们，我们得谈谈。"

我以为萝丝会把他推开跑掉，但她没有。相反，她站到旁边，好让史密斯先生走进教室，然后靠在关着的门上。

"听着，"史密斯先生说道，"最近我们老师也听说了学校里的风言风语。你们俩还好吗？"

他看看我，又看看萝丝。

"我道过歉了，"我说，"这只是个错误。"

"很好，"史密斯先生点点头，"听着，红毛，我认为现在发生在你身上的事情让人很恶心。"

萝丝哼了一声，摇摇头。

"那发生在我身上的事情呢？"她说，"你觉得没关系吗？"

"萝丝，先别戏精上身了，好吗？"史密斯先生给她脸色看，神奇的是萝丝乖乖站在那里，低垂着脑袋，脸也红了。

"我演戏？她强吻我，对你来说，这没什么大不了吗？"萝丝朝他走了一步。

"当然不是，"史密斯看着我，我简直想当场死给他们看，"这肯定是不对的，萝丝。但是当红毛吻你的时候，她带有恶意、愤怒或是仇恨吗？你把她推开以后，她也没有再继续了，不是吗？"

"没有，"萝丝的肩膀放松了一些，似乎也没那么愤怒了，"我觉得没有。"

"听着，校园乐队经常因为成员之间的纠纷而解散，"史密斯先生的眼神依次停留在我们每个人身上，"很无聊，也不意外，但谁在乎，反正你们以后也不会成为音乐家。再过几年毕了业，你就不用跟你爸爸一起住了。"他先对萝丝说，然后又看着我，"你会去上大学，找到一个很好的女朋友，而你……"他看着利奥，"希望你不会走你哥哥的老路。"

利奥的脸色沉了下来。

史密斯先生补充道："我想说的是，如果你们几个像我带过的其他乐队一样，那你们也就这样了。但你们跟他们不同。你们真的很棒，能弹吉他，能写歌，也能唱歌。你们可以好好施展自己的才华，但前提是你们继续团结在一起，不受这次……纠纷的影响，继续唱下去。至少，我认为你们都愿意为了娜奥米这么做。要不然，难道你们真的愿意让她的家人，她的爸爸妈妈失望？他们真的很期待这次演出，因为这次演出能让他们意识到他们的女儿对人们来说意味着什么，意识到她还有一丝希望，还能从遭遇的不幸中得到新生。"

萝丝脱力般坐在一张椅子上，双手捂住了脸。

利奥别开了脸，看着窗外。

只剩下我还看着史密斯先生。"我想在演唱会上表演，"我说，"我会去的。"

"利奥，你呢？"

"好，"利奥点点头，"我加入。"

"萝丝呢？"

萝丝愣了一会儿，然后把头发往后一撩。

"我会去的，"她说，"为了娜奥米。至于演出之后……我不知道。"

"谢谢你。"史密斯先生说，"萝丝，你跟红毛之间先冷静一下，好吗？说点什么，平息这场风波。现在学校最不缺的就是风波了。"

萝丝叹了口气，紧紧抿着嘴。

"你确定吗？"史密斯紧紧地盯着她，"你可以做得更好，萝丝。至少我以为你可以。你不是那种欺负人的人。"

有那么一瞬间，我以为她会顶嘴。但她控制住情绪，只是耸了耸肩。

"好吧，"她说，"但这全是为了娜伊，为了演出。"

"好的，你们最好现在开始排练。"史密斯先生说着，打开门，费力地从聚在门口看热闹的人群中挤出一条路。

"演出结束了，"萝丝朝他们呸了一声，"都给我滚。"

"包括我吗？"勒克拉杰的声音从人群后方传来。

"你当然不能走……进来吧，蠢货。"

我捡起鼓槌，坐在鼓边。

利奥拿起了乐谱。

"我觉得我们应该练《残羹冷炙》(*Left Overs*)，这首歌勒克拉杰练得最少。"

"好吧，那就练这首。"萝丝调整了一下麦克风立架。

"萝丝，"我说，"谢谢你留下来。"

她看都没看我一眼。"这什么也改变不了。"

红毛的播放列表：《去你妈的》

《社会心理》(*Psychosocial*) / 滑结乐团 (Slipknot)

《别离开我》(*Please Don't Go*) / 暴力妖姬乐队 (The Violent Femmes)

《骑上一只白天鹅》(*Ride a White Swan*) / 暴龙乐队 (T-Rex)

《女孩之恋》(*Girls Like Girls*) / 海莉·喜代子 (Hayley Kiyoko)

《让我想死》(*Make Me Wanna Die*) / 美丽鲁莽乐队 (The Pretty Reckless)

《单身汉之死》(*Death of a Batchelor*) / 迪斯科瘟三乐队 (Panic! At the Disco)

《少年心气》(*Smells Like Teen Spirit*) / 涅槃乐队 (Nirvana)

《异教徒》(*Heathens*) / 二十一名飞行员乐队 (Twenty One Pilots)

27

　　排练一结束，我就逃离了学校，直奔医院。我实在无法忍受再待在学校受两小时的罪了。

　　阿希就坐在娜奥米的病房外面，头上戴着耳机，面前放着笔记本电脑。

　　我看见杰姬和马克斯坐在娜奥米的床上。马克斯握着杰姬的手，而杰姬握着娜伊的。他们二人默默坐着，看着女儿的胸膛不断起伏。

　　我在阿希身边坐下，拍拍她的肩膀。她摘下耳机，扭头看我，平时那头垂顺的秀发今天有点乱糟糟的。

　　"有什么新消息？"我问她。

　　"他们打算过了这周末就给她停药，"阿希说，"他们说她已经消肿了，出血也止住了，其他伤口也开始愈合，所以现在就要看她醒来是什么状况了。她能不能自主呼吸……能不能说话。看吧，基本就是这样。"

　　"太烦人了。"就算过去了这么多天，就算我正坐在她的床边，我还是无法相信这一切都是真的。我无法想象她醒来之后会有什么后遗症，又或者她根本无法醒来。

"某种意义上来说……"阿希从电脑屏幕上抬起头来，"也许她永远这样睡着更好，至少看起来还有希望。"

"你太阴暗了。"我说。

"我就是这么阴暗。"阿希叹了口气，我也跟着叹息起来。其实我真想去坐在娜奥米身边，跟她一起待一会儿，但我不想打破房间里的宁静。我忍不住想，她会做梦吗？会感觉到妈妈的抚摸吗？她知道我们在这儿吗？我希望她感觉得到。否则的话，她就跟那些秘密一起被关进她内心的世界里，那片孤独而可怕的世界。

"今天早上你爸爸中了我的钓鱼邮件，"阿希告诉我，另一个阴暗的念头又出现在我的脑海里，"老年人都很好骗。"

"你看过他的电脑了？"

阿希点点头。"是的，全看了，你知道里面有你婴儿时期的照片吗？伙计，你当时浑身通红，真是丑。"

"阿希，今天就别挤对我了。"

她的嘴角泛起一抹淡淡的微笑。

"红毛，你爸爸是个好人。比一般男人好多了。除了出轨过那些女人，他算是个顶天立地的男人了。"

"真的吗？"我感到一阵热血上涌，心情放松之余，脸颊都火烧似的红了起来，"但那个女孩是谁？"

"他和本地一家慈善机构合作，帮助那些因为家庭暴力而无家可归的人重建家庭。那个女孩的照片是她爸爸拍的，他找到了她的新住址，把照片发给她妈妈威胁她。所以那些文件夹名都是编号，因为安全起见不能写人名。你真的应该帮他升级电脑软件，教教他不要再点击那些乱七八糟的邮件里的链接了。"

"我爸爸是个好人。"我重复着她的话。

"他并不完美，但也绝不邪恶。"

"幸好是这样，不然得有多尴尬啊。"我说着，跟阿希相视一笑，一股暖流在我们之间传递。如果这件事有任何积极的作用，那就是让我认识了阿希，可以跟她共度时光，发现平时她小心掩饰的幽默感。

"我已经盯着这个文身好几个小时了，"阿希又开始盯着电脑屏幕，"我试着把这些数字、点画和字母分成八层——看见了吗？"

"怎么弄的？"我越过她的肩膀看向屏幕，"我的意思是，你怎么确定某个数字应该属于哪一层？"

"虽然这些看起来都是乱码，但还是能找到一些规律，"那抹若有若无的微笑又出现了，"我早就跟你说过肯定有规律的。我认为同一层之下的数字或字母有部分是相连在一起的。至少我希望如此。如果不是这样的话，那……天知道该怎么办了。"

阿希给我看她从原始图案中分离出来的八个半圆形图案。

"所以现在我想从这些图案中找出另外一些说得通的规律。这样也许就可以解开密码，但我一直没找到。我还没找到突破口。我尽我所能试过很多很多的组合了，但一直没有什么进展，要知道有成千上万种可能性啊。所以我问了一群这个领域的熟人，他们看了也是一脸蒙。我被卡在这里了，束手无策。也许我是在做无用功吧，懂我的意思吗？"

她看着我，耸了耸肩，这种事完全不在我的能力范围内。我最擅长的事情大概就是伤害和疏远世界上我最关心的那些人吧。

我看了一眼那些连绵不绝的图案，它们就像是你上网时会遇到的那种用来证明你是人类的测试题，让人越看越糊涂。

"我说，这些排列顺序是对的吗？"我问她，"从左往右看？"

阿希耸了耸肩，说："谁知道呢。"

"像是第三个圆，看起来有点像……不，我大概是在胡说八道。"

"什么？"阿希看着我，"说下去，没有什么是胡说八道。"

"好吧，那个有没有可能是'.com'？一个点和C-O-M。这有可能是'.com'的意思吗？"

阿希盯着那个圆。

"该死。"她说。

"听着，你才是科技达人，我只是说说而已……我觉得自己肯定在说傻话。"

"不，听我说，有些恶意软件里会设置一个紧急开关，对吧？那是一长串随机组合的域名，如果该域名存在，病毒就退出。但这种随机的长域名是隐藏黑料的好地方。只有输入准确的域名才能进入这个页面。但无论这个域名有多长、多随机，肯定也是以'.com'或别的什么结尾。红毛，我觉得你解开这个谜了！"

"真的吗？"我瞪着她。

"我真想亲你一口！"她说道，脸上露出一个大大的、明亮的笑容，有那么疯狂的一瞬间，我差点脱口而出：好啊，来吧。但我很快记起上次我吻一个女孩之后发生了什么。她也意识到自己说错了话，笑容凝固在了脸上。真是尴尬极了。

"我是说，也可能不是这样的，"阿希死死盯着电脑，我站了起来，"但这不失为一种可能，毕竟还有无数的排列组合要试呢，但……至少这是个不错的开头。你也不蠢嘛，比你手机里那些从没发出来过的自拍好多了。"

"太棒了。"我说道，暗自高兴气氛恢复了正常。

　　"红毛！"杰姬和马克斯从娜伊的房间里出来了，"阿希有没有告诉你，他们准备把她唤醒了？就在下周一！就是演出那天。如果她醒来，我们就能跟她说演出的事情，那不是太完美了吗？"

　　"一定会的，"我说，"你们介意我进去陪她坐会儿吗？"

　　"当然不介意，去吧，"马克斯微笑着对我说，"你真是她的好朋友，红毛。最好的朋友。"

　　我走进病房，在娜伊身边坐下，跟她说了很久以前的好时光。那些一切都完好如初的好时光。

娜奥米离家出走的前夜

我们只想跳舞。

天气炎热，一个学年要结束了，而我们却获得了自由。没什么事要干，没什么地方要去，我们只需要尽情释放真我，这种感觉太棒了。我们只想着出去鬼混，彻夜跳舞。

就连不怎么喜欢出去玩，也不喜欢身处人群之中被人关注的娜伊都出来了。她穿着一条黄色连衣裙和一双系带凉鞋，萝丝还在她的头发上插了几朵小雏菊。我们在外面游荡，沿着泰晤士河走着，走过国会大厦，穿过特拉法尔加广场，走向苏荷区。我们本可以搭一辆公交车，只需要一半的时间就能到，但比起跟陌生人挤在一起，我们宁愿在大街上自由自在地走着，享受河面吹来的微风、头顶的湛蓝晴空，以及混合了沥青和汽车尾气的夏日城市气息。我们走着、聊着、笑着，每走一步，周围的世界都显得越发明亮、美好，笼罩着金色的光芒。我胸中涌起一股愉悦之情，它蔓延到身体的每个角落，冒出闪耀着彩虹光泽的幸福泡泡。

不要问我们做了什么、去了哪里，也不要问我们是怎么做到的，因为我也不知道，只知道我们做到了。我们穿梭于不同的酒吧，一杯接一杯地买酒。萝丝为了付账，狂刷她爸的信用卡。我们还不到喝酒的年龄，但这也没什么可害怕的，我们轮流去跟酒保纠缠，给他们三个弄来伏特加和啤酒，而我喝的是红牛。我没喝酒，但似乎也醉了。我笑得更大声，还胡乱挥舞着胳膊，告诉我的朋友们我有多爱他们。那晚我们一直这样，每个人的每句话都在抒发内心的爱意。

沿着沃德街走，可以发现通往地下室的台阶，台阶尽头是一家地下酒吧。那里曾经是个非法酒吧，但苏荷区现在都被游客占领了，没留下什么真正非法的地带。我们循着传到马路上的噪声进了这家酒吧。酒吧里人山人海，摩肩接踵，什么人都有：黑种人、棕种人和白种人，同性恋和异性恋。没有人在意其他人，我们只关心音乐怎么样，能不能让我们跟着节拍摇摆起来。一个个汗津津的身体挤在一起，皮肤互相摩擦，臀部不时碰撞。我们一直跳到天黑，萝丝是第一个感到无聊的，她把我们从酒吧里拉到了街上。我想，其实我愿意在里面一直跳到第二天天亮。我喜欢这种在身体的海洋中迷失的感觉。

我们穿过拥挤的人潮，回到苏荷广场。空气中弥漫着啤酒和小便的骚味，长椅上坐着接吻的男人。我们瘫倒在草地上，利奥卷了一根烟，卷得有点松，但手艺还算不错。我不确定那是真实发生过的事情，还是我脑海里的想象：当我躺在草地上，月亮看起来离我好近好近，几乎触手可及；我只要轻轻一按，就能不费吹灰之力地离开地球表面，登陆月球。

"学期末在七月总是感觉怪怪的，"娜伊说，"这不像是结束，更像是开始。"

"那很好啊，因为我希望我们永远不分开。"萝丝回答道，"我们在一起，就是世界上最棒的事情。"

"我同意，"我补充道，"我们四个，永远不分开。"

"是啊，"利奥也表示同意，"等我们出了大名，他们就会在《新音乐快递》（ *The New Musical Express* ）[1] 上写到今天的事情。我们永远不分开，永远不。"

娜奥米什么都没说，她只是穿着那条黄色连衣裙躺在草地上，仰头看着月亮，脸上带着一个大大的微笑。当时这似乎很平常，因为她一直这样。

但第二天她失踪了，一切都开始崩溃。

当我此时回想起来，我才意识到，那是她在向我们道别。

1　英国著名音乐杂志。

28

我沉浸在音乐和回忆之中，都快到家了才想起来我忘记去接格雷西。她应该四十分钟前就放学了。该死。我一边转身往回跑，一边掏出手机。

我先打给妈妈，她没接。我又试着搜出学校的电话拨了过去，电话转到了语音信箱。

"喂？"我边跑边气喘吁吁地冲着答录机大吼，"我应该来接格雷西·桑德斯，但我这边有点来迟了，所以——"

电话响了两声，提示有来电切入，我停下了脚步。

"你在哪儿？"我接起电话，是妈妈。

"我今天在学校过得很糟，"我一边说，一边期待着可以向妈妈倾诉，让她抱抱我，"我去医院看了娜奥米，然后……对不起，我忘记了。"

"学校给我打电话了，"妈妈的声音冷得像冰，"格雷西都快哭昏过去了。还好住在对面街的彼得森夫人把她送了回来，但她还在哭。你现在最好回来跟她解释一下为什么你把她忘了。"

她挂上了电话。

我刚走上家门口的小路，妈妈就打开了门。

"我以为你至少关心格雷西。"她说。

"我确实很关心她。我是唯一关心她的人，"我说，"只是我今天过得特别特别糟糕。她在哪儿？"

"过得不好不是把你七岁的妹妹一个人丢在操场上的理由。"

"伏特加也不是。"我顶撞了回去，她一把抓住我的胳膊，把我捏疼了。

"我看到你都快吐了，埃米。你别忘了，你只是个孩子，我才是大人。"

"是谁因为宿醉没法去接自己的孩子？"我挣开她的手，跑上了楼。

"你给我回来！"妈妈在我身后大吼。

格雷西正跟她的娃娃们一起躺在地板上，穿着白袜子的小脚丫在空中晃荡。

"对不起，小家伙。"我说。

她扭头看着我，笑了。

"我哭了，"她说，"满脸都是眼泪鼻涕。他们给了我一块饼干。"

"我是个坏姊妹。"我挨着她，在地板上坐下。

"你才不是。我老师开车送我回来的，她没送过别人。姊妹是什么？"

"姐妹。"

"哦，好吧，那么你是姊妹！"格雷西用力抱了我一下。

"这么说，你不像其他人那样讨厌我？"我带着哭腔问她。我太累了，再也无法假装坚强，只想痛痛快快地哭上一场。

"不啊，"格雷西说，"有谁讨厌你？"

"你不讨厌就行了，"我说，"我只在乎这个。"

这时，我听见楼下门铃响了，格雷西爬进我的怀里。

"想玩喝茶游戏吗？"

"不想。"我回答。

"这可不行，你欠我的。"她兴高采烈地说，"我来扮演皇后，你扮演公主。"

还没等我举起幻想中的茶杯，妈妈就在楼下大喊了起来，一声比一声响，打雷般传进格雷西的房间。

"你怎么敢做出这种事？你怎么敢？"

她站在门廊上，冲我挥舞着一张纸。

"你怎么敢？"她重复道，"我知道你不知廉耻，但你真的不管家里其他人了吗？"

"你在说什么？"我看着那张纸。不知为什么，这张纸看起来很眼熟。

"我的天哪，埃米，你不仅打扮得像那个……"她冲我比画着，"你还想强奸你的朋友？你太恶心了。"

我小心翼翼地拿下头上的纸皇冠，站了起来。

"很快就回来，皇后陛下。"我说着，冲格雷西行了个礼。她正瞪着一双圆溜溜的蓝色大眼睛看着我们。我反手关上了门。

"这是什么？"我压低了声音问。

"本来就够糟的了，你这么……不正常，"她嫌弃地对我说，"还做出这种事？你知道她爸爸是个律师吧？"

她把那张纸捏成一团，摔在我的脸上。纸团落在我的脚边，我慢慢弯腰捡了起来。

你女儿想强奸萝丝·卡特。

"你是嗑药了吗？"她问道。

"妈妈，事情不是那样的，"我尽量让自己的声音保持平稳，但其实我浑身上下的每一块肌肉都不可抑制地颤抖着，"这人在撒谎。"

"这么说，你没有对萝丝做那种事？"她狠狠抓住我的手腕，把我拖进她的卧室。我的手腕生疼，喉头涌入一股污浊空气和脏衣服的味道。我佯装冷静，小心地不流露出任何表情。

"没有，当然没有。我是你女儿，你还不了解我吗？"

"不能再这样下去了，埃米。这太愚蠢了，你现在这种状态。你不是个男孩。你也不是个……怪胎，或者你以为的什么鬼。你只是爱出风头、求关注。这太可悲了！"

她恶狠狠地说出这些伤人的词，像是啐出一口口毒药。而我受到的伤害，远远超出最坏的想象。我从她手中挣脱了胳膊，走到窗边，推开窗，猛吸着夜晚的空气。

"不要喊我埃米，我不是她。我确实吻了萝丝，"我没看她，"但她不想让我这么做，所以什么都没发生，我就走了。我受了伤，感到难过和迷茫，因为不知道为什么，她只是因为我在乎她就要惩罚我。我受伤、难过和迷茫，因为你觉得我令人作呕，因为我做了自己。可这就是我唯一想做的，妈妈，我只想做我自己。我不想伤害任何人，或者让任何人恶心。我只是想做自己。"

"不，"妈妈摇着头，"这不是你。这很肮脏，你很肮脏。变态！你出了什么毛病？"

"你出了什么毛病？"我再也无法抑制内心的怒火和悲伤，脱口而出，"有谁会这么讨厌自己的孩子，只是因为他们存在于世界上？"

"你不是我的孩子，"妈妈残忍地说，"不再是了。我不认你了。"

"住嘴，"格雷西推开门，小脸皱成一团，"不许你这样跟她说话。"一时间，我无法确定她在跟谁说话，但随后她奔向了我，张开胳膊搂住我的腰。

"下楼去，亲爱的，"妈妈想对她挤出一丝微笑，但看起来却像是一张死亡面具，"去看电视。"

"不，"她说，"我不去，我不要离开红毛。你为什么讨厌她？我爱她。而且我讨厌你！"

"不许碰她！"妈妈尖叫着想把她从我身边拖开，结果把格雷西推倒在了地上。她尖叫着哭了起来，当我走过去想抱她时，妈妈挡住了我的路。

"你他妈的在干什么？"我的脸紧贴着她的脸，每一口呼吸都充满了怒意。我很瘦小，但我跟她差不多高，健壮程度更是她的两倍。"你有病吗？你对我说的话，还有你对格雷西的态度？从什么时候开始，你变得不在乎其他事情，只在乎你自己，只在乎去哪里搞到下一杯酒？你知不知道邻居都在背后议论什么？他们议论的不是我，不是你的女儿，是你。"

回答我的不是一个巴掌，而是一记老拳。指关节和骨头砸在脸上的力度，带来一阵爆裂般的剧痛。我的头猛地往后一仰，随着一声脆响，眼前的一切都变得模糊起来。我踉跄了几步才站稳脚跟，我努力绷直膝盖，双手握拳贴在腿侧，舔着嘴角流下的鲜血，忍住不去碰被打到的地方。

"红毛！"格雷西尖叫着，我蹲下来抱起她时，妈妈让到了一边。

"没事的，"我说，"我没事，你还好吧？"

格雷西把她那张通红的糊满了鼻涕的脸蛋埋进我的脖子，我抱着她，径直走进她的房间，关上了门。我拨通了爸爸的电话。

"红毛？"他立刻接起了电话，我几乎要感激得哭了出来。

"爸爸，我们需要你现在就回家。现在。"

"亲爱的，问题是我还有几件——"

"爸爸，是妈妈，她疯了。格雷西吓坏了，而且……情况很糟。我们需要你立刻回来。我们是你的孩子，我们需要你，"我顿了顿，"格雷西需要你。"

"好的。"他没再说什么，也不再拖延，一瞬间，我流下了两行热泪。我飞速地擦去了泪水。

"你大概多久到家？"我问。

"这取决于路况——"

"越快越好。"我说完，挂上电话。

我陪格雷西坐在关上的房门后面，假装倒着茶，端上了蛋糕，赞美着她的皇冠和闪亮的塑料凉鞋，直到听见外面停车的声音，房门打开又关上了。我听见妈妈的声音，然后是爸爸的声音，最后他打开了格雷西的房门，她立刻扑进他的怀抱。

"没事了，亲爱的，"他说，"我回来了。"

我站起来，想从他身边走过去，但他拦住了我，把我的脸扭向他，端详那块逐渐浮现出来的淤青。

"是她干的？"

我点点头。

"红毛。"他也想抱抱我，但我躲开了。我不想从这个一手造成这一切的男人那里获得安慰。知道格雷西安全就够了。

"你去哪儿？"

"出去，"我回头看着他，"就出去转转。"

不知道是因为我的脸又青又肿，还是因为我的眼神，他只是点点头，没有阻拦我。

妈妈坐在楼下的沙发上，把脸埋在一张靠垫里哭泣。我看着她，感到一阵恨意，我真的恨她。有生以来第一次，我恨她恨到血液沸腾。我真希望自己可以走过去，把她的头发扯下来。我需要在动手之前赶紧出去。

她的包挂在门边的衣架上，里面露出半瓶伏特加酒，看来是今晚的口粮。我想都没想，抓起酒瓶就走了，还用力地甩上了门。

谢天谢地，公园里没人。我躲到滑梯下面，在这个没人能看见的地方摸了摸肿胀的嘴唇。伤口疼到抽搐，疼痛从牙齿一直蔓延到眼睛周围。我浑身都很疼，仿佛从里到外的每一寸肌肤都青肿不堪。我只想快点摆脱这种感觉。

我拧开瓶盖，把酒瓶举到嘴边喝了起来。

口感很差，像稀释过的药水，刺得我嘴里的伤口和牙龈火辣辣地疼。我强忍着咽了下去，肚子里立刻翻腾了起来。我喝了一口又一口。一口接一口不停地喝。这座小小的金属避难所外面，刻满了小孩的名字和巨大的涂鸦。开始下雨了，细密的雨丝很快把滑梯外面干燥的土地淋成了深色，我还继续一口口地喝着。慢慢地，我的舌头习惯了这个味道，脸上的疼痛也渐渐消失。再喝几口，胸口和五脏六腑也感觉不到疼痛，整个宇宙的生物，无论是活物还是死物，似乎都跟我无关。

　　温暖的感觉从胃部开始扩散开来，一直蔓延到全身。尽管我的脸颊和指尖冷得像冰，但我并不觉得寒冷。整个世界都在旋转，我顺势倒在了坚硬的水泥地上。我听见自己的笑声从遥远的地方传来，这种感觉就像是我已离开我的躯壳，从旁看着一个头发剃掉一半的鼻青脸肿的女孩躺在地上狂笑。我看着自己把头枕在泥土和香烟头上。我看着自己把最后几滴酒倒进嘴里，酒顺着脸颊和受伤的嘴唇流下。我看着自己躺在那里，仿佛已经灵魂出窍。我看见了如同伏特加般纯净透明的泪水，滑落到我的耳边。我看见自己不停地哭泣，浑身颤抖，胸口如同紧握的拳头般紧缩着。我抬头看着天花板一样的滑梯，那里挂满了肮脏的蜘蛛网和一坨坨嚼过的口香糖，还有些别的什么。一些不应该出现在那里的奇怪东西，但我想不通是什么。眼前的事物开始扭曲，我开始分不清自己是站着还是躺着。我不在乎，我什么都不怕。我现在只想闭上眼睛，世界山崩地裂都跟我无关。我失去了意识。

29

　　我的胃里一阵翻江倒海，我猛地坐起来，重新置身于这个充满疼痛的真实世界，差点吐在自己身上。

　　我挣扎着跪坐起来，蒙了几秒钟才回过神，我颤抖着、干呕着，吐出一摊透明的液体。

　　"见鬼。该死。"我听见自己在大声地咒骂，但声音却低沉而嘶哑，听起来好陌生。外面天已经黑透了，我冻得发僵。我抱紧了自己，试图留住一些体温，但失败了。我浑身上下都不自在：脸疼得抽搐，脑袋还在嗡嗡作响，最糟糕的是，我好像还没醒酒。当我试图站起来时，又是一阵天旋地转。

　　天哪！我从滑梯下面爬出去，扶着粗糙生锈的金属栏杆，大口呼吸着冰冷的空气，强迫自己站直身体。秋千上坐着个穿深色衣服的人。要不是秋千轻轻摆动时，生锈的链子在吱吱嘎嘎作响，我几乎都没注意到。这人在棒球帽外还戴了连帽衫的兜帽，脑袋缩在肩膀里。看见这个小孩，我本该感到一阵恐惧和危机。因为深更半夜的，不该有人出现在这里玩秋千。

　　但我并不害怕。大概是伏特加发挥的效力。它带走了你所有正常的情感，让你无所畏惧。虽然我现在臭烘烘的、浑身疼痛，但至少我无所畏惧。有那么一瞬间，我几乎为妈妈感到难过，如果她需要这样才能一天天熬过去，那她一定每天都生活在恐惧之中。

我在那孩子旁边的另一架秋千上坐下，立刻感觉自己是个蠢人，因为那架秋千是给婴儿坐的，只放得下我一小部分屁股。这感觉又别扭又不舒服，但我现在不能走。如果我现在走了，那看起来就更愚蠢了。那孩子没动，脸藏在兜帽的阴影里，但至少我没看见什么武器，倒是觉得那双握着秋千绳的手苍白、纤细，看起来格外眼熟。随后，我意识到我在哪里见过那只小雏菊戒指。这是娜奥米的戒指，她失踪前一直戴着它。

"娜奥米？"我轻轻呼唤她的名字。她是不是死了？这是她的鬼魂吗？我回过头看了看滑梯，生怕自己的躯壳还躺在下面，幸好没有。而坐在我面前的也是她，有着纤长的手指。"娜伊？"

"哦，混账东西。"阿希拉扭过头来看着我，她的脸厌恶地皱成一团，"我的天哪，你怎么了？难怪你以为我是我妹妹的鬼魂，你喝多了。顺便说一句，她没死。目前还没。"

"你在这里干什么？"我问她，"这里不安全！"

"是啊，你在这里，这里就不安全。我是来这里想事情的，"阿希说，"我在家或者在医院都想不了事情。我得想想那个文身的事。"

"什么？"我的脑子依然迟钝，反应总慢了半拍。

"我知道为什么你一团糟了，"阿希说道，我没有回答，"我在医院没提那件事，因为你看起来搞得定。但现在……总之，这一整天流言蜚语都传个不停。先是说你吻了她，然后说你对她图谋不轨。"

"哦，天哪，"我吓得瑟瑟发抖，"他们怎么可以这么说？"

阿希哈哈大笑起来："喷子们才不管呢。"

"我再也不能回学校了。"

"当然可以。"阿希直视前方。远处的高层建筑群中，顶层公寓以及施工中的塔吊在夜空中亮起了点点灯光。"假如你也有一个妹妹失踪了，也许还自杀了，你就会知道人们的风言风语能传得多难听。想强吻萝丝·卡特，算得了什么。谁他妈没强吻过她。"

"也不是每个人，"我说，"该死，现在我觉得自己更浑蛋了。"

"我记得你说过你不浑蛋的。"阿希看着我哈哈大笑起来，我也笑了。

"糟糕的就是这个，"阿希看着我，脸上流露出伤痛的神情，"我没法向前看，红毛，我无法走出这件事的阴影。我必须查清楚到底发生了什么。"

"听着，今天是周五，她可能下周一就会醒过来，把一切都告诉我们，"我说，"也许情况会更好。我们还是保持冷静，再等等吧。她过几天就会醒过来了。"

阿希沉默了好久，连秋千铁链都不再嘎吱作响。

"哦，也许她不会醒来。"

"等一下……"我的头脑渐渐清醒了，突然产生了一个全新的念头。我的眼前闪过一个画面，画面中有一件本不该存在于那里的东西。我从秋千上站起来，转过身，盯着滑梯。

"怎么了？"阿希皱起眉头。

"我不确定这是真的，还是我想象出来的，但……"

我打开手机光源，走到滑梯前面，小心翼翼地跨过几分钟前由我本人制造的那摊呕吐物。

"我的天哪，你真恶心。"阿希跟在我身后说。

"等等。你说什么？"这是她在说话，还是我的幻觉？

"什么？"她迎上我的目光，而我还在试图弄清楚状况。

"哦，天哪，我想起来了……"我蹲在滑梯下面仔细查看。我们以前经常坐在滑梯下面，谈天说地、追打哄闹。但我从没抬头看过，甚至从没想到要抬头去看。如果我没有像刚才那样站也站不起来，我永远都不会看向那里。

手机光源照向我看见那东西的地方，它就在滑梯下方三角形空间最窄的角落里。

"哦，天哪。"我低声说着，一边驱赶四散奔逃的蜘蛛和小虫，一边伸手取下那个东西，放在手机光源下面仔细端详。

"这是什么？"阿希凑过来看了一眼，脸色变了。

"这是娜奥米的手机。是她的手机！肯定是她藏在这里的！"

黑暗中，我们面面相觑。

"这能改变一切。"

我不想面对爸爸或者妈妈，所以我带着阿希从后门走。希望他们正在起居室里毁掉彼此的生活。

"把鞋脱了，"进门前，我低声对阿希说，"不要发出任何声音。"

"这是你家，对吧？"阿希拉问我。我冲她发出嘘声的嘘声时，她眼睛瞪大了。"真是戏精。"

门被卡住了，我把卡在下面的东西扯出来，是妈妈的钱包。地面上到处散落着硬币、没盖盖子的唇膏和她的钥匙。空空如也的手提包被翻了个底朝天，扔在护墙板旁边，像是被人砸到过墙上一样。

"她发现我偷走了伏特加之后肯定气疯了。"穿过厨房时，我小声说道。起居室的门开了一条缝。妈妈睡在沙发上，爸爸则不见了踪影。他又出去了吗?

我走上楼梯,阿希紧跟着我。格雷西的房门开着,屋里亮着小夜灯,这代表她睡觉前心情不好。只有在她害怕的时候,妈妈才允许她开着门睡觉。我刚想推门进去,就看见爸爸躺在她床边的地板上,闭着眼睛,手机放在胸口。

一瞬间,我记起了小时候我害怕一个人睡觉时,爸爸也会陪在我的床边。我的内心感到一阵撕扯,一股混合着快乐、悲伤与茫然的情绪涌上心头。曾几何时,家里的一切都是那么温暖、安全和美好。我很欣慰,至少今晚格雷西上床睡觉前感受到的是这美好的一切。我希望我也可以。

阿希在我的房间里四处张望,看了看角落里的架子鼓、地板上的衣服,然后一屁股坐在我床上,盯着那个手机。

“你觉得是她放在那里的吗?”我问。

“是的,”她说,“是她。我觉得是她放在那里的,而且她觉得你应该在好几个礼拜前就找到这个手机了。”

“为什么?”我坐在地板上,背靠着卧室房门,“如果你打算离家出走,为什么要这么做?”

“因为无论她当时在做什么,心中肯定是有疑虑的。虽然这份疑虑没有阻止她离家出走,但也足以让她给我们留下一条线索好找到她。只是我们该死,没及时找到,不是吗?现在一切都晚了!”

“我都不记得她失踪后我们有多少次坐在这里了。”我盯着手机说,“这手机还能用吗?”

阿希按下开关键,没反应。

“我可以试试给它充电。她也没把手机装个袋子什么的。那个滑梯下面雨淋不着,但也不完全防水。所以充电之前我想最好还是把它放在大米里弄干燥一点比较好。"

"我们要不要——"

"不，我们不能报警。"

我惹怒了她。

"作为一个叛逆的青少年，你还真是很热衷于让那些猪掺和进我们的事情里面来呢。但他们根本不在乎的，红毛。你得记住这一点。"

"我……好的……行吧。"

"她给我们留下了线索，沿路撒下面包屑好让我们找到她，"阿希盯着这个关机的手机说，"播放列表，失踪后录制和上传的新歌，手机，以及暗月的 Instagram 账号。她肯定有一个新手机，或者是 iPad 什么的。她被关起来的时候手头肯定有什么东西可以打发时间，甚至可能是一件令人激动的昂贵礼物。"

"是啊，她的 Instagram 账号，"我立刻说，"我忘记了，但我们可以查查那个账号……"

我掏出自己的手机，查看她的个人档案。

"什么都没有。只有这些图画，还有无聊的伦敦风景照。每次发的都是差不多的照片。"

"让我看看，"阿希从我手中拿过手机，慢慢滑动那些照片，"你说得对。这些都差不多。每次都是同一个角度，同样的风景，只是在一天中不同的时间……哦，红毛，我们是智障。"

"怎么了？"我盯着那些照片。

"她这是想告诉我们她在哪里。她从被关的地方看出去就是这样的风景。但我们没能在她被伤害之前及时发现。"

"她肯定可以上网，但同时也被什么人控制和监视，"阿希接着说，看起来又愤怒又激动，"一定是这样的。"

"该死。"我说。阿希看着我，眼睛闪闪发光，说："这就说得通了。"

"也许吧，也许说得通，阿希——"

"我要把手机拿回家，然后接着研究文身。肯定还有别的线索，可以帮我们解开文身的密码。"

"阿希，"我拦住了她，"我们现在才找到手机，是不是让她失望了呢？"

"我不这么想，"阿希尖声说道，"你也不能这么想。听着，"她的声音柔和了下来，"学校里的那群蠢货很快会找到新的八卦来嚼舌头，如果没有，如果他们继续骚扰你，我会帮你出气的……搞到他们所有的密码，好吗？"

"好的，"我说，"多谢了，阿希。"

在我房间明亮的灯光下，她看清了我的脸，皱了皱眉头。她抬起手，抚摸着我的脸，她的指尖拂过我脸颊上被伤得最重的地方。

"该死，"她说，"我为你难过，红毛。我知道她是你的妈妈，但如果你愿意，我可以让她犯下一桩欺诈罪什么的，被关上几个月，大概会比戒酒中心便宜点？"

这真是太典型的阿希风格了，古怪，又很甜蜜。我微笑了起来，脸颊上的伤口被扯得一阵疼痛。

"我还没到想让我妈去坐牢的阶段，"我说，"但你能站在我这边，真好。"

"只是现在站在你这边而已。"她紧紧地抱了抱我，我们相拥着站了一会儿。这一刻，我跟她之间似乎产生了什么出人意料的化学反应。当我们分开时，我甚至能感觉到脸上一阵火烧火燎，只希望那片淤青可以帮我遮掩过去。

她走下楼，关上了我家后门。她刚离开，我就开始思念她的陪伴了。

回房间时，我看见爸爸已经等在了楼道上。

他伸手抚摸我的脸颊，我退开了。

"只是有点疼，没别的了。"我说。

"刚才你房间里的是谁？"他问我。

"阿希拉，娜奥米的姐姐。我朋友。"

他点点头。"听着，亲爱的。我很抱歉。很抱歉我一直不在。我没想到家里情况这么糟了。"

我只是看着他，他的肩膀耷拉了下去。

"我知道这听起来很没用。我意识到了，意识到我一直让你们失望。"

我冲着格雷西房间开着的门点点头，示意他跟我去我的房间。

"爸爸，必须要做出改变了。我们不能这么下去。"

"我知道的，"他说，"她真的打你了。"

"是的，她打了我。"尽管如此，我之前对她的刻骨恨意已经烟消云散，我甚至想帮她找个理由。我希望找到一个能解释她为什么打我的理由，让我心里过得去。但我只是想想而已。我无法否认她的这个举动有多恶劣。我爱她，但我现在帮不到她。

毕竟，我还是个孩子。

"我不知道该说什么……"爸爸摇了摇头，"格雷西一直在哭，你妈妈，她不肯跟我说话。我都对你们做了什么？"

"别为自己难过了，爸爸，"我说，"她酗酒，是因为她想你。她恨自己无法让你满意。她知道你出轨，而且对象不止一个。这也太明显了。还不只这样……"我耸耸肩，"她也恨我。因为她恨真正的我，爸爸。我让她感到恶心。最近发生了一些事情，她……她看我就跟看鞋子上的一坨狗屎一样。我必须要告诉你，这真的伤了我的心。因为不管我对她怀有什么样的感情，这些感情迟早都会消失的。迟早，我会恨她，像她恨我一样。"

这次，我允许他拥抱了我，青肿的那边脸颊紧紧贴着他的衬衫。我哭了，因为我是那么悲伤，我是那么想念爸爸，更重要的是，因为我怀念那个让我们感到无比安心的爸爸。这种安心的感觉，已经太遥远了。

"我想你，爸爸。"我说。我想念的不只是他，还有在我意识到他只是个普通人之前，记忆里那个爸爸的形象。

"我也想你。"他说。我们就这样站在那里，过了一两分钟才分开。我觉得自己又重新认识了他。有朝一日，我会喜欢上这个他。

我回到房间，觉得脑袋疼得像是随时要爆炸，但我还是睡不着，满脑子都想着娜伊的手机。我又捡起娜伊的笔记本，把每首歌重读了一遍。都是些情歌，写的都是情情爱爱，却怎么也看不出是写给谁的。忽然，我在两页笔记之间看见了香烟包装纸的一小角。我想起了娜伊之前在这个本子里塞了很多乱七八糟的东西。当时我以为都是些没用的东西，就随手抖在了地板上。我从来没想过要看看。

谢天谢地，妈妈从不来我的房间。我跪在地上，在地毯的缝隙里一样样地捡起那些东西，然后扔到床上。找到所有的东西以后，我把它们在床上一一排开。

歌词的片段。

汉普顿宫的门票。

在一张撕坏的电影票背面写的只言片语。那部爱情电影正是她以前最深恶痛绝的那种。

啤酒瓶商标。

麦提莎的空包装袋。

我检视着这些东西，开始意识到它们不仅是随手留下来的灵感，还是纪念品。属于一个故事的纪念品。娜奥米就是为了这个故事写下了那些歌。

最后，我看见了那个香烟包装，笔记本缝里卡着的就是这个包装的一角。我立刻意识到，香烟的主人就是娜奥米的约会对象，因为她从不抽烟。

我把香烟包装翻过来，又有了新发现。

背面有一些手写的笔记，不是娜奥米的字迹。

"你现在属于我了。记住，无论发生什么，你都是我的。"

我拍了一张照片，发给了阿希。

"就是他，"阿希回复，"就是带走她的浑蛋。"

我开始相信她是对的了。

那就是他。

但他是谁？

30

清晨降临，但枕头底下还是一片黑暗。如果我把枕头用力压向耳朵，除了我脑子里的嗡嗡响声，整个世界也还是一片安静。如果我真这么做，脸颊上的钝痛就会变成一阵尖锐的剧痛，辐射到我的全身。让我难过的不只是被打的疼，还是每件事都很糟糕。我简直无法想象如何让生活恢复正常。别想了。睁开眼睛，感受心跳，感受脸上的伤痛。记住，你还活着。

这一堆糟心事一定能找出解决之道，我得首先把它找出来。不仅是为了我自己，也是为了娜奥米。就算我还没搞清楚她身上发生了什么事，但我知道她差点死了；就算刚开始她是心甘情愿，但我知道她肯定吓坏了。

我想见萝丝，想跟她谈谈这件事，我需要她的帮助。这就意味着我首先要跟她修复关系，跟她解释她的友情对我来说有多重要，比我对她的私情更重要。

我打开手机，她不在线，所有她常用的社交软件都没开，也没给我发消息。我从一个账户切换到另一个账户，最后也没找到她。我甚至想：

她因为我不用社交软件了。然后我意识到，她肯定是拉黑了我。每一个账户都拉黑了。

这个事实对我的伤害远胜过一巴掌或是一拳头。这感觉就像是她在我身边建起了一堵隐形的墙。我又沮丧又困惑。萝丝总是在线，我每次给她发消息，她都立刻回复。我痛恨我们之间的距离。

我从床上坐起来，在手机通讯录里寻找她的号码。

我从不打电话，几乎没打过。我跟朋友从不打电话聊天，如果可以的话，我也尽量避免跟其他人打电话。我在屏幕上输入她的名字，等着电话接通的时间似乎无比漫长。我本以为会转到语音信箱，但电话接通了，她却没有说话，电话那头传来一阵沉默。

"萝丝?"

"嘿。"短短的一声招呼，听不出什么。没有什么表情可以传情达意，只有一个词，不带感情，难以解读。只有随之而来的一片沉默。

"你好吗?"我问她。

"嗯。"依然很短。但她还在。她没挂断。至少还没挂断。

呼吸，思考。不要说错一个词。

"听着，对发生的事情我很抱歉。我真是个浑蛋。我从没想过要爱上你，我也没打算要告诉你。这真是……我的所作所为太愚蠢了，但我关心你，这并不愚蠢。你那么好，是我认识的最好的人了。我对你产生那种感觉，是因为我非常了解你。不是因为你看上去什么样，或者别的什么。只因为最真实的那个你。"

依然是一片沉默。呼吸，再尝试一次。

"我想，我知道你为什么对我这么生气。我也知道你为什么到处拉黑我。但……我希望有一天你会改变主意。因为我很想你。不是那种想。我想我最好的朋友……我现在比任何时候都更需要我最好的朋友。"

"明天我们是不是上台彩排？"

"是的，"我说，"但……"

"我做的事——发那个视频，太浑蛋了，我很后悔。我会试着解决的。我想现在学校应该没事了。"她停了一会儿，我屏住呼吸，"事实上，红毛，我从前以为我们对彼此的感情是一致的。但现在我知道并不是。这让我觉得很怪异，觉得我们对彼此并不诚实，就好像你曾经说过的话、做过的事情，不是出于友情，而是你对我的这种感觉。"

"你不必对我有同样的感觉，因为——"我还没开始说话，她就打断了我。

"有必要的，这是应该的。你的感情也很重要。你应该希望自己的感情受到尊重。而我……我只想退出这段关系一段时间。我们之前的关系。我并不讨厌你，明白吗？根本不讨厌你，我只需要冷静一下。我有……事情。发生了一些重要的事情，我想我们最好不要经常出去玩了。我会参加演出，但之后我会退出乐队。"

"但是——"

"明天彩排见。"

"萝丝，求你了，我们能再谈谈这件事吗？"

"不要打扰我的生活，好吗？我现在需要跟你保持一点距离。"

"但——"但她已经挂上了电话。我甚至还没来得及跟她说娜伊手机的事情。

我颓然地倒在床上，不知道接下来该做什么。外面灰蒙蒙的，见不到一丝蓝天，冬天似乎已经早早到来。一整天我都无事可做，只能睡觉，太折磨人了。

当手机响起，我几乎是跳起来去接的，暗自希望是萝丝打给我，说她改变主意了，我们能为发生过的事情哈哈大笑，一切都将翻篇。但不是她。

"红毛，我需要帮助。"

是利奥。

我坐起来，心中充满了焦虑和不安，因为利奥比我更讨厌打电话。除此之外，他听起来跟往常不同，不再充满愤怒、自高自大。我能听出的只有恐惧。

"怎么了？"

"红毛，我想我搞砸了。"利奥压低声音说道，我几乎听不清他在说什么。不知怎么的，我立刻意识到肯定是出大事了，他就是这个意思。"我卷进去了，脱不了身了。"

"什么？怎么了？发生了什么？"我问。

"等一下，一分钟，"电话那头传来一阵嘈杂，我听见了关门声和脚步声，"我得出去一分钟。这里不是说话的地方。红毛，我真搞砸了。我不知道该怎么办。"

"怎么了，利奥？"

"亚伦。跟他有过节的那个家伙，他觉得是那个家伙耍了他，害他坐了牢。亚伦把他的一帮兄弟叫到家里来，一整晚了。他们不睡觉，一直在乱来，音乐开得很大声，街对面都能听见。妈妈想赶他们走，亚伦就把她反锁在房间里。我想放她出来……他就发狂了，红毛。他和他的狐朋狗友，他们想要搞事情。而且现在，现在他们就要出发了，红毛。他们查出那个人在哪儿，马上就要去找他了，他说我也要一起去，我得有个男人的样子，我不知道该怎么办。"

"利奥，你要去干吗？"我问他，"他们打算干什么？"

"我看见一把枪。"他说。听见这个词的瞬间，我感觉嘴里发干，一阵恐惧飞速席卷了我的每一根神经。

"他打算枪杀什么人？"连我也忍不住压低了声音。

"他想让我一起去，红毛。如果我不去，我不知道他会做出什么事。他不会放妈妈出来的。他拿走了她的钱，还有手机。我听见她一整晚都在哭，但我没法过去跟她说话。他一直没睡觉，简直要疯了，偏执又愤怒。我不知道他会做出什么事来。"

"挂了电话就报警吧，现在。跟警察说。"我说。

"不行，我不能告密。他要是知道我给你打了电话……而且我也不知道他们要去哪里，什么时候动手。我只知道我必须跟他一起去。"

"利奥，你不能去。这不是你。千万别去！"

"我不知道还能做什么……"利奥的声音颤抖着，我从没听见他这样的语气，"我怕他，红毛。我怕他做出什么事来。"

"离开他，现在。来我这里。我们可以告诉我爸，获得帮助。"

我远远地听见一声叫喊。

"他叫我了。时间到了。我得走了。"

"利奥，等等……别去！"我叫道。电话挂断了。我盯着手机，脑海中一片空白。我最好的朋友是不是刚刚挂了我的电话，去参与一起谋杀了？

31

几秒钟之后，我意识到这一切都是真的。这他妈都是真的。我不能让这种事发生在利奥身上，不能。但我也没法阻止他们。无论如何，我得先找到利奥，趁一切还来得及，把他从亚伦身边拖走。

但我该怎么办？我应该去哪里找他们？我套上牛仔裤和 T 恤，想找爸妈帮忙，但有什么用呢？他们连自己都照顾不好，我还能指望他们为我做什么事？我突然想到一个办法：手机上的"查找我的朋友"（Find My Friends）功能。这个功能刚出的时候，我们把它当成一个笑料，一个游戏。很快我们就对它失去了兴趣，因为我总是知道朋友在哪儿。现在它能派上用场了。

我打开应用程序，开始寻找利奥。找到了，一个跳动的小亮点。他还在家。我套上运动鞋，穿上帽衫，把钥匙塞进口袋里，从前门跑了出去，一边盯着手机，一边往利奥家飞奔而去。但愿在那个小亮点移动之前我可以尽可能地靠近他。

跑到半路，小亮点动了。

我一边继续慢跑，一边观察小亮点，想看看他是要去哪里，也许我可以抄个近道，迎面碰上他。但无论我跑得多快，他还是飞速离我远去了。这时，手机响了。

是阿希。

我挂掉了电话，但她又打来了。不知怎么的，我知道她会一直打过来，所以我打开外放，一边听一边继续追随小亮点。

"你在哪儿？"她连声招呼都没打，直接问道。

"我也不知道，"我一边环顾四周一边回答，"我正在找利奥。阿希，他有麻烦了。事情很严重，但我现在不方便说话。"

"什么样的麻烦？"她听起来有点生气，而且并不关心。

"大麻烦。我需要在出事前找到他。"

"听起来确实挺严重的，青少年的小闹剧那么严重。我有事要跟你说。一些真正的大事。"

"我说的事情也非常重要。"我说，"利奥的哥哥有把枪，我想他要去哪里开枪了。"

"见鬼，"她说，"那你在哪儿？"

"我不是很确定，"我往左转了一条马路，看见利奥就在两条马路之外，我大概还需要走十分钟，"往布里克斯顿地铁站的方向，我想。"

"好，我会过去，然后追踪你的手机。"

"你不在我'查找我的朋友'名单上。"我说。

"我不需要那个。"

我选择不去想这件事。还是专注于更重要的事情吧。

"阿希，这可能会有危险。"

"所以我更不能让你一个人去了，"她说，"娜奥米总是非常在乎朋友。她不能来这里救你，我想我得代替她来。"

我不知道一个十八岁的科技怪咖怎么阻止一群拿着武器的男人，但我现在没时间操心这个。

左转，右转，我停下了脚步，悄悄退进一家商店的门廊里。我看见他们了，一群年轻的男人——大概十个人——站在铁路桥下的一个桥拱里，笑着，聊着。路过的人看见他们，要么避到马路的另一边，要么低头快速走过。我在人群中搜索着，终于看到了利奥。他站在人群边缘，低着头，在人行道上磨蹭着运动鞋的鞋头，像个小孩子。

我需要一个计划。来到这里之后我就没有任何计划了。那么……

我只能这么干了。我要尽可能轻松随意地走过去，打个招呼：嘿，利奥，在这里遇到你真巧，想来跟我一起玩玩吗？然后我们就能走开了，就像这样。之后再发生什么，就跟他没关系了。

我深吸了一口气，活动活动肩膀，用手指梳了梳头发。保持冷静，红毛；轻松一点，红毛；装作没什么大不了的，红毛。

我走过去时，利奥看见了我。他摇着头，比画着手势，让我别走过去。但我还是走了过去，一心想着要保持冷静，假装没有注意到桥下面聚集了十个大汉。

我就快走到他们面前了。

"嘿，利奥，伙计。"我说着，竭力让自己听起来又轻松又吃惊，"哦，嘿，伙计们。"

（哦，嘿，伙计们？我听起来不能更假了。）

我扫视着周围的人群，他们都比我更年长、更健壮，也更吓人。更重要的是，他们突然齐刷刷扭过头来看着我，就像看着一个骨瘦如柴的红头发小虫子，他们伸出脚就能轻松踩死。

"妈的。"亚伦一把抓住利奥的胳膊，把他从人群中拉出来。我跟上了，暗自决定要像不干胶一样紧紧粘着他。

"你是不是跟它说了我们要做的事情？"他咆哮着说。当我近距离看他，我立刻明白了为什么利奥这么担心。他疯了。你一眼就能看出，他失去了理智，面部都扭曲了。他嘴四周喷满了唾沫星子，瞳孔放大，一片漆黑。简直像一具僵尸。一具真正的愤怒的僵尸。

"什么？没有！"我装傻，"你们要做什么？嘿，是要办一场派对什么的吗？利奥，你可没跟我说你们要办派对，哥们儿，这可不够意思。在哪儿办？我能来参加吗？哦，顺便告诉你，我不是'它'，我是'她'。"

我的想法是：我越烦人、越纠缠不清、越咄咄逼人，亚伦就越有可能让利奥跟我一起走开。

但我的想法没有实现。

"听着，鬼东西。"亚伦冲我走来。他离我这么近，近到我能看清他瞳孔的颜色、毛孔里渗出的汗水，以及闻到他的口臭；近到我的心脏如同打雷般在胸腔里怦怦跳着。我真希望此刻我在别的什么地方，只是别在这里。"既然你来了，就哪儿也别去了。跟我们待着，直到我们办完正事。如果你跟别人说出一个字，那我就要把你介绍给我的兄弟们了。"

他听起来简直像是肥皂剧里的黑帮成员，我几乎要被逗乐了。只不过，他稍微冲我露了露运动裤口袋里藏着的那把枪。金属的形状看起来是那么真实。

我点点头。

"滚到一边去。"

他转身走向其他人，利奥把我拉到了拱门深处，尽可能离他们远一点。他摇着头。

"你这是演的哪一出？"他愤怒地质问我，"我跟你说了别过来。现在我们两个都完了，红毛。"

"你并没有让我别过来，而且我只是想帮你，"我说，"当然，我必须帮你。你们这是要干什么？他们在等什么？他们是嫌自己还不够显眼吗？"

"看见那边那个台球俱乐部了吗？"利奥朝马路对面点点头，我看见了一个破破烂烂的酒吧，外面挂着个用台球拼起来的三角形标牌，"他们在等那个家伙出来。然后……然后我就不知道了，红毛。听着，动手的时候你就走，好吗？朝反方向跑。"

"跟我一起走。"我请求他。

"不行。亚伦会杀了我的。"

他说这话的语气，听起来可不像是夸张。

亚伦的手机收到一条信息，突然之间所有人都提高了警惕，躁动起来，像是一群准备好出击的狼。

"好，是时候了，"亚伦扫视着人群，"做好准备。"

没有人再去留意城市喧嚣的背景音，但还是有个不一样的声音逐渐靠近，越来越近，来到了马路对面。我看见车流让开了一条道，出现了……消防车。有两辆。它们停在台球厅门口，一群消防员冲了下来，冲进了酒吧。

"我……"亚伦的肩膀耷拉了下来，摇着头，"这他妈怎么回事？这他妈可怎么搞？"

人群中紧张而充满侵略性的气氛渐渐消散，他们站在路边，看着人们冲出酒吧，来到街上。他们意识到原计划没法继续下去了。

"简直是见鬼，"亚伦冲我们说，"该死。谁有货？"

"我这里有点。"一个声音传来。

"那他妈的走吧。"亚伦说着，走远了。他的兄弟也跟了上去。但我唯一在乎的是，他们正在离我们远去。

三四秒钟之后，我才吐出一口气来。

"刚才发生了什么？"

我看着利奥。

"我的意思是发生这种事情的概率有多少？"利奥说。

"挺高的，特别是当有人知道拨 999 来救你小命时。"阿希突然出现在我们身边。

"是你干的？"我大笑起来，心里一阵轻松，"阿希，你真是个天才！你刚打败了一帮全副武装的歹徒。"

"是啊，没错，"她耸耸肩，"总得有人照顾你们……等娜伊醒来时，还需要你们呢。而且这也不费什么事。跟你打完电话，我就坐地铁去了布里克斯顿，找到你的定位，然后搞清楚了情况，因为——不是针对你，利奥，你哥哥和他的蠢货兄弟简直吵得像原子弹爆炸一样——我搬了救兵。不是警察局，因为这就是告密。是消防队。我查过了，现在附近没有什么重大火情。不然的话，我就得想点什么其他办法了。炸弹袭击什么的也行。"

利奥和我目瞪口呆地看着她。她的一头长发整齐地编成了辫子，崭新的牛仔外套一直扣到下巴底下。她简直像是神奇女侠，当然是刚进入人类社会的时候。

你简直无法想象我有多兴奋，想要哈哈大笑，或是疯狂地奔跑。突然之间，我感到自己战无不胜，充满力量，这种感觉太愚蠢了。如果陷入危险、侥幸逃脱之后就是这种感觉，那进化论真是太不科学了。我是个愚蠢的该死的小孩，陷入了某种愚蠢的该死的困境，但现在我感觉好极了。这不科学。

"我得回家把我妈放出来了，"利奥说，"我们得快离开。亚伦现在失控了。"

"是啊，没错，走吧，我跟你们一起去，"阿希说道，"但是先等一下。就一下。我得告诉你们俩一些事情。重要的事情。"

"你在说什么？"我回答。阿希跟我们不熟，但有一件事我很确定：她从来不搞夸大其词的戏剧化那一套。

"今天早晨我解出了文身的一个密码。"

"你是说你找到了那个网站？"

"是的，"阿希点点头，她的脸色灰扑扑的，"在暗网上。只要找到网址就不难进入。我猜大多数人都没留意。那是个……是个用来发布儿童照片的网站，他们调教和强奸小孩。那个文身是个秘密标志，是一个完整标志的其中一半。两个半圆可以拼成一个圆，两个三角可以拼成一个钻石形。另外一半标志用白色墨水文在女孩的主人身上，相当于一个奴隶的标记。有人在我妹妹身上文了个该死的奴隶标记。"

"哦，天哪。"利奥转过身，一拳砸在墙上。

我闭上眼睛，试图不去想娜奥米身上到底发生了什么事情。

"哦，天哪，不。"

阿希的脸痛苦地扭曲着，但她还有话要说。"有时候，如果那个女孩的照片很受欢迎，需求量很大，他们就会说服她跟其中一个私奔。那个男人会告诉她，他爱她，随后把她从朋友和家人身边带走，说他们必须一起离开，然后……然后那个男人会把她关起来，让网上的其他人排队来找她。"

"我要杀人，"利奥说，"有人必须为此死掉。"

"我简直无法想象……"我看着利奥，他环抱着我，几乎要把我举起来了。

"我找到了娜伊的故事，"阿希几乎是不带感情地叙述，像是个机器人，在自动陈述编好的台词，"她和那个调教她的男人之间发生的事情。那人自称月亮先生。照片……视频。所有细节，所有的一切。还有其他二十个女孩的照片，都是他上传的。其中一个就是卡莉·希尔兹，还有……丹妮。当他们厌倦了一个女孩，有时候会让她走。我猜，他们会先吓唬她，羞辱她，让她不要乱说话。还有一些技巧，是关于如何让女孩保持沉默的。但我也找到一些名字……我搜了之后发现，她们已经死了，自杀，或是意外，或是失踪。他现在手上还有一个女孩。他最新的作品，还在调教。目前为止还是恋爱状态，没发生别的。还没到那个地步。"

"是谁？"我问她。但我想我已经知道答案了。

"是萝丝。"她说。

32

利奥家里。阿希拉告诉我们她的发现时，天上开始下雨，冷冷的雨点打在我们身上。亚伦和他的兄弟们走了，只留下我们三个站在原地，从里到外被雨打了个湿透。当你知道了这么重大的毁灭性真相，你能去哪里？你能怎么继续生活，继续用原来的眼光看待身边的世界？

一时之间，我们站在雨中，茫然无措。哪怕这时，我们来到利奥家里，我还是不知道。我们唯一能做的就是做点事情。利奥首先想到的是他妈妈还被锁在卧室里。我们做了唯一能做的事情，就是去帮她。

路上似乎花了一辈子那么久。而最后一步，也就是乘坐那部嘎吱作响的电梯上楼，是最漫长的一段。在走向他家大门时，我的心脏还在擂鼓般地怦怦跳。有人一把扯掉了隔绝我的童年和真实世界的最后一块幕布。童年的阳光总是灿烂，天空总是蔚蓝，而现在，现在我来到一个灰蒙蒙的、尘土飞扬的世界里，在这里会发生一些不好的事情，这些事情不仅发生在外面，也发生在我认识的人、我爱的人身上。发生在我身上。

这太可怕了。

公寓的大门开着。亚伦大概太兴奋了，离开时都没关门。这扇门被风吹得摆动了两下，然后在我们面前重重地关上。

利奥开了门，然后站在门口往里看。里面很黑，很安静，前厅的电视还开着。至少亚伦不在家。

"妈妈？"利奥一边进门一边喊，"妈妈？"

"利奥？"她立刻回答。卧室的门嘎嘎作响，利奥冲了过去。

"小心点！"

利奥笨拙地开着门，她在门的那边开始哭泣。虽然钥匙就在门上，但利奥还是试了好几次才打开。当你浑身发抖时，最简单的事情都变得很难。

门一打开，利奥就被他妈妈一把抱住，他也伸手搂住了她。

"我都快急疯了！"她抽抽噎噎地说，"你去哪儿了？你们做了什么？他做了什么？"

"没什么，妈妈，"利奥试着安抚她，"什么都没做。只是说说罢了。都是演戏，他什么都没做，没事了。一切都好。"

"他不肯听我的，他让我闭嘴，但我还继续说，他就打了我，还把我关在这里。我太害怕了。"她抬头看着利奥，捧着他的脸，"他不能再住在这里了，利奥。他是我儿子，我发誓从他出生开始我就爱着他，但我怕他，我也为你害怕。如果他住在这里，我们就得走。我知道他是你哥哥，但——"

"我知道，妈妈。"利奥点着头，"我们需要离开这里。你收拾一下，我们去克洛艾姨妈家，好吗？住上一段时间。"

"你也来，"她说，"我需要你跟我一起，利奥。我需要确定你是安全的。"

"我去红毛家住，"利奥看着我，我点点头，"我们明天乐队有排练，不是吗？我就在你家过夜吧。先凑合几天，我们就能想出办法了。也许我们可以试着跟亚伦谈谈，让他离开那些人，也不要碰毒品。你还记得吗，妈妈？他以前是什么样的？爸爸去世以后，他立刻长大了。他以前会一连花好几小时做飞机模型的，记得吗？"

"我记得。"

"我们一定还有办法让他回头，"利奥说，"回到我小时候那样。我们只需要想想办法。去收拾行李吧，妈妈。给克洛艾姨妈打个电话，跟她说你在路上了。"

"你是个好孩子，利奥，"她说着，在他脸颊两边各亲了一口，"你跟红毛在一起没问题吧？"她看着我，又看看阿希拉，"你会没事的吧？"

"他没事的，"阿希说，"我保证。"

不知为什么，她安下了心。

"该死。"利奥把脸埋在手里。她一离开房间，我们同时都瘫倒了，陷入同一种"这怎么可能"的崩溃之中。

"接下来怎么办？"

"这次，唯一的办法就是去警察局，阿希。告诉他们你发现了什么。你有证据，他们会相信的。"

"不。"阿希说。自从她在桥下找到我们以来，我第一次发现她的最新发现对她造成了什么样的伤害，像是把她身上最好的部分都带走了，也带走了她生命中所有的色彩。我看着她，像是看着一个黑白色的女孩。"如果我能打开娜伊的手机，也许就能查出月亮先生是谁。我想抓住他。我想这么做。我想让他和其他所有……人渣知道，是我结果了他们。"

"阿希拉，"我小心翼翼地开口了，"你不会是真想杀了他吧……"

"不，我不会杀了他，我没有暴力倾向。我能做得比那个更好，"她说，"好，很，多。我要彻底毁了他的生活，然后让他生不如死地活下去。"

"我准备好了。"但就在利奥的妈妈出来的那一刻，亚伦打开了房门。如果说他以前看起来很可怕，那他现在要可怕一百倍。我会幻想自己也有点街头混混的样子，有点酷，生活在伦敦似乎意味着我知道真正的生活是什么样的。但我从没见过有个人能变成这样，像是脸上被揍了一拳，血肉模糊。

"我没说你可以放她出来。"亚伦一把抓住利奥帽衫的领口，把他的脸拉到自己脸前。我应该出场了，我站在远处想，去告诉他放开我朋友。但我没这么做，我被他的怒火吓得缩了起来，我闻到了危险的气息。他带进来一股臭气，是酒味、烟味和别的什么。我见过别人发怒、受伤、喝醉或是毒瘾发作。但看看亚伦，他简直是这一切的混合体，而且还要更糟、更吓人。我只想跑。

但没有路可以跑。

"你不能一直关着她。"利奥尽可能挺直了腰板，努力摆脱他哥哥，不动声色地说。我只想冲他大喊：别说了，别跟他说话，别动，别呼吸，别做任何可能点燃导火索的事情，这颗炸弹随时都可能爆炸。

"亚伦，不要。"利奥的妈妈听起来很平静，很害怕。

"她是我们的妈妈，不是动物，哥。"利奥说。

"没事的，儿子，随他去吧。"利奥的妈妈回答道。

"你想告诉我我该怎么做？"亚伦捏着拳头，准备着挥出，"你，想，告，诉，我，我，该，怎，么，做？"

一切发生得太快，等我反应过来，利奥已经被踩在亚伦的脚下，脸上血如泉涌，我花了好一会儿才意识到发生了什么，像是在看一部剪辑混乱的恐怖电影。这不是我，这个害怕到僵立在原地、不去帮助朋友的人，不是我。我想走过去，挡在利奥前面，但我没有。我动弹不得。我无法呼吸。

"让我教教你，弟。"亚伦从跑步裤的口袋里掏出枪，指着利奥的脑袋，枪口对准了他的额头，"我已经厌倦了让别人告诉我什么该做什么不该做。我也厌倦了那些白痴不知道对我放尊重一点。你要尊重我，明白吗？她也要尊重我，你们都要按我说的做，因为我是你们的主人，我是那些白痴的主人，我是这个城市的主人。如果我想把这座城市连同你们一起烧光，我会这么做的。你别不相信，因为我说到做到。我他妈说到做到！"

"哦，算了吧，无聊。"阿希拉说。

我听见她的声音，余光也瞥到她的身影，但我无法把目光从那把枪的枪口上移开。他把枪从利奥的额头上拿开，瞄准了她的胸口。

"你想死吗，贱货？"亚伦问她，"你他妈又是谁？"

"有时候我确实想死，"阿希拉每说一个字，就迎着枪口走一步，"有时候我想死亡大概是最好的解脱。但你知道吗？你很幸运，有一个关心你的家庭，有想照顾你的弟弟。如果我的妹妹还在，如果她还醒着，还完好无缺，如果我还有机会再来一次，我绝对不会拿一把破枪指着她，把她吓得瑟瑟发抖，人渣。"她又走上前一步，我膝盖一软，跪在了地上，我的整个身体似乎都要消失了，只剩下一双眼睛恐惧地盯着他们。

"阿希。"我低声喊她的名字，没人理我。

"你肯定是个充满恐惧的人。"阿希拉说。有一把枪指着她，但她的声音还是那么轻柔，那么温和。"你一定是。你肯定一直都很害怕、很孤独，所以才会把尊重看得比家人的爱和弟弟的生命更重要。我想，我理解你。这种一切都搞砸了的感觉。我能感受到。但你还可以做出选择，是活下去，还是去死。杀人，还是关心别人。所以如果你想像个男人一样按下扳机，那就按吧。这次你又会回到监狱里，永远出不来了，也许只有在那里，你才算个人物。把我的脑浆打出来吧，如果你能感觉好一点。我不在乎的。"

在发现她黑进交通监控系统那天，我以为自己完全了解她了，但直到这一刻我才发现我还差得很远。这一刻，我忽然看见那片无边无际的悲伤的海洋，她每天都独自挣扎在海面上，每一天。这一切都是那么残酷，那么真实，以至于当她看见这个半疯癫的、手里还拿着把枪的男人，竟然产生了某种认同感和某种希望。

亚伦没动，就这样过了一秒，两秒，三秒，四秒，五秒，六秒。过了十秒，那把枪依然指着我们，然后他走出这套公寓，门在他身后重重关上了。

暗月 《囚禁》

这里只有黑暗，这里只有尘埃，
阴影里的野兽，
准备把我撕成碎块。
这里只有痛苦，这里只有伤害，
寒冷和残忍无所不在，
一次次地袭来，一次次地袭来……

你告诉我这里永远阳光灿烂，
你告诉我你永远陪在我身边。
你让我相信我可以选择相信，
然后你把我囚禁，
你把我囚禁。

你让我必须微笑，流着血也要微笑，
露出牙齿的那种微笑。
你狠狠伤害我，这是爱的记号，

但这里没有爱，只有伤害。
你说我是一席独享的盛宴，
你无情地享用我，一遍一遍，一遍又一遍……

你告诉我这里永远阳光灿烂，
你告诉我你永远陪在我身边。
你让我相信我可以选择相信，
然后你把我囚禁，
你把我囚禁。

33

太阳升得很高，阳光穿过窗帘的缝隙，把我从睡梦中晒醒。我慢慢、慢慢地睁开眼睛，以免扯到纠缠在一起的睫毛。手机显示已经是中午了，睡了这么久，为什么我的身体依然如此沉重？浑身酸痛，就像被狠狠打了一顿。我听见地板上传来的呼吸声，一瞬间，昨天发生的一幕幕疯狂地涌入我的脑海。我翻了个身，看见利奥，他还躺在地板上的睡袋里睡着，双眼紧闭，像个孩子。阿希拉靠着墙，双腿伸直，盯着电脑屏幕，眉毛下投射出深深的阴影。昨晚我记得的最后一件事情，就是我去睡觉时她已经像这样坐着了。她肯定已经坐了一夜。

昨天晚上我们其实没必要待在一起。利奥可以跟他可怜的泪汪汪的妈妈一起去克洛艾姨妈家，阿希拉可以回家跟爸爸妈妈在一起。但最后，我们谁都不想跟其他人分开。大家待在一起感觉更安全，仅此而已。我们没有谈论亚伦的所作所为，也没有谈论阿希拉所做的事情。我们只想待在一起。最方便的地方就是我家。

就算是这样，我们也觉得缺了点什么。缺了娜奥米，她要是知道她姐姐在我卧室里过夜肯定吓坏了。还有萝丝。二十四小时过去了，我不知道她都发生了什么。这种感觉很奇怪，很不一样，就像她去了月球。

　　看着利奥的胸口起起伏伏，我心里却在想萝丝在做什么。在过去这一年的每一天，只要一起床我就能清楚地了解她的动向。但今天她却不在。发生了这么多事情，这么多对她、对我们来说都很重要的事情，她却不在这里，而且……她很可能跟他在一起。他可能正在利用她，这个想法几乎要杀死我。阿希说，他们还没到那个地步，但阿希也正忙着处理自己的情绪。万一阿希错了呢？

　　利奥的手机就在他身旁的地板上，从睡袋里露出一角。我看了阿希拉一眼，她还忙着看笔记本电脑屏幕。利奥翻了个身，背对着我。我犹豫了一下，捡起他的手机。我不知道他的解锁密码，但能看到手机上跳出的信息提示。毫无疑问，有五条来自萝丝的消息。我看不到全部内容，只有开头几行。

　　　　嘿，傻瓜，你昨天忙什么呢，一切都好吗？我去……
　　　　利奥，你在附近吗？我真的需要和你谈谈……
　　　　我不知道今天的事情该怎么想。我真不知道怎么……
　　　　我希望你能回复我，你对我有意见吗？
　　　　利奥，你还好吗？你现在在哪里？

　　"密码可能是他的生日。"阿希拉低声说，我吓得手一抖，赶紧把手机藏起来。我抬头一看，她正看着我，脸上挂着个怪怪的微笑。"如果你想打开它的话。"

　　"我不想看他的手机，"我说，"我只是以为是我的手机。睡糊涂了。"

"萝丝在她所有的社交账号上都发了同一个内容，说是原谅你了，你们两个和好了。"

"是吗？"我开心地坐了起来，"她看起来一切都好吗？她不像是……像是……你知道的？"

"据我看来，还好。"阿希说，"这家伙藏得很严实，我没法查出他的身份。我希望今天可以打开娜伊的手机，看看里面有什么线索。"

"阿希……如果我们不去报警，让萝丝遇到危险怎么办？"

"不会的，他昨晚在暗网上发布消息说他们只是接吻和牵手，他想向她证明他有多关心她。他说再过一个礼拜，她就跟定他了。他说到时候他就会下手。设置一个视频链接以及其他的东西。"

"哦，天哪。"我伸手捂住嘴巴，一股苦苦的酸水涌上喉头。这是真的，真的发生了，就像陷入了一段十五分钟长的恐怖电影，这个片段被不停重播着。"哦，天哪，阿希……"

"听着，别担心。"她冲我迅速笑了一下。我还没看清，笑容就消失了，但已经足够安慰我了。"在那之前我就抓住他了。"

"你到底在干什么？你睡了没有？"

"在做完这个之前，我是睡不着了。"她看着我说，"我的意思是，我确实打了个盹，不想挑战身体极限。但如果我想抓住他，就得分分秒秒地盯住。我想要他的邮箱，想要他的云端，想要他的电脑访问记录，想要一切。"

"这是非法的，你知道的。"

"当然，"阿希拉扬下巴，"你害怕犯法？"

这是个挑战，我能从她黑色的眼睛里看出来，我也知道我接下来发表的看法，将影响以后她对我的看法。

"不怕，"我沉思了一会儿，说道，"但我怕你被抓住，而他则逍遥法外。"

阿希拉的嘴唇扭曲成一个危险的微笑。

"这不可能的，红毛。"她向我保证，"你……你很有打鼓的天赋，你对此毫无疑问，你知道你自己能打得很好。我也是这样，做这种破事我很擅长。"

"我知道，"我也冲她笑笑，"我只是说如果我们今天去报警，跟他们说出这一切，他们肯定也有人能做这件事，然后抓住他。我们并不一定要这么做的。你并不一定要这么做。"

"必须是我，"阿希拉说，"必须是我亲手来做。"

"必须什么？"我们说话时，利奥醒了，揉着眼睛。

"必须由我亲手抓住他。我希望自己能让他感到绝望，感到恐惧，感到对人生失去控制，无路可逃。我想要复仇。我做的计划意味着我们不能失败。但我需要你们两个帮助我来实行这个计划。如果你们觉得这样不行，如果这几天你们不能保守秘密——无论是什么秘密——那计划就行不通。但如果你们相信我，让我放手去做，一旦发现他是谁，我们就能让他血债血偿，十倍奉还。如果要成功，你们就什么都不能跟萝丝说。"

"你是开玩笑吗？"利奥摇着头，"我们不能拿萝丝当诱饵。"

"我们不是拿她当诱饵，我们是要确保那个混账不会关闭任何让我可以钻进去的入口。如果我们惊动了他，他很可能这么做，逃之夭夭，然后换个账号继续作恶，那还会有多少女孩受害？不让他发现我们快查到他了，这点很重要。"阿希拉合上了电脑，以示郑重，"我很理解你们想告诉她，我也想。我想去找杰姬和爸爸，把一切都告诉他们。但我们不能，至少现在不行。我们不能在查明一切之前轻举妄动，冒险让他发现我们。"

"我们就不能只告诉萝丝，然后跟她解释为什么她不能告诉其他人吗？"

"不能。"阿希眯起眼睛看着我，"听着，如果你认为自己跟某人恋爱了，这个人告诉你这段关系要保密，因为外界不会赞成。你肯定觉得有人会说他的坏话，想要拆散你们。如果是你和萝丝在一起，有人说你不能去见萝丝了，你会怎么做？"

"但我讨厌对她说谎，"我说，"因为最后她肯定会知道我们骗了她，那时候怎么办？我们有机会救她却没有救，如果最后来不及了怎么办？"

"她现在根本不跟你说话了，没区别的。"

"但她还跟我说话，"利奥拿起手机，给我们看萝丝发来的另一条消息，"我该怎么回？"

"跟她说昨天发生的所有事情。别说我也在，别说我查到了什么。好吗？"

利奥点点头，打开手机。我看见他在读她的消息时，唇边绽开微笑。我又倒回了床上。

没有一件事是正常的。

没有一件事是安全的。

一切都怪怪的，像个拧错了位的魔方。

我不知道为什么我为此感到意外。

毕竟这是我的生活。

萝丝：在哪儿呢，哥们儿？

利奥：昨天亚伦又闯祸了。红毛救了我。差点出事，但我现在没事了，亚伦可能走了。

萝丝：你还好吧？

利奥：还不知道，真的。一切都太沉重了。你去哪儿了？

萝丝：有事，你知道的。

利奥：萝丝……你知道我关心你。

萝丝：我也关心你。

利奥：那我们排练时见。

萝丝：一会儿见，坏东西。我得下了，正在床上吃早饭！

34

不上课的时候，学校里总是空无一人，显得很奇怪，星期天尤其如此，整个校园像是在静静等待，等待着第二天早上新鲜的生命和能量从校门再次涌入。

尽管如此，我唯一喜欢待在学校的时间就是这段觉得自己本不该在这里的时间。

我喜欢昏暗空旷的走廊，喜欢安静的、落满了阴影的教室。只有在四下无人时，你才能听见人多时注意不到的秘密声音：鞋子在地板上摩擦的咯吱声，关上门后墙壁之间的回声，古老的暖气系统的低语——至少我认为那是它在低语。

没人时，这个地方有点不同。它不再是一个劳作的地方，唯一的意义就是消磨你生命中那些无聊至极的时光，而是变得像一个电影场景。

但今天不一样，我不知道该如何度过接下来的两小时。

我在通往学校大礼堂的门外深深呼吸，想起了阿希拉说的话。

"如果你们赞同我的计划，就必须遵守我的要求。你们在萝丝身边要一切如常，好吗？不管发生了什么。可能会很难，但结果是值得的。"

难，根本不足以形容有多难。

萝丝已经来了，她站在舞台上的麦克风立架边，踱着步子对歌词，而史密斯和戏剧社的小孩在检查灯光。他们在大礼堂二楼的包厢里，学校的音响、投影和灯光系统的控制台就在那上面。我走过中央过道，穿过两侧为演出布置的座位。走到一半，灯光熄灭了。萝丝看见我，她的笑容消失了。她把麦克风放回架子上，走下舞台。

"红毛，来一下。"

我抬头看了看史密斯先生，他正冲我挥舞着双手，我也冲他挥了挥手，转身向他走去。我脑海中忽然闪过一个念头，也许我应该把一切都告诉他，如果我跟他说了，我们就不是独自扛着这副重担，一切也都会明朗起来。我要想的就是让其他什么人来负责这件事，因为我不想再扛下去了。我想回家，上床，一直睡到一切都结束。

"上来看看舞台怎么样，太棒了。"我上到包厢之后，史密斯先生招呼道。他的脸都亮了起来。他是对的。他之前甜言蜜语地说服一个专业的视听设备租借公司借给我们很多器材，现在效果看起来棒极了。灯光系统看起来十分专业，还有一面几乎跟舞台一样宽阔的大屏幕，就在我要放架子鼓的地方。此外，观众席里还有很多小屏幕。我们计划把这次演出做成多平台的活动，可以播放娜奥米从小到大的视频和照片，这些资料由她爸爸仔细地装在一个 U 盘里给我们。她说过的话，写过的歌词，都用在了我们的歌里。通过这样完美的呈现，人们一定不会忘记这个失踪的女孩。但现在我想，这场演出更像是祈祷，祈祷我们爱的这个女孩会睁开双眼。

"这太棒了，"我对史密斯说，"我满脑子都是乐队，几乎要忘记布置现场了。但这儿布置得真的很好。多谢了，先生。"

史密斯先生笑了。"虽然我很想接受你的谢意，但大多数工作是埃米莉和她的团队完成的。"

埃米莉，就是那个没能加入乐队的埃米莉，她正自豪地冲我笑着。当我意识到她就坐在灯光控制台后面时，我看起来一定很像个白痴。但看见她我真是吃了一惊。

"你负责这全部吗？"

"至于这么意外吗？"她冲我微笑。

"不……我不是有意……我只是以为是戏剧社的人。"

"我就是戏剧社的，算是吧。我问史密斯先生如果来帮忙，能不能写进简历里，因为我只想——"

"太棒了，"我转身面对着舞台，心里想这个埃米莉是不是在跟我调情，"那你是不是可以从礼堂四周的大屏幕上看演出？"

"是啊，不仅如此，"埃米莉说，"我们还会在你们舞台上的现场演出以及娜奥米的视频和照片之间切换。效果肯定很可……哦，对不起。我的意思是肯定很感人。对了，她怎么样了？"

"还没什么进展。但这——太棒了！"我重复道，"真的很棒！那你怎么知道那天晚上一切都不会出错？"

"这个嘛，从现在到明天，除了我没有人会来这里。今晚我会跟你一起彩排，到演出时按原样再来一遍就可以了。"

"我能给你拍张照吗？"我问道。埃米莉的脸亮了起来。

"是要发在我们的 Tumblr 上吗？"

"当然。走到那边，我好把所有装备都拍进去。"我说着，她照办了。在我对焦的时候，她稍稍向前倾了倾身子，直视着我的眼睛露出一个甜甜的微笑。

"很抱歉打扰你们了，利奥和勒克拉杰都已经在台上了，"史密斯先生吓了我一跳，刚才我完全忘记他也在这里了，"最好下去检查下音响？"

"当然，回头见，埃米莉！"

"回头见，红毛！"我下楼梯时，她在我身后喊道。

"红毛？"我忽然发现史密斯先生就在我身后。

"先生？"我停下脚步，在楼梯拐角转过身。

"我忍不住一直看你的脸，希望不是哪个学生打的。是因为萝丝发布在网上的那个视频吗？"

"哦，不是，"我伸手抚摸着脸颊，"不是的。这是……好吧，是我的小妹妹。她突然跳到我身上，把我撞倒了，正好撞在咖啡桌上。还好没伤到什么重要的地方。"我不知道哪里来的灵感，随口就编出这么一大段。尽管妈妈做出这种事情，但我还是想保护她，保护我的家，我的妹妹，让这一切免遭外人的冷眼，就连史密斯先生都不行。

"原来如此啊。"他微笑着，眼神依然停留在我那块青肿上。我知道他一时拿不定主意是不是要相信我的说辞。"娜奥米怎么样了？有什么进展吗？"

"他们明天就会唤醒她。"我说。想到娜奥米前途未卜，我内心一阵焦躁。"反正他们希望如此。明天是她的生日，所以……我只希望她一切都好。如果我们在演出时，她正好醒过来了，那该有多好。这真的意义非凡。"

"是啊，当然。我想我今晚应该去看看她和她的家人，跟他们说说明天的事情。"他走下一级台阶，"我只想在演出之前确认一下，你们之间怎么样了？我是说，我知道你和萝丝关系很密切，出了这种事你肯定很难过。如果你需要跟人聊聊，倾诉一下，随时来找我，好吗？"

"多谢了，先生。"我说。那一刻我几乎要把一切都跟他和盘托出，但我想到了阿希，还有她的眼神、她的决心。我知道，我必须相信她。不，不对，不是必须。我想相信她。

"一切都好。"

"那就好，红毛，"他冲我微笑着，"随时来找我。"

几秒钟后，我爬上了舞台，站在架子鼓后面自己的位置上。

"准备好了吗？"

我冲利奥点点头，说："准备好了。就等你的号令。"

我又朝勒克拉杰点点头，他正演奏着一个连复段，等着我准备好以后加入。萝丝站在麦克风旁边，正好在我前面，她的头低着，正在看曲目表，一只脚轻轻跟着我的低音鼓打拍子。此情此景就足够让我振作起来，开始演奏，全身心都沉浸在音乐的节奏之中。

但在此之前，我们又花了漫长的几分钟调试音响、检查耳麦、调整音准和混音效果。当一切准备停当，我的血液又开始沸腾。我已经迫不及待，一心想着疯狂地打鼓，打到天昏地暗。

"哥们儿，你太燃了。"最后一个音结束，利奥立刻跟我说。我真喜欢看见他现在这样，眼睛亮亮的，绽开一个大大的笑容。有那么一瞬间，之前的一切似乎都没有发生，我们还像从前一样。

萝丝笑着跳到他身边，伸出胳膊搂着他的脖子，在他的脸颊上印上一个吻。"哇哦，真是太精彩了，我们听起来多棒啊，对吧？"她看着我，脸上满是开心和喜悦。随即她想起来她现在还不知道应该怎么对待我，眼睛立刻看向了别处。"你也很棒，勒克拉杰。很上路子。"

勒克拉杰笑了。他正跪在地上，安静地收拾自己的家伙。

"多谢了，"他说，"我爸爸来接我了，我要去校门前等他。明天见。"

我们三个看着他离开的背影哈哈大笑起来。"这人太呆了，"萝丝咯咯笑着说，"没什么能诱惑他的。"

"但他很投入，"利奥笑着对我说，"彩排太成功了，伙计们，今晚能跟你们这两个最好的朋友一起演奏，这感觉真不错。整场彩排，我们一个音都没出错。这太棒了！我知道你们两个之间有点问题，这确实有点怪，但……我们还是我们，不是吗？我们不会因为这些破事就分开的。"

萝丝露出一个微笑。"是很棒，很不错，"她淡淡地笑着说，"但我得走了，我有点事……"

"哦，我还想着我们可以出去买点比萨一起吃呢。我得穿越半个伦敦，去姨妈家看看我妈怎么样了。"

"我去不了，还有事。"她耸耸肩。

"什么事？"我话一出口，就意识到这完全是一个错误的人在一个错误的时间问了一个错误的问题。

她那抹若有若无的微笑消失了。"真的跟你没关系。明天见。"

"等等！"利奥在她身后喊道。

我立刻看向别处，但还是听见了他们的对话。"萝丝，听着，你不必告诉我你在跟谁约会，但我有些话要跟你说。"

"什么事？"萝丝叹了口气。

"你是我认识的最优秀的女孩，"利奥说，"我从没想过自己会有勇气说这些，但现在眼看着你就要从我身边溜走，我必须把这些告诉你，不然我怕以后再也没有机会了。对我来说，你不仅是个朋友，如果你不打算再跟这个家伙在一起了，可以考虑一下我。相信我，我会好好对你。我心里有你。"

我小心翼翼地看过去，生怕被他们发现。我看见萝丝凝视着利奥，过了好久好久，她伸出手抚摸着利奥的脸，踮起脚尖吻了吻他的脸颊，然后走了，只留下一个挥手的背影。

"为什么是现在？"我问他，"为什么现在告诉她这些？"

听着他对她的这番表白，我以为自己会感到嫉妒和痛苦，但并没有，我只觉得……很羡慕。这太需要勇气了。

"因为我就是这么想的，"利奥说，"就算这让我看起来很愚蠢，但如果能有那么一点点可能性，让她多想想那个人渣到底是什么样的人，也算值了。我是说，如果她拒绝了我，那我的生活基本就完蛋了。但如果这能让她处于安全的状态多上五分钟，谁还在乎那些呢？"

35

我正准备走进家门，意外地闻到一阵饭菜的香味，不由得停下了脚步。我沉浸在这熟悉的味道里，思绪飘回了小时候。夜色渐暗，合上的窗帘后透出黄色的灯光，空气中传来我们家传统的周日晚间烧烤的味道——我心中涌动着情绪，不太忧伤，也不太愉悦，而是迷失在过去那些家庭时光的记忆中。那些时光就像这股味道，亲切而温暖。

"你回来了！"爸爸打开厨房门，我看见他正在布置餐桌：四个碟子，中间是盐和胡椒，还有一大瓶番茄酱。没有番茄酱，格雷西什么都吃不下。"我想最好等你回来再开饭，我们昨天都没怎么见到你。"

"太棒了。"我说着，把外套挂在扶手上。

当然，我说"太棒了"只是随口说说。我太累了，脸也很疼，心里还记挂着阿希，想知道她查出什么了没有；还想问问利奥，亚伦是不是真的不回来了。更何况，如果晚饭有烤土豆，那简直是一场灾难。

"红毛！"格雷西一边跑下楼一边大喊，然后跳进我的怀里，把我撞得向后退了几步。

"小家伙！"我吻了吻她的脸颊，一股甜香，"看出来了，今天过得不错。吃棉花糖了吧？"格雷西的嘴巴吃惊地张成一个 O 形。

"是啊，你怎么知道的？我们去动物园了！"现在，我跟她一样吃惊了。我看了看爸爸，他微微耸了耸肩。你不得不佩服我父母这一点，全世界就没有人能比他们更会假装岁月静好的了。

"去把你妈妈叫起来，她在打盹呢，格雷西。"他说道。我的小妹妹又兴冲冲地爬上了楼。

"去动物园了，爸爸？"我跟着他进了厨房，他开始切一只鸡。

"听着，我只是想让家里正常一些。为了格雷西，为了你妈妈，为了所有人。所以我做了晚饭，很不错，对吧？跟以前一样。"

"但这不是以前了，不是吗？"我已经好几小时没去想脸上的淤青和伤口了，现在它又开始隐隐作痛，让我回想起这一切都是怎么来的，"假装我们还是欢乐的一家人，这不会让妈妈对我好点，或者不再酗酒。更无法改变你在外面有个女朋友的事实，对吧？"

"我知道，"爸爸猛地转过身，压低了声音说，"但我们总得有人先开始。给我一个机会，亲爱的。我会努力的。"

"好的，"我说，"要我帮忙吗？"

"给我们倒几杯水？"我从杯架上拿下四只水杯，妈妈跟在格雷西身后下楼来了。

"红毛也在！"格雷西说道，但妈妈没有看我。她在桌边坐下，格雷西也跟着坐下，拍着她身边的座位喊我过去。

"你们的带妆彩排怎么样了？"妈妈问。她还是没看我，但至少语气不生硬也不冷漠。我只求我们之间一切太平，就像当年一样，她还有个妈妈的样子，而我还是她的小女儿。我不想像现在这样，我要违心地原谅她，而她也要因为我想做自己而原谅我。我只希望我们都可以做自己，但现实却这么伤人，比我脸上的伤更疼。

"很好，"我说，"非常好。"

"我问你妈妈我们会不会有票，她说没有，我说那我们可以去现场买票，是吧，格雷西？我们得去看红毛大显身手，对吗？"爸爸站在烤箱边，伸出戴着微波炉手套的双手，假装弹了几下吉他。

"你们会来吗？"在此之前，我一直以为他们不会来的，我都没意识到这让我有多难过。

"这还用说！"爸爸说，"我们不会错过的，对吧，亲爱的？"

"当然不会。"妈妈说。这次，她的眼神终于落在了我的脸上，直直地盯着那块淤青，我被看得忍不住低下头去。爸爸递过来一个个堆满了热气腾腾的食物的盘子。

"真丰盛。"妈妈说。但她听起来有点口不对心。

吃晚饭时，格雷西一直说个不停，恨不得把在动物园的每一分钟都讲给我听。食物很不错，热乎乎的家常口味。我都没意识到我有多渴望吃到蔬菜。厨房的窗户蒙上了一层雾气，一时间，我们家看起来那么舒服，那么安全，让我差点忘记这里的一切已经分崩离析。

只是妈妈几乎没动面前的食物，她躁动不安、心神不宁，眼睛一直盯着门口。

"马上回来。"爸爸一开始收盘子，她就立刻说道。

"还有布丁，"爸爸在她身后喊道，"太妃糖味道的！"

"马上回来！"妈妈的声音从楼梯上方传来。

"一切都没事了，红毛，"格雷西突然伸手摸着我的脸说道，"都没事了。"

我看向爸爸，而他望向了别处。"当然了，孩子，"我说，"当然没事了。我在你身边，就会没事的。"

妈妈终究没有下楼吃甜点，所以是我坐在格雷西小床边的地板上，脑袋靠在她第二喜欢的泰迪熊身上，等着她沉入梦乡。她的小手紧紧拉着我的手，以防我突然溜走，留下她一个人睡觉。

正巧，我也不想去别的地方。支撑着我的肾上腺素一定是消耗殆尽了，只剩下颤抖的肌肉和疼痛的骨头。过去几天里，我尝尽了人生的百般滋味，天知道明天还会发生什么。所以现在，我手中握着妹妹的小手，只想好好休息一下，两眼一闭，不去思考，不去操心，就一会儿也好。

"她睡着了吗？"妈妈的声音吵醒了我。

"嗯。"我伸了个懒腰，坐起身来，把格雷西的手塞进羽绒被里。

"你也上床睡觉去吧，亲爱的，你看起来累坏了。"她称我为亲爱的，这应该是一个和平的信号。我站起来，眼睛一时无法适应刺眼的地灯。她还站在那里，像是想要说些什么。我等着。

"对不起，"她说，"我对你做的事。无法原谅。"

"没事的，"我说，"真没事。"

"没事的，亲爱的，"她朝我走近一步，"我是你妈妈，我永远都不应该打你，我应该努力保护你，但我……我当时失去了理智。"

"好吧。"这也许不算什么，但也足够了。这是我一心期待的也是我能想到的最好的开始，我想带着她的这些话去睡觉。"晚安，妈妈。"

"我想事情也许朝着最好的方向发展了。"她补充道。我真讨厌她声音里满含的希望。

"我是说你爸爸回来了。我不知道是什么让他回来的，但……他现在就是回来了。"

我的卧室就近在咫尺，我可以上床睡觉，在几小时的时间里抛开这一切。天哪，我从没这么渴望过可以去睡觉。但我不能只是对她点点头说：是啊，一切都朝最好的方向发展了。我不能。

"妈妈，没什么事情是肯定的，你知道的，对吗？"我必须这么说。虚假的承诺根本不算承诺。

"没错，但我不是说一夜之间一切都好了，当然不是。但至少这是个开始。"

"这不是个开始，"我尽可能温和地对她说，"爸爸在家里，这很好，太棒了，但这不是最终的解决方案。爸爸爱我们……但他救不了我们，他也不知道该怎么做。我想，也许他做得到，但他没法去做。他不会永远留在家里，他不是因为想回家才回来的。他回家是因为他爱我们，他为把我们抛下而感到内疚。但爸爸没法改变的事实是，你连一顿饭的时间都熬不过去，非得溜走去喝一杯；他也没法改变我的性取向，而你无法接受这一点。"

我做好了准备，等着她发作、大喊大叫、咒骂、摔门，甚至是再打我一拳。但她没有。她只是沉默了一会儿，然后点点头。

"我知道的，"她说，"但我现在还不够强大，红毛。"

有生以来第一次，她用我自己起的名字来喊我，也许这是她对我做过最友好、最富有爱意的事情了。

"我知道。"慢慢地、小心翼翼地，我张开双臂抱住她。当她把下巴搁在我的肩膀上时，我似乎感到童年最后的记忆如同随风飘走的一张张老相片般离我而去。妈妈竟然这么瘦、这么矮，比我记忆中的跟我更相像。这么多年来，我一直在长大，而她在不断地变老。就在今晚的灯光下，我们是那么相似。

"我知道你不强大，"我说，"但我想我够强大了，妈妈。我想，我真的，真的，真的很强大了。比你以为的更强大。我能帮你。"

她的胳膊搂得更紧了，我闭上眼睛，回忆起那些阳光、睡前故事和相亲相爱的时光。

"我们互相帮助，"她说，"但有一件事你弄错了。我不讨厌你，红毛。我爱你，我比言语所能表达的更爱你。我也为你担心，担心你面对的这个世界对你不够友好。我很害怕，但看起来像是厌恶，大概我是在厌恶我自己。但我不讨厌你，永远不会，我爱你，我的小女孩。"

对我来说，这足够好了，比好还要好。很长时间以来，我第一次上床时真正感觉自己是在家里。

这时候阿希打来了电话。

"我打开娜伊的手机了。"她说。

"然后呢？"

"我们需要知道的一切都在 WhatsApp¹ 里。如果没找到她的手机，我们大概还要花上很久才能查出他是谁。如果她真的把手机扔了，那他就安全了，但她没有。她肯定看出了什么，对他有一点小小的怀疑，才会把手机藏在一个她觉得你会发现的地方。所以现在我们知道他是谁了。"

1　瓦次普，是一款跨平台应用程序，用于智能手机之间的通讯。

36

　　"是谁？"我屏住了呼吸。在阿希开口回答之前的这一秒钟里，千万种不同的剧情涌入我的脑海，千万种回答，千万种真相，但没有一种比她说出的那一种更能解释一切。

　　"是史密斯先生，红毛，"阿希告诉我，"是该死的史密斯先生。"

　　"这不可能，"我喃喃自语，"不，阿希……这不可能。因为……这不可能，你肯定是搞错了。"

　　"对不起，红毛，真的。我一看见 WhatsApp 上的留言，就知道她是在跟谁对话了。他提到了早点放学，以及她在课堂上看起来是什么样的。但我又确认了一遍，我黑进了他几个保密层级不是那么高的文件，找到了通往真相的路径。他以为自己掩藏得很好。入口只是一个普通的 Facebook 页面，但点进去还有更多的内容。有一些秘密的 Facebook 小组，成员会发布他们手上女孩的照片，一起讨论可以对她们做些什么。还有论坛、聊天室。我跟踪他的访问记录，来到了暗网底层最深入的地方，在那里找到了他的另一个名字：月亮先生。这就是他，无法否认。就是他。"

我说不出话来，像是被人朝着腹部最柔软的地方狠狠打了一拳，打得我喘不上气来。不是他，我不希望是他，因为这就意味着……意味着他对我说的那些关于娜伊、关于萝丝、关于利奥的温暖的话，每个词、每个句子，还有他做过的事情，演出、乐队——这些在过去一年里完全改变了我的一切，都是谎言。

阿希还在说话，越说越崩溃。我听得出她的声音在颤抖，声音里充满了愤怒和恐惧。我真希望她没有给我打电话。我希望我现在就在她身边。如果我们在一起，我就可以紧紧抱着她，让她也紧紧抱着我。

"我知道她最后为什么掉进河里了，红毛。他在那个变态的网站上写了，还很为此得意。她想逃走，想回家，他就打了她一顿。打得很重，他以为她被打死了，就把她丢进了河里。他把娜伊关在离家只有半英里远的老房子里。关了好几个礼拜，像囚犯一样。"

"我的天哪。"我不知道这句话我有没有说出口。我的脑海中被一幕幕娜伊被虐待的画面占据了。不，我连想都不忍心去想。

"哦，天哪，阿希。我的天哪。不。你确定吗？"

"我确定。我拿到所有的证据了，我要交给警察，就像你之前希望我做的那样。但在此之前，我还有个计划可以彻彻底底地摧毁他，你可能会吓死。我们要做的是——"

突然，一阵恐惧袭来，我被吓到停止运作的大脑立刻恢复了运转。

"阿希，等等，他说他今晚要去看娜奥米。而且……而且他知道明天他们就要把她唤醒了。"

"他怎么知道的？"阿希问道。

"是我说的。"

"该死，我得走了。"

"医院碰头。"我说。

我飞速穿上运动鞋，抓起交通卡，跑出了家门，跑向地铁站。所有的困意都消失无踪了。

马特：我们就快能真正在一起了。激动吗？

娜奥米：是啊，我很……我只希望……我一定要离家出走吗？妈妈、爸爸和阿希会很担心的，我已经给他们惹了那么多麻烦。我们不能就像现在这样下去吗？

马特：听着，娜奥米，如果你不那么爱我，你就告诉我，好吗？如果你没那么在乎我，就不要让我误以为你像我在乎你一样在乎我。

娜奥米：我在乎你，胜过一切，但是……你能待在家里，还能去工作。我们私奔吧，搭船去法国怎么样？

马特：我会被抓住的，很可能还要坐牢。也许再过几年，我们再怎么相爱都不要紧，但现在——没人会理解。他们不理解我们，也不知道我们的感受。

娜奥米：我想……

马特：听着，这一切，我做的每一件事，我帮你找的房子，给你付的租金，都是因为我太想要你了，想完全拥有你，时刻拥有你。如果你不想这样，我们现在就可以取消计划。下次再见到你，我会努力假装你不是我生命中至高无上的意义。

娜奥米：不……请不要这样，不要取消。马特，我爱你。

马特：我也爱你。在我告诉你的地方等我，记得把手机扔了。

37

我们不知道他来了多久，就坐在她身边，看着她。也不知道为什么护士会让他进来，他并不在探访名单上。但这就是史密斯先生的过人之处，他魅力四射、能说会道、好看又友善。当他看着你的眼睛，你会感觉他真的在关心你，关心你的遭遇。他是那种让你仰慕的男人，那种让你信任的男人，那种最可怕的怪物。我曾经信任过他，甚至胜过信任我爸。我从没有像今天晚上这样想要伤害别人。今天晚上，我想狠狠地伤害他。

"我们去找他对质，"我嘶吼着说，"我们现在进去告诉他，我们看穿他的真面目了。"

"不！"阿希抓住我的手，狠狠捏了捏，"我们要假装什么都不知道。"

"为什么？"我惊异地盯着她，"我简直想杀了他。他对我爱的人，对我，都做了些什么！我跟他倾诉自己的烦恼，阿希。我以为他关心我。我必须伤害他。"

阿希把手放在我的肩上，让我看着她的眼睛。这让我感觉好一些了，更冷静也更清醒。"我知道这很难，但我需要时间。我要搜集他那里所有的证据。而且他就站在维持我妹妹生命的机器旁边。"

她的手让我的心跳渐渐平息。我们就这样面对面站在那里，互相凝望，直到我们的呼吸渐渐平稳，我的腿也不再颤抖。最后，不需要说些什么，我就知道我们准备好去面对他了。

"嘿，先生。"我们走进了病房。

"哦，你们来晚了。"他抽回握着娜奥米的手，这让我想吐。

"是啊，现在其实都过了探视时间，对吧？"阿希说，"我还在奇怪，怎么护士没把你赶出去呢？"

"夜班护士人很好。"

我们走过去，站在娜伊身边。我忍不住好奇，这双紧闭的眼睛后面发生着什么。减少镇静剂的用量，我们只知道这么多。万一她听得见他的声音呢？万一她能感觉到他在抚摸她呢？但她没法躲开，也没法尖叫。

"没事的，娜奥米，"我牵起她的一只手说，"我和阿希来了。我们陪着你。"

"你们俩是从哪里来的？"一个满脸疲惫的护士冲我们摇着头，"来吧，出来。明天对娜奥米很重要，她需要好好休息。"

"是啊，出来吧，先生，"我挤出一个微笑，"明天对我们也很重要。是演出日！"

"我不走，"阿希摇着头，"我是她姐姐。我知道有些病人家属会在这里陪夜。也许……好吧，我们不知道明天会发生什么，是吧？我今晚只想陪着她。求你了。我不会添麻烦的，我只是不希望她一个人孤零零的。"

护士抿了抿嘴唇。"我得给你家长打电话，确保他们同意。"

"他们会同意的。"阿希说。

"那好吧，"她看看我和史密斯先生，"但你们两个，得走了。"

"要我载你一程吗？"出了医院大门，史密斯先生问我。我看着他那双友善的眼睛，幻想着可以把它们挖出来。

"我想走走。"我说。

"你确定？"他微笑着，笑得那么温柔。很长时间里，我都信任着这个笑容。"跟我在一起更安全。"

"我确定，"我说，"我比看起来要厉害得多，先生。你最好不要惹上我。"

他咯咯笑着坐进车里。他不知道，我根本没在开玩笑。

38

　　我在沃克斯霍尔地铁站等着利奥，他得换几趟车才能从他克洛艾姨妈家到这里。在地铁口，人群潮水般地涌进涌出，他们经过我的身边时分成两股又很快合拢，如同流过一块岩石。

　　为了今天，我已经准备了好几个礼拜。演出和筹款似乎是我生活中唯一有意义的目标。我们要为她做一切力所能及的事情。而这是史密斯先生的主意。就在他告诉我们，我们可以带来改变、可以帮助找到娜奥米的同时，他却囚禁着她。

　　这真不是一般的邪恶。

　　今天之所以意义非凡，还有另外一个原因。虽然一周之中的任何其他时间都更合适，但我们还是选在九月的一个星期一开演唱会，因为今天是娜奥米的生日。

　　我们会在朋友的生日这天做一件被称为"剪辑"的事情，也就是找出过去一年里拍的照片，做成一个拼贴画，上面贴满各种表情和标签。这看起来傻乎乎的，幼稚又可笑。

　　早晨我醒来时天还没亮，手机上跳出她的生日提醒。不能再睡了，接下来等着我的是黑暗的一天。今天过后，也许我再也睡不着了。

我干脆起床，给娜奥米"剪辑"起照片来。我浏览着相册，回忆起她去年生日之后的这段时间。很多照片我拍完就忘了，几个月都没看上一眼。我们第一次角色扮演那天，她在公园里大笑，在学校、在电影院，以及在所有我们经常一起出没的地方拍的无聊照片。我们从没想过那些地方、那些时刻能像现在这样，意义非凡。每一天，我们都至少会拍一张合影——我和她的合影，我们四个的合影，一直到她失踪的那天。

我给她做了一个剪辑，发了出去，就像她还在我们身边一样。

站在地铁站外面等利奥的时候，我打开 Instagram 才发现萝丝又把我的社交账号都给加了回去——她的名字，她那颗心形的"赞"，正显示在我发的照片下面。

我很高兴，因为今天我们格外需要彼此。我只希望我不知道她头顶笼罩着怎样的一大片乌云。但现在，她肯定心情愉快，相信自己被深爱着，是独一无二的。但很快，这一切幻觉就要消失了。

"嘿。"利奥随着人潮一起走出了地铁站。

"嘿。"我们肩并肩地走了起来。

"我很喜欢你给娜伊做的剪辑。"他说。

"是吧，多谢。我在想，如果我们最后一次见到她时能为她做些什么就好了，什么都行……"

"我们什么都做不了，"利奥说，"我也这样想过，成千上万次。什么都做不了。她不想让我们知道，红毛。我想我们得承认这一点。如果她想让我们知道，我们会知道的。多少知道一点。但最后怎么样？就在今天，你、我，还有阿希，我们就要亲手揭穿那个浑蛋的真面目了。"

"谁知道呢，也许还会出什么岔子。你知道我们今天该怎么做吗？"说着，我们快走到了学校。

"怎么做？"萝丝正好关上她爸爸的车门，加入了我们。

这一刻，我既为能见到她而高兴，又忍不住感到一阵神经紧张。我想阻止她，现在就阻止。但我没有。我们都要遵守阿希的要求。很快，我们就要为此付出代价。

"我们应该庆祝她的生日。"利奥说。看起来，他也无法直视萝丝的眼睛。"无论他们唤醒娜伊时发生了什么，她都该过个生日。"

萝丝的指尖按在脸颊上，眼中闪着泪光。"没错，"她朝我转过身，挽起我的胳膊，"我喜欢那条剪辑，红毛。"

走近学校的时候，我看见了阿希，挥手招呼她过来。但她只是摇摇头，不仅没有坐下来，反而看都不看我们一眼就快步走开了。

"阿希，你还好吧？"萝丝冲着她的背影喊道。但她头也不回地走了。

"对她来说，今天不好过。"我一边说，一边目送阿希消失在远处。几秒钟后，我口袋里的手机振动了起来，我拿出来一看，是阿希。

> 我需要见你和利奥。学校大礼堂，第三节课时翘课来。别带萝丝。

对我来说找个理由翘掉体育课不难，只要说例假来了，格兰姆斯先生想都不想就会让我回去休息。我跟他说我要去医务室拿点止痛药，但当然，我直接去了大礼堂。这里上了锁，以防有好奇心的小孩进去，更何况现在里面还放了很多昂贵的器材，全都为今晚的演出调试好了。虽然知道她肯定可以搞定播放视频的调控台和电脑，但我想不出阿希该怎么进门。她看见我和利奥从不同方向走过去，点点头示意我们跟上去。我们跟着她来到大礼堂的前台，学校秘书正在打电话，眼睛望着窗外。阿希抓住机会，迅速奔向通往二楼包厢的门，从口袋里掏出一把钥匙打开了它。她消失在门后，给我们留下一条门缝，暗示我们跟上。我们继续等待机会，民臣女士已经放下了电话，继续看着电脑屏幕。时间一分一秒过去了，不久之后，第四节课的铃声就会响起，到时候我们就不是请假缺课，而是失踪。

这时，民臣女士站起来，出门走向了洗手间。我们两个同时狂奔起来，溜进那扇门，爬上了楼梯。

我们走上去时，阿希嘴里正叼着手电筒，在一台连着控制台的笔记本电脑上忙活。一瞬间，我感到一阵负罪感。我想起了埃米莉给我展示这个控制台时笑得有多开心，多自豪。我昨晚给阿希发照片时有多揪心，现在就感觉有多揪心。我喜欢埃米莉，她总是挂着微笑，从不在乎别人怎么评价她。这太残忍了，她这个完美的作品就这样被浪费了，而她对此一无所知，直到今晚坐在这里。我希望她能理解，希望她明白我们为什么这么做。

阿希抬头看见我们，从嘴里取下了手电筒。

"你需要我们做什么？"我低声问她。礼堂很大，空无一人，但我还是不敢用正常的音量说话。

"我昨晚抓到他了，"阿希说，"我进入了他的秘密天地。他的一切都掌握在我的手里，所有肮脏的小秘密。我还要告诉你几件事，阴暗的事情。"

"好。"我在她身边一张空着的塑料椅子上坐下。

"卡莉·希尔兹是他的第一个猎物。"她说，"我找到了照片、视频、邮件。还有丹妮，全名是丹妮尔·希文。"

"天哪。"我用手捂住嘴巴，看向利奥，他正摇着头，捏紧了拳头。

"听着，"阿希说，"我比任何人都知道这一切带来的情感冲击。但我们现在就快要成功了，马上就要抓住他了。为了娜奥米、卡莉、萝丝和别的女孩，保持冷静，我们就快成功了。"

我看着利奥，看见他咬紧了牙关。

"忍住不去揍死他真的太难了……"

"我需要确定，"阿希的声音依旧冷静，表情还是那么专注，"你们能做到吗？"

利奥看着我，说："当然。"

"开始吧。"我说。

一瞬间，我们陷入了沉默。我们都知道，没有回头路了。

39

　　我以为去上音乐课没什么问题，但当我看见她站在他身边，低声跟他交谈时，理智迅速消失了。我别的什么都不在乎，只想把他们分开。

　　"嘿。"我的声音很尖锐，像是某种金属。我努力想让这块金属熔化成更柔软的物质，但我做不到。"先生，我在想也许萝丝和我可以请个假，马上就是午饭时间了，我们想再排练一次。"

　　"我认为你们今天应该好好休息，今晚才能有好状态，"史密斯先生皱了皱眉毛，"而且你们也不应该缺太多课，马上就要毕业了，红毛。你们应该好好上课。"

　　"是啊，当然，我们不需要再排练了。"萝丝冲我皱了皱眉毛，我们之间的和平是如此脆弱，我可不想搞砸了。但我更受不了让他碰她一根手指头。

　　"跟你说实话吧，萝丝，其实是我自己受不了了。今天是娜伊的生日，也是演出日，医生还要把她唤醒。我需要时间冷静一下，你能陪陪我吗？求你了。"

　　萝丝看看我，又看看他，我能看出她脸上的纠结。

"我能去吗？"她问道。这绝对不是学生问老师，而是一种亲密得多的语气。他的身体语言很微妙，但我还是一眼看穿了。就像是不想转交什么东西的所有权一样，他并不想让她离开。突然，我知道这是为什么了。对他来说，我不是什么小孩，而是竞争对手。

"当然，"他说，脸上毫无笑意，"对你们俩来说，今天会很艰难。去休息一下。十分钟后回来，好吗？"

我找到最近的安全出口，大口地呼吸了几口冷空气。

"红毛，我想说的是，我很高兴我们之间的关系恢复正常了，而且我们也说过，今天会谈谈娜伊的事情。但你这么做真的有点……过了。"

"我只想……只想保证你的安全。"我实在忍不住，脱口而出。当然，这话对她来说毫无意义。她的反应就是冲我皱皱眉毛，露出一个不舒服的表情，离我远了几步。

"红毛，别折腾了，好吗？你看，你心情不好，我们今天心情也都不好。日子不好过，但我很安全，实际上我还很开心，比之前很长一段时间都开心。我觉得我终于遇到一个能懂我的人，一个真正关心我的人，你知道吗？我知道你对我有意思，而且说真的，对此我也很感动，但说到底，红毛，我们不可能有结果的。如果你不能接受现实，为我高兴，那么……我想也许我们不应该再来往。"

她的一字一句都在慢慢杀死我，一口口咬下我的血肉，然后毫不留情地吐出去。不是因为她拒绝我，这我完全可以接受，我早就准备好了。而是她眼中的希望，唇边的微笑。她相信这份爱情，准备好付出一切，并为此感到安心和被关怀。我无法接受这个。但我只能选择隐瞒，隐瞒所有事实。还要再坚持几小时。现在只要说错一个字，他就赢了。

"我知道，我理解。我只希望我们能回到从前，萝丝。至于其他的，我已经放下了。那不是真的，只是一时冲动。很愚蠢。我已经失去一个最好的朋友了，不能再失去你。我们别再伤害彼此，好吗？"

"行，"她犹豫了一会儿，给了我一个拥抱，"你看起来状态很差，朋友。"她说，"但没事的，今晚我们一定会演出成功。我知道我们好像一辈子都要被困在这所老鼠窝一样的学校里，但你知道吗？很快就会过去的，谁他妈还在意 GCSE[1]！比这个重要的事情太多了，旅行、冒险，还有跑到世界的另一边，去亚马孙探险！"

"去亚马孙探险？"我强迫自己微笑，"你有没有意识到，你连一个土鳖虫都受不了？"

"因为土鳖虫很邪恶。"萝丝严肃地回答，我忍不住笑了。

"那我们现在能回教室了吗？"她说。

"走吧。"

回到教室时，没有人注意到史密斯和萝丝交换了一个眼神，除了我。

---

1 "General Certificate of Secondary Education" 的简称，中文译为普通中等教育证书，是英国学生完成第一阶段中等教育会考所颁发的证书。

40

　　观众还没入场，大礼堂里就已经满是嬉笑吵闹声，叽叽喳喳的。那是灯光组的工作人员和埃米莉，还有一些老师提前入场来祝我们好运。我非常紧张，嘴巴干干的，早餐后就什么也吃不下了。如果只是一场演出的话，我会紧张，也会感到兴奋，满心期待，随时准备上场。但是这不只是一场演出，这也许是我这辈子做的最重要的事。

　　明明可怕的事就要发生，一切都将改变，所有人对此却一无所知，只有我一个人知道，这种感觉很奇怪。我只希望阿希、利奥和我所做的决定是对的。我希望这只是他一个人的灾难，与其他人无关。

　　"你还好吗？"埃米莉出现在我身边。

　　"还行吧。你呢？"

　　"当然。说实话，最难的部分已经做完了，"她说，"现在我只需要按下开始键，再动动手指头就够了。"她笑得很甜，声音轻轻柔柔的。我喜欢就这么看着她。

　　"红毛，"她说，"听着，我之前在想，我——"

　　她还没说完，我的手机响了。我看了看来电号码，我知道我必须接这个电话。

"抱歉，"我打断了她，就像个浑蛋一样向着她挥了挥手机，"不好意思，这个电话我真的要接。"

"你当真吗？再过四分钟，观众就要进场了！"埃米莉在我身后喊了一句。

"知道了。"我就这么回答了她，事实上我已经开始听电话那头的人说话。

"没问题，"我说，"我们按计划进行。"

大礼堂开始嘈杂起来。我们已经站在帷幕后面，不过只有三个人。勒克拉杰演出前紧张过度，还在厕所里没出来。帷幕之间有道很小的缝隙，我们时不时地轮流跑去偷偷看一眼。我看到我的父母和格雷西。真希望事情开始后，我爸能果断地做出正确的判断，立刻把她们带出去。阿希也在，她的爸妈并不在。他们应该还守在娜伊的床边，等待着她重新回到他们身边。

阿希走到第一排，在我给她留的位置上坐下来。我仔细地观察她的面色，试图找出一些关于娜伊情况的线索，但是她脸上什么也看不出来。什么也没有。

"很快回来。"我说。

"红毛，你要去哪儿？"萝丝在后面叫我。

我已经走下了舞台，蹲在阿希前面。

"她怎么样了？"我问她。她原本低着头盯着自己的双手，抬起头来时，眼中全是泪水。她什么都没说，摇了一下头。

"你确定你一定要过来吗？"我握住她的手，"你可以走的，不需要坐在这儿把演出看完。"

"我一定要在这儿，"她低声说，"我一定要留在这儿。虽然一切都准备就绪，但是我必须用手机来控制整个系统，以防任何人想中途切断电源。无论如何，我想要亲眼看到他的下场。我必须看到。为了她。放心吧，我挺得住。再过几小时，我会大崩溃。在此之前，我会挺住的。"

"亲爱的！"我爸看到我，跟我招手示意。我抓紧阿希的双手，回过头去看向帷幕，正好看到我爸妈坐的位置。"我得走了，"我说，"爸，听我说。格雷西不适合待在这里。脏话什么的，歌词还涉及死亡和抑郁症。第一首歌确实不错，之后的话，我想你还是带她回家吧。第一首歌听完就走。"

"你不想让我们在这儿看你表演吗？"

"我想，"我说，"只不过我不想让格雷西感到不舒服。妈妈，你可以留下来的吧？是不是啊，妈妈？"

妈妈面色苍白而憔悴，紧紧地抓住她的手提包。直到我问她话，她的眼中才流露出一丝光亮。她笑了笑。

"是的，我可以留下来。"她说。

"我不要回家。"格雷西嘟囔了一声。

"红毛！"利奥从帷幕后面喊我，"快一点！"

"听着，"我对格雷西说，"等演出结束后，我们俩可以组一个属于我们自己的乐队，怎么样？"

"我可以唱歌吗？"格雷西强烈要求。

"当然可以。"

"爸爸，我要成为一个歌手啦！"

我跑回后台时，回头看了一眼阿希拉，她向我点头示意。

演出。

现在。

开始。

　　声音从音响中爆裂开来，大礼堂里充斥着喧闹声。我闭上了眼睛，让
自己沉浸在音乐中。我身体的每一个部分，每一个细胞都调到了音乐的频
率，随着完美的音调不断地震颤。利奥的吉他在前面披荆斩棘、一往无前；
萝丝撕心裂肺地放声高歌；勒克拉杰的贝斯音沉压在最下面，把吉他声和
歌声都串联了起来。然而，在我的内心、在我的脑海，我听到的不是他，
甚至望向他的时候，看到的也不是他——而是她。是她站在我的架子鼓旁
边，像往常那样转向我，耸着肩，弹着琴，脑袋打着节奏，把自己所有的
能量都注入音乐中。这本就是她写的歌，我似乎又能够感受到她的存在。
在这神奇的三分钟里，她似乎又回到了舞台上，看上去非常真实。这是三
分钟的魔法。我知道并非只有我一个人有这样的感受，其他人也是这么想
的。从他们的笑容、他们的动作和萝丝歌声的起伏与力量中，我立刻就能
知道。要控制住自己的情绪，唯一的办法就是拼命地挥舞我的鼓槌。

　　吊镲击响，低音鼓振动，第一首歌结束了。全场观众都站了起来。
萝丝转过头来，对着我笑。这时，史密斯先生走上舞台，从萝丝手中拿
走了麦克风。

　　"今晚是一个特殊的日子，刚刚的开场同样意义非凡。"他对着观众
说，"今晚，为了一位出色的年轻女孩，我们相聚在此。"娜奥米的照片
出现在我们身后的巨大屏幕上。乐队成员都转过身去，看着它。

　　"我有幸看着娜奥米长大，"他接着说，"看着她逐渐成长为一位优
秀的女性。我们都知道她经历了一些苦难，当时她孤立无援。这正是今

天我们为她举办这场演唱会的原因。我们要让她知道有多少人爱着她，也要让其他每一个孩子知道这一点。我们要让孩子们知道，他们从不是一个人。"我向勒克拉杰示意，让他过来。

"下一首歌不用弹了，知道了吗？我们准备了一个惊喜。跟萝丝也说一声。"勒克拉杰耸了耸肩，走到萝丝身边，在她耳边轻语。萝丝转过身来，满脸疑惑地看着我。我从鼓座上站起来，走到舞台中央，狠狠地盯着史密斯。他看我盯着他、打量他，稍稍犹豫了片刻，又重新开始了他的演讲。可耻的谎言，一个接着一个。利奥放下了他的吉他，走到他的身旁，和我一起瞪着他。不一会儿，史密斯停下来，尴尬地笑了笑，说："我猜这两个人是有什么话要说吧。"

"是的，"利奥说，"今晚，我们不仅要记起娜奥米，还要弄明白她到底经历了什么。要让像她一样的、像我们一样的每个青少年，不再受到同样的伤害。我们都知道，你对她很关心。一种非同寻常的密切关注。所以我们做了一个特别的小视频。只为你一人而做。"

我看到阿希拉在手机上按下了播放键。

娜奥米笑着，在阳光下奔跑。地面上还有积雪，她还是在笑，时不时回头看向镜头，向镜头飞吻。她的长发飘散开了，眼中闪着光。她好像在跟什么人嬉戏，一时间画面有些混乱，一会儿是地面，一会儿是天空，一会儿又出现了一张模糊不清的面容。很明显可以看出，娜伊抢走了手机，她掉转了镜头，拍到了视频的拍摄者。大礼堂里所有人都震惊了。他们看到了史密斯先生。

"说你爱我，快说！"娜奥米笑着说，"说啊，快一点！我要听到你再说一次你爱我。"

"我爱你。"史密斯先生正对着镜头，接着说，"现在可以把手机还给我了吧！"

突然，镜头切换到一个陌生的房间。电灯照亮了整个屋子，娜奥米坐在一张床上，弓着背，手臂环绕着身体，试图遮掩住自己。她在哭泣。这一回，是他在说话。

"说你爱我。"他冷漠地说，像个机器人一样毫无感情。

"快点说。说你爱我。"

台下传来尖叫声，不少人倒抽了一口气。史密斯先生转身看向大屏幕，看到自己生命中最隐秘的部分被赤裸裸地展现在所有人面前。他吓得一动不动。几十张照片迅速地在大屏幕上滚动起来，照片上女孩的脸和身体打上了马赛克。他的秘密小团体和各种言论的截图也布满了大屏幕。

"快看这个女孩，她已经成熟了，随时等候采摘。"

他的电子邮件列表出现在屏幕上，一封封邮件随即打开。他在网络聊天室的聊天记录和相册中的照片也被展示出来。全都被抖出来了。照片上，他用手臂搂着那些女孩。她们有的面露恐惧，有的不知所措，还有一些是我们认识的人。但是萝丝并没有出现。我们一致认为不要用萝丝的照片。没有人需要知道萝丝的事。

屏幕上的图片一张一张地闪过，观众席陷入了沉默。大家一言不发，只是盯着看。有些人用手掩住了嘴，有些人流下了眼泪，还有些人站到了座位上，试图弄明白到底发生了什么。

我看向萝丝，看她慢慢接收这一切，慢慢理解这都意味着什么。她开始意识到史密斯到底是个什么样的人，开始理解他给出的承诺到底是为了什么。她发现在她以为自己找到爱、找到真我的时候，正是她有可能永远迷失自我的那一刻。她把视线从大屏幕转向史密斯，看上去非常痛苦，一种难以忍受的痛。她摇了摇头，跑走了。我本想追上她，但是史密斯挡住了我下台的通道。

"谁干的？"史密斯先生非常惊恐，试图做些什么。他把投影的幕布拉扯下来，屏幕上正在闪过他和娜奥米在 WhatsApp 上发的消息，而萝丝正在拔电源线，想要切断电源。

"到底发生了什么？你为什么要这么做？"他尖叫了起来。

视频继续播放，投影在墙壁上。一束亮光从走廊射进来，正好照在了投影的部分。不知道为什么，我确定那一定是埃米莉。她想确保万无一失。

"不管是谁干的，这都是谎言。谎言！"他满脸涨红，声音变细，突然显得软弱无能。跟那些女孩所经历的相比，这还算不上什么。

视频播放一结束，大礼堂后面的门一齐被打开。我看到了她。是威金斯警官，我在公园遇到的警察。她站在门口，我向阿希拉点头示意。她随即站了起来，把一个小盒子递给了威金斯警官。阿希走到门口的时候，回头看看我，她笑了。

她走了。

影片最后还有几秒钟的空白，大礼堂里寂静无声，只有惊愕在空气中回荡。

"你是马修·史密斯？"威金斯警官和她的两位同事从过道走过来，"我们需要你去警局回答几个问题。"

史密斯瞪着我，我也看到了他在瞪我。从他眼中，我看到了我想看到的一切——震惊、困惑和恐惧，以及他明确地知道自己的人生已经毁了。就在这一刻，他像是插上了翅膀，迅速地转身离开。

利奥和我并没有事先商量好一定要追他，我们只是不由自主地追了上去。我感觉到利奥就跑在我的身边。我俩飞身跳过一排排陈旧的木制座椅，跑进了迷宫一般的走廊。我们看到他跑向了某个角落，便迅速跟上去。他越跑越快，从消防通道出口飞奔出去。他刚出门就绊倒了，翻滚在地。利奥跑了过去，他立刻用双手抱住头、护着脸。不过利奥并没有打他。利奥只是站在那里，看着他。

"我猜你在监狱会很受欢迎的，"利奥说，"我认识一些里面的人，我一定会让他们知道你是因为什么进去的。"

史密斯抽泣了起来。警察也赶了过来，在他站起来之前就抓住了他。

"你们弄错了，"史密斯哭诉着，警察把他从地面上拉起来，关进了警车的后座，"全部都是误会啊。这都不是我做的，我不知道事情是怎么发生的。肯定是谁报复我。这是个圈套。很明显，这群孩子恨透了我。可以让我打个电话回家吗？你们到底要做什么？"

史密斯被关进了警车的后座时，威金斯警官走到我的身边。

"你怎么在这儿？"我面无表情地问她。

"我原本就是要来这儿的，我的孩子非常喜欢你们的乐队。后来我接到一份线报，里面有很多匿名的犯罪信息。我们会把电脑里的东西一起带走，也算是证据的一部分。"

"谁给了你线报？"我问她。

威金斯笑了笑，笑得那么轻松。"不知道。如果我知道她是谁的话，我一定会告诉她，这个狗娘养的东西将为自己所造的孽付出代价。我会亲自确保他受到应有的惩罚。"

"你觉得她在哪儿呢？"利奥问我。我们正看着警车渐渐走远。

"我不知道。那时候，她很难过。你觉得会不会……"

"别这么说。"

我们跑回去。一开始只是慢跑，快到终点的时候，我们开始提速，越跑越快。我们就这样奔向我们的朋友，下定决心要保护好她，让她再也不受到伤害。

直到我们看到她本人，我们才停下来。她坐在滑梯的最上面。

她一定会来这里，这个我们常常相聚的地方。即便是在深夜，甚至是今晚，这儿也是我们所知道的最安全的地方。

我看着利奥，利奥看着我，我们一起走到她的身边。利奥顺着踏板爬了上去，走到她的背后。我直接坐在了滑梯下面。

"你们什么时候知道的？"她说。

"昨天。"我回答。

"我们都知道了。"利奥说。

"你们一个都不告诉我吗？我的天啊，为什么你们都不告诉我实情呢？为什么你们要让我出丑呢？我站在所有人的面前，看着那些东西，那些糟糕的东西。还有娜奥米……"

"因为……因为要扳倒他，我们只有一次机会……"

"你们以为我会提前告诉他？"她从上面瞪着我，我只能看到她的眼白，她身体的其他部分被街灯投射出橘色和黑色的阴影。

"萝丝，你之前跟我说你恋爱了，是一份很特别的爱，与众不同。如果今天在音乐教室外面，我跟你说了实话，你会相信我吗？你会站在我这边吗？你会不会以为我就是一个无可救药的人，竟然利用你来哗众取宠？或者说你会不会直接跑去找他，跟他说我疯了？你会不会相信他的话，让他有机会跑回家，把他那些病态的东西全都删除？我本想告诉你的，非常想把一切都告诉你。我们都这么想的。但是这件事……我们有更重要的事要做。在跟你说之前，我们想先让你了解他是一个什么样的人。我们必须让你亲眼看到。"

　　萝丝一言不发，蜷缩在滑梯上面，双臂环抱着双腿，整个人团成球状。利奥站在她后面，我看到萝丝靠入他的怀中，抽泣着。我坐着没动，就这么坐了一会儿。月光下，几架飞机穿过橙色的夜空，飞机上的指示灯一闪一闪的。大街上的车流声和萝丝的哭泣声混合在一起，渐渐地安静下来，近乎于无声的状态。

　　最终，我站了起来。

　　"我要回家了，"我说，"我真的累了。萝丝，你……我很抱歉。非常抱歉。我知道你很伤心，因为我也是。很悲伤，感觉自己缺了什么。我们都一样。"

　　小公园的大门正对着街道。我刚走到门口，就听到背后传来脚步声。萝丝追了上来，甩开手臂，抱住了我。

　　"谢谢你，"她说，"谢谢你。我很难过，也很愚蠢，但仅此而已。我觉得自己太幸运了。所以谢谢你。多亏了有你们在。谢谢。"

　　我紧紧地抱住她。就在我抱着她的时候，有一种浓雾散开来的感觉。她是我见过的最棒最好的人，我依然这么认为。她比我想象的更加坚强。我曾经以为我对她的感情是一种爱恋，当然也算是，因为我确实爱她：她是我最好的朋友，但这不是爱情。我想我从没有爱上她。

　　也许我得真的爱上什么人，才能明白自己当时有多傻。

　　"朋友，明天见吧。"我说。

　　"老朋友，明天见。"她回答。

　　我手上的手机响了。我接了电话，直接开了免提。

　　"阿希吗？"我们三个人站在原地，等待她的回应。

　　"是娜伊，"电话那头传来了回话，她的声音很沉重，听上去像是哭了，"是娜伊。她醒了。她现在还很虚弱。但是……但是她会好起来。"

41

　　妈妈一直等着我，等到我回来。

　　"我到处找你，我很担心。发生了什么？快把一切都告诉我，从头开始说。"

　　我跟她一起坐在餐桌旁。她为我准备了一杯热巧克力和几片吐司，放在我的面前。我开始说话。我也不知道哪里来的这么多话，但是我明白这些话一直隐藏在我内心深处。一旦开口，我就停不下来。每一个我独自一人挺过来的艰难瞬间，都在此刻得到了宣泄。关于娜奥米，关于萝丝，关于我以及真实的自我，关于我内心的斗争——我何尝不想成为妈妈理想中的女儿，披着长发，穿着漂亮的裙子。如果我可以做到，我愿意成为那个女孩。但是，我做不到，因为我压根儿就不是她。我说了很多，也哭了。我告诉妈妈娜奥米都经历了什么，她当时该有多么痛苦和恐惧，又会感到多么孤单，毕竟史密斯那样对待她。他一直在欺骗她，而且是个精明的骗子，以至于娜奥米根本想不到自己可以跟朋友、姐姐和父母亲倾诉。如果她说了出来，一切都会好好的，也不会发生可怕的事。说着说着，妈妈搂住了我，爸爸从楼上走下来，坐在我身边，也紧紧地抱住我。

最后，我们都不说话了。至少有那么一会儿，谁也没说一句话。我想我把话都说完了，到最后我也安静了下来。

"你表现得非常勇敢。"爸爸握住我的手说。

"你竟然一个人处理好了一切，"妈妈说，"是我们让你失望了。"

我摇了摇头，因为我不愿意看到他们难过。我只希望他们可以理解，曾经的我和现在的我是个什么模样。希望他们可以成全我，让我做自己想要的样子。

"红毛，你很棒，"妈妈说着，把我拉进她的怀里，"你变得更加坚强，更加勇敢。这是我从来没有想到的。你就是我的女儿，我为你自豪，也为你所代表的一切感到自豪。有了孩子之后，我从没想过会崇拜自己的孩子。但是现在，我对你另眼相看。"

我直愣愣地看着她。"真的吗？"我轻声地说道。

她点点头。"我想我会好起来的，这期间还有你爸会守着你。我们已经找到帮助我们的人，也许时间会很长，过程也会很痛苦。但是每当我要放弃、要投降的时候，我都会想起你。"她捋了捋挡住我视线的刘海，接着说，"我的女儿，你很出色，很优秀，好到让人难以置信。"

"我以为你痛恨我的性取向。"我说。

"我不恨你，永远不会。有的时候我痛恨这个世界，也会讨厌自己。但我从不会恨你，或是格雷西。我发誓，我一定不会再让你失望的。"

"我也是。"爸爸说。

我来回地看着他俩，看了好久。这还是我第一次盯着他们看了这么长时间，我想这也许就是做一个正常人的感觉。

　　这个稍微有些疯狂的红头发女孩，她是乐队的鼓手，幻想着做自己想做的事情。对我来说，也许这才是正常。

　　懂了吗？正常，就是任何你想成为的样子。

42

一大早我就起来了，可是今天我不想去学校。没有人会去。学校被暂时关闭了，里面全是警察。但是这对我们三个人来说并不重要。我们都早早地赶到医院，等探视时间一到就冲进去。

娜奥米靠坐在床头，电视开着，但是她并没有在看电视。她的眼神落在杰姬身上，杰姬也目不转睛地看着她。这时候，玫瑰金色的曙光照进病房，洒在每一个物件上，母女俩就这样互相凝视着对方。这是我目睹过的最美好、最幸福的瞬间。

绷带已经被拆了下来，一条缝合线从对角穿过她的脸。

马克斯向我们挥挥手，示意我们进去。我们排着队，慢慢地走进病房。

"小笨蛋，你还好吗？"萝丝最先说话。

"嗓子有点疼，"娜奥米说，"不然的话，可以喝一品脱[1]的啤酒。"

杰姬笑了，同时她又在哭，我们一齐围在她的身边。我笑得像个傻

---

1 1品脱约合 568.26 毫升。

子一样，完全不知道该说些什么。

"我们先出去一下，"杰姬一边说一边抬头看向马克斯，马克斯随即点了点头，"就一小会儿哟，她需要休息。她得慢慢地恢复。"

"好的。"我说。杰姬站起来后，我坐在她原先的位置上。

"你没死掉，我真的非常开心。"我对娜伊说。

"我也是……"她先是看向我，再转头看向萝丝，再看向利奥，"医生不让妈妈告诉我你们到底做了些什么。他们认为我会害怕，太紧张什么的。但是妈妈明白我非常想要知道，她明白这对于我意味着什么，我觉得……"

很难想象她的脑袋里面究竟在想些什么。但是她哭了，眼中满是泪水和苦楚。

"我不想说到底发生了什么，我也不想去回想，至少现在不会。也许永远也不会。之后的几个月会很不容易，但是一切都会好的。有爸爸妈妈在，也有你们在，当然前提是你们还想做我的朋友的话。"

"我们当然愿意。"我说。

"就是啊。"萝丝跟着说。

"毫无其他可能。"利奥看着她，笑着说。

"太好了！"娜奥米躺了下去，"那请离开吧，让我一个人待一会儿。你们我已经看够了。"

"那我们一会儿回来。"我轻轻地亲吻了她的额头。

"等会儿给你带些 DVD 来。"萝丝提议说。

"再买些巧克力吧。"利奥补充说。我们刚走到病房门口，听到她说："伙计们？"

我们转过身去，看着她。

"我真的爱死你们了。"她说。

我在走廊上看到了阿希。她在走廊的座椅上睡着了，一个人占了三个位子。我停下脚步。

"想要一起吃个早餐吗？"萝丝询问大家的意见，"我现在真的不想一个人待着。我来请客。我出门的时候，拿了阿曼达的信用卡。"

"好啊。不过你们先去，我一会儿就来，好吗？"我说。

萝丝和利奥互看了一眼，就好像他们隐瞒了些我不知道的东西。但是他们错了，这一回，我一清二楚。

"嘿，阿希？"我碰了碰她的肩膀，她突然惊醒，倒是把我给吓着了，"我以为你睡着了。"

"我只是闭着眼睛，到现在也睡不着。太奇怪了。"

她坐了起来，我坐在她的对面。

"后面的日子不好过，"她说，"想要恢复到正常生活，太难了。我们做了那么多事之后，这几乎不可能了。"

"说到这个，"我说，"听我说，我必须跟你说一件事，也许你会很惊讶。我希望你知道，就算你被吓到，也没关系，我已经习惯了这种反应。即便你感到惊讶，我们的友谊也不会受到影响，因为我会压抑住自己的情绪，就当它们都不存在。事实是，其实我想跟你说的是……"

"红毛。"阿希从座椅上站起来，坐到我身边。

"什么？"我回答道，准备好迎接最坏的结果。

"你知道你该做什么吗？"阿希问我，嘴角隐隐地露出一丝笑意。

"做什么？"我轻声说。

"想做什么就做什么。"

六个月后

天气冷极了。每天清晨，亮闪闪的霜冻沿着小桥蔓延，点亮了整座桥梁。我们一边走着路，一边看着呼出的气在空气中凝结成雾。我们只好把双手插在手臂下方来取暖。

我走在最后面，看着阿希拉挽着娜奥米，牵着她慢慢地走上桥。

她身体的恢复整整花了六个月的时间，而心灵上、精神上的康复，也许还需要更多的时间。她脸上的疤痕正好斜穿过她的脸。外科医生说他们可以修复这道疤痕，总有一天可以让它完全消失。但是娜奥米说她还没有准备好抹去这道伤痕，她说这是她的一部分。

就像她手臂上的半圆形文身一样，这道疤痕也将在开庭时成为重要的证据。警察说他们可以提前取证，不需要影响她的治疗；她也可以找个什么东西把它遮挡起来。但是娜奥米拒绝了。她说直到史密斯和其他与他有关系的男人都被抓起来以后，她才会想办法摆脱这道疤痕。

今天，我们来到这座桥，也就是娜奥米被发现的地方，感谢命运给了我们拯救她的机会。漆黑中的一点幸运的光亮拯救了她的生命，把她送回我们的身边。

　　姐妹俩捧着一束太阳菊走到小桥的金属栏杆旁，把花瓣一片一片地丢进慢慢流淌的深色水流中。我在一旁看着她们，笑了。之后，利奥拿着白色的雏菊，牵着萝丝也走上前去。

　　他们一起摘下花瓣来，任由花瓣落进水里，或随风飘走。这些飘舞着的花瓣向着冬日暖阳的方向飞去，最终像彩色纸屑一样落了下来。萝丝用手臂挽住利奥，他转头亲吻了她的额头，抱住她。

　　萝丝从没提起那时候他对她说过的话，他们再也没有谈过这件事，但是他俩的关系变了。有一种承诺是：当时间对了，我就是你的。

　　之后，勒克拉杰拿着一枝红色玫瑰走了过去，深情地看着娜奥米，看了很久。他将玫瑰花投向水面，依然充满爱意地看着她。之前，当娜伊第一次回到排练室，勒克拉杰像往常一样已经早早地到了。这是一个非常尴尬的瞬间，我以为我们不得不把他赶走。但就在大家还没来得及说话前，他走到房间角落，弹起了电钢琴。原来他一早就在那儿架好了琴。

　　"之前我跟你们说过我会弹键盘吗？"他说。

　　到我了。

　　我拿着带来的鸢尾花，走上前去，将三枝纤长的鸢尾花逐个抛入水中。

　　　　为了过去，
　　　　为了现在，
　　　　为了将来。

　　我对着娜奥米微笑，她走到我身边，抱住我，抱了很久。

当她放开我时，阿希正在等我。

她伸出手，我拉住她的手。在靠近的瞬间，我们抱在一起。我们身体之间的温度，创造出一小片夏日般的温暖。这是只属于我们两个人的空间。

"所以，"利奥用手臂搭着萝丝说，整个城市在我们眼前徐徐展开，"接下来我们该做什么呢？"

我看着朋友们，笑了。

"想做什么就做什么。"我回答。

卡拉·迪瓦伊访谈

《面孔》的灵感是从哪儿来的？是什么启发了你？

我很想写一部小说，真实地展现青少年在成长过程中遇到的问题和遭受的痛苦。年轻人总想要追求完美，从而感受到很多压力。我想要告诉他们，不管你是谁，只要接受自己原本的模样，你就已经很完美了。

除了是乐队名字，"镜子"也是贯穿小说始终的重要隐喻。可以告诉我们你想表达什么吗？

每一个人都有不止一副面孔，这一副副面孔就像满是镜子的大厅里反射的影像。网络上的面孔被加上了滤镜，看似完美；在学校是一个样子，在工作中又是另一个样子；有的面孔只有你的朋友认得，而最真实的模样，往往只有我们自己知道。《面孔》想要传达的是：你不需要其他的面孔，只需要做最真实的自己就好。

你在社交媒体拥有大量粉丝，而社交媒体在小说中也起到了重要的作用，帮助我们的主角们调查娜奥米的命运。你认为社交媒体在生活中

起到正面的作用了吗?

当然,社交媒体起到了很多好的作用,但是它也可以变得很危险。在社交媒体上,我可以接触到我的粉丝,也可以和他们分享我生活中的点滴。这正是我喜欢社交媒体的原因。一方面,社交媒体为大家提供了一个寻找自我的好途径,让大家更方便地找到属于自己的小团体,和他人联系起来。另一方面,有时候你会忍不住想要在社交网络上假装自己拥有一份完美的生活,这会让脆弱的人更加脆弱。关键在于上网时你要机灵一点,注意保护好自己。

小说中的每一个主要人物都陷入了身份认同的危机中,这来源于你的个人经历吗?

是的,当然。我认为人类之所以是人类,就是因为他们不断纠结于自己是谁。寻求与他人的联系,尤其是深层次的联系,会让人感到幸福,让人有动力一早从床上爬起来。这些东西可以帮助我们更清楚地认识自己,但是这种东西很难通过文字表达出来,更多的是一种感受。

书中塑造了很多个性鲜明的人物,哪一个人物最让你感同身受?

从不同角度来说,我在每一个人物身上都看到了自己的影子,因为我们每一个人都在生命的不同时刻经历他们正在经历的事情。红毛在探索自我的过程中感到孤立无援;萝丝外表看上去天不怕地不怕,其实是个脆弱的、受过伤的人;利奥非常叛逆,对抗着成长环境带给他的压力,不愿成为身边人想要他成为的样子。

《面孔》的故事情节有很多转折。你刚开始动笔的时候,有想过故

事的结局吗？或者说，你当时有没有想到真相竟然是这样的？

我一直都知道故事的结尾如何，因为我有意地要让这几个精彩的人物在成长的过程中不断战胜各种困难，最终寻找到来自内心的力量。我相信，任何人都可以做到这一点，只要他相信自己。

读者们还会再读到更多关于红毛、利奥、娜奥米和萝丝的故事吗？还会出续集吗？

当然，还有很多关于这些人物的故事可以讲下去，所以续集也不是不可能。但也许你们需要稍微等上一段时间才会知道！

致　谢

Acknowledgements

　　有很多人参与了《面孔》的创作，其中我最想感谢才华横溢的罗恩·科尔曼（Rowan Coleman），她让这本书的创作成为一次无与伦比的旅程。还要感谢猎户星出版集团（Orion）的安娜·瓦伦丁（Anna Valentine）、萨姆·伊兹（Sam Eades）、玛莉·普赖斯（Marleigh Price）、林赛·萨瑟兰（Lynsey Sutherland）、伊莱恩·伊根（Elaine Egan）、劳伦·伍西（Lauren Woosey）、露露·克拉克（Loulou Clarke）、露西·斯特里克（Lucie Stericker）和克莱尔·基普（Claire Keep）。感谢美国哈珀·柯林斯出版集团（HarperCollins US）的莉萨·夏基（Lisa Sharkey）、乔纳森·伯纳姆（Jonathan Burnham）、玛丽·戈勒（Mary Gaule）、阿里扎·施瓦默（Alieza Schivmer）、安娜·蒙塔古（Anna Montague）、道格·琼斯（Doug Jones）和阿曼达·佩尔蒂埃（Amanda Pelletier）。感谢我在 WME 演艺经纪公司的团队：沙伦·杰克逊（Sharon Jackson）、乔·伊齐（Joe Izzi）、玛蒂尔达·福布斯·沃森（Matilda Forbes Watson）、梅尔·伯杰（Mel Berger）和劳拉·邦纳（Laura Bonner）。同时也感谢我的好友斯托姆·阿西尔（Storm Athill）为封面创作的美妙艺术作品。

MIRROR MIRROR by Cara Delevingne and Rowan Coleman
Copyright © Cara and Co Limited 2017
All images © Shutterstock
All rights throughout the world are reserved to Proprietor.

著作权合同登记号：图字 18-2019-203

图书在版编目（CIP）数据

面孔 /（英）卡拉·迪瓦伊（Cara Delevingne），（英）罗恩·科尔曼（Rowan Coleman）著；邓悦现译
. 一 长沙：湖南文艺出版社，2020.1
书名原文：Mirror Mirror
ISBN 978-7-5404-9372-1

Ⅰ.①面… Ⅱ.①卡… ②罗… ③邓… Ⅲ.①长篇小说—英国—现代 Ⅳ.① I561.45

中国版本图书馆 CIP 数据核字（2019）第 240307 号

上架建议：畅销·外国文学

MIANKONG
面孔

作　　者：［英］卡拉·迪瓦伊　［英］罗恩·科尔曼
译　　者：邓悦现
出 版 人：曾赛丰
责任编辑：薛　健　刘诗哲
监　　制：吴文娟
策划编辑：董　卉
特约编辑：吕晓如
版权支持：辛　艳
营销编辑：程奕龙
装帧设计：潘雪琴
封面插画：Marion Ben-Lisa
内文排版：百朗文化
出　　版：湖南文艺出版社
　　　　　（长沙市雨花区东二环一段 508 号　邮编：410014）
网　　址：www.hnwy.net
印　　刷：北京天宇万达印刷有限公司
经　　销：新华书店
开　　本：875mm×1270mm　1/32
字　　数：250 千字
印　　张：10.5
版　　次：2020 年 1 月第 1 版
印　　次：2020 年 1 月第 1 次印刷
书　　号：ISBN 978-7-5404-9372-1
定　　价：48.00 元

若有质量问题，请致电质量监督电话：010-59096394
团购电话：010-59320018